Berliner
MAUER
KRIMI

Horst Bosetzky / Steffen Mohr

Schau nicht hin, schau nicht her

Kriminalroman

Jaron Verlag

Horst Bosetzky alias -ky lebt in Berlin und gilt seit nunmehr über dreißig Jahren als einer der erfolgreichsten deutschen Kriminalautoren der Gegenwart. Ebenso erfolgreich war er seit den 1990er Jahren mit einer mehrteiligen Familiensaga sowie zeitgeschichtlichen Spannungsromanen. In der Reihe «Berliner Mauerkrimis» erschien von ihm «Nichts ist verjährt» (2008).

Steffen Mohr, diplomierter Theaterwissenschaftler aus Leipzig, wurde 1955 geboren und arbeitet als Schriftsteller. Er ist der Autor sowohl zahlreicher Kriminalromane als auch dramatischer Werke und betätigt sich darüber hinaus als Liedermacher und Kabarettist.

1. Auflage dieser Ausgabe 2009

www.jaron-verlag.de
Umschlaggestaltung: Bauer + Möhring, Berlin
Satz: Pinkuin Satz und Datentechnik, Berlin
Druck und Bindung: CPI – Clausen & Bosse, Leck

ISBN 978-3-89773-603-0

DAMALS WAR'S

Zur Neuausgabe von «Schau nicht hin, schau nicht her»

RICHARD K. FLESCH, der bei Rowohlt in Reinbek Herausgeber der rororo-Thriller war und als Vater des NDK, des Neuen Deutschen Kriminalromans, gelten kann, hatte schon lange die Idee einer Koproduktion Ost/West. Nur wollte es nicht recht klappen, denn die Bedenken auf DDR-Seite waren zu stark. So blieb es lange Zeit dabei, dass einige Kriminalromane aus der DDR bei Rowohlt erschienen und dafür im Tausch eins zu eins rororo-Krimis im Verlag Das Neue Berlin in der DIE-Reihe herausgebracht wurden.

Das war die Ausgangslage, als wir im März 1988 bei Krimitagen in Göttingen nacheinander auftraten: der Steffen Mohr aus Leipzig (DDR) und der -ky aus der Bundesrepublik Deutschland. Wer in dieser seinen eigenen Staat als *BRD* titulierte, galt als Handlanger des DDR-Regimes und wurde negativ sanktioniert, und wer in der DDR den West-Berliner Horst Bosetzky als *Bürger der BRD* bezeichnete, dem erging es auch nicht besser, denn es hatte *WB* zu heißen, sprich: *Politisch selbständige Einheit Westberlin* (ohne Bindestrich).

Nun geschieht Folgendes: Der Steffen Mohr schickt dem -ky einen von ihm in einer Leipziger Zeitung veröffentlichten Artikel über die Göttinger Krimitage, in der Gutes über den Kollegen aus der BRD steht, und der -ky bedankt sich nicht nur, sondern schlägt dem Mohr, den er noch nie gesehen hat, eine Koproduktion vor, wie sie Richard K. Flesch schon lange angedacht hat. Flesch ist begeistert, Mohr auch, und die Mühlen beginnen zu mahlen. Als Erstes mit einem bedrohlichen Knirschen: Die DDR-Verleger drohen Steffen mit Knast, falls er mit so einem «dekadenten Westautor» gemeinsame Sache macht. Er schüttelt das ab und erhält ein Auflageverbot für alle seine bisherigen Krimis.

Den Plot finden wir beide sehr schnell, es ist ein «Transit-Leichen-Delikt»: Ein West-Berliner bringt einen West-Berliner um, packt die Leiche in den Kofferraum und entsorgt sie am Rande der Transitwege. Dies in der Gewissheit, dass die dortige MUK (Morduntersuchungskommission) mit der Kripo West auf keinen Fall kooperieren würde. Denn: Mit dem Klassenfeind spricht man nicht, den bekämpft man.

Zuerst kommunizieren wir per Telefon und Post, was aber immer sehr lange dauert. Von West-Berlin aus braucht man an die fünfzig Versuche, um nach Leipzig durchzukommen, und jeder Brief aus Leipzig wird natürlich ausführlich von der Stasi gelesen. So beschließen wir, uns konspirativ am Devisenschalter des Bahnhofs Friedrichstraße zu treffen, auf dem Boden der Hauptstadt der DDR, gleich nach der Grenzkontrolle. -ky bringt zur Sicherheit seine Frau mit und sagt einem Freund, der in der West-Berliner Politszene weit oben angesiedelt ist, Bescheid, er möge doch alle Hebel zu seiner Befreiung in Bewegung setzen, falls er nicht bis Mitternacht zurück in Berlin-Wilmersdorf ist. Ähnlich informiert Steffen, wie immer, vor seiner Abfahrt zwei Pfarrer in Leipzig.

Es klappt, wir erkennen uns und gehen in ein fast leeres

Restaurant am Schifferbauerdamm, um unseren Roman durchzusprechen. Obwohl wir uns andauernd umdrehen, entdecken wir niemanden, der uns beobachtet – und erfahren dennoch nach der Wende aus den Stasi-Akten, dass jedes unserer Worte mitgehört worden ist. Also gehörte der einsam Zeitung lesende Rentner am hintersten Tisch zur Firma «Horch und Guck».

Schnell sind wir uns einig, wer was schreibt, und schnell ist auch der Tatort gefunden: Petzow am Schwielowsee nahe Potsdam. Das lag auf der Hand, denn in Ferch wohnten Verwandte der Frau von -ky, und Steffen Mohr kannte das Schriftstellerheim «Friedrich Wolff», eine Villa, in und vor der Marika Rökk einige Filme gedreht hatte. Der Titel *Schau nicht hin, schau nicht her* stammt folglich aus einem ihrer Schlager. Um keinen Ärger zu bekommen, wird alles ein wenig verfremdet, so wird aus Petzow im Roman Petzerow.

Wir treffen uns also am Schwielowsee, und Steffen liegt dort als Leiche, während -ky die ausgewählten Tat- und Fundorte mit einer Polaroidkamera fotografiert. Jeder bekommt ein Foto von den 25 Ereignisorten. Jemand informiert die Vopo, aber ehe die zur Stelle ist, hat sich die Leiche aus dem Staub gemacht.

Nun schreiben wir, und man vereinbart, dass der Roman zeitgleich im Herbst 1989 im Mitteldeutschen Verlag, Halle/Leipzig, und bei Rowohlt, Reinbek bei Hamburg, erscheinen soll. Der -ky fährt zur Buchmesse nach Leipzig und unterschreibt in Steffens Küche in Leipzig-Connewitz seinen Vertrag. Wir kommen gut voran und können die knappen Termine einhalten. Dann aber droht die Sache doch noch zu scheitern. Die Zensoren bitten Steffen, 85 kleine Korrekturen vorzunehmen, und es wird um jede einzelne gerungen. Und noch etwas anderes stört die DDR-Seite: Auf dem rororo-Cover soll stehen: *-ky (BRD) und Steffen Mohr (DDR)*, man besteht aber auf *-ky (WB)*. Das will -ky, der als Horst Bosetzky Professor und damit Landesbeamter in West-Berlin ist, auf keinen Fall hinnehmen. Als alles aus zu sein scheint, kommt -ky die rettende Idee: Er hat ein paar Jahre in Bremen gelebt und gearbeitet, kennt dort eine Menge Entscheidungsträger und schafft es binnen kurzer Zeit, einen Zweitwohnsitz an der Weser und damit einen bundesrepublikanischen Reisepass zu bekommen. Nun kann er den DDR-Behörden sagen: «Was wollt ihr denn, ich bin doch Bremer, also Bürger der BRD.» Der Prozess gerät aber immer wieder ins Stocken. Da trifft -ky im Literarischen Colloquim (LCB) am West-Berliner Wannsee bei einer Tagung Klaus Höpcke, den stellvertretenden Kulturminister der DDR, und schafft es, ihn in einer Pause draußen auf der Terrasse unter vier Augen zu sprechen. Ob man denn nicht ... Und es bahne sich ja in Moskau so einiges an, was die deutsche Frage ...

Nun, unser Roman erscheint tatsächlich im Herbst 1989 kurz vor der Wende und findet ein großes Echo, ist doch *Schau nicht hin, schau nicht her* der erste und einzige deutsch-deutsche Roman. Steffen Mohr verkraftet noch einige massive Eingriffe vonseiten zurückeilend gehorsamer Kultur-Apparatschiks, während inzwischen die Füße Hunderttausender DDR-Bürger bereits nach vorn eilen.

Dass *Schau nicht hin, schau nicht her* im Jahre 2009 in einer Neuauflage im Jaron Verlag erscheint, macht uns, die wir bis heute dicke Freunde geblieben sind, froh und glücklich, und wir sagen herzlichen Dank.

EINS

DER SUPERMARKT brannte wie von einer Bombe getroffen, und die Vermummten hatten sich zum Kriegstanz an den Händen gefasst, voller Alk im Voodoo-Rausch, schrien ihre Wahnsinnslust hinauf zum Maienhimmel über Berlin: «Völker der Welt, schaut auf diese Stadt!» Spraydosen, metallisch-kalt und geil wie Handgranaten, flogen in die Flammen, explodierten unter Höllenlärm. Das ging ab, ächt äih, da steppte der Bär. «Bürger, hört die Signale!» Wie ein zerplatzender Feuerwerkskörper schossen die Plünderer mit ihren Einkaufswagen davon, brachten kistenweise Bier und Sekt und Wein in Sicherheit, um zu Hause, vor allem aber auf den umliegenden Straßen und Plätzen ihren großen Sieg über die verhasste Ordnung der anderen gebührend zu feiern.

Gegenüber mühten sich Julian und Floppy, die schwere Kuppelstange eines Bauwagens, Firma Günther Goyatz Berlin, in den Schacht eines Unimogs zu schieben, in dem sie wie in einem Schützenpanzerwagen, zu retten, was zu retten war, bis hierher vorgestoßen waren, nach Kreuzberg-Mitte: Görlitzer Bahnhof/Skalitzer Straße. Der eine Sohn des Unternehmers («Vor diesem Mob kapituliere ich nicht!»), der andere der mutigste firmeneigene Fahrer, auch von einer ansehnlichen Prämie gelockt.

«Warum geht denn die Scheiße hier nicht rein in

diesen Hundearsch?» Immer wieder rutschte Floppy mit der Kuppelstange an der eisernen Öffnung vorbei, die sich ihnen unbeweglich-starr entgegenstreckte, und seine Assoziation war klar, seine fiebrige Erregung ebenfalls, denn sie hatten nur Sekunden Zeit.

Aus der Oranienstraße stürmte eine Fighter-Schar heran, Desperados, schmal die Schlitze in ihren Wollmützenvisieren, steckten alles in Brand, was an den Straßenrändern parkte, waren ganz besonders wild auf Bau- und Lieferwagen. Wo wir sind, da ist das Chaos!

Feuerwehren rasten heran, und die Männer gaben ihr Bestes, das Inferno mit Martinshörnern, Blaulichtgarben und Kommandosalven weiter anzureichern, wurden höhnend empfangen mit einem Hagel schnell herausgeklaubter Pflastersteine, schafften es aber dennoch, in Windeseile passende Hydranten zu finden und die Deckel hochzureißen. Wasser marsch! Doch kaum hatten die Spritzen ihre ersten Sprühstöße ins Feuer gejagt, waren die Schläuche auch schon von einer Motorsäge zerschnitten.

Floppy sprang ins Führerhaus zurück, um den Unimog eine Handbreit nach vorne zu fahren, dann wieder zurückzustoßen und Julian die Chance zu geben, die Kupplungsstange so geschickt zu halten, dass es endlich klappte.

Aus ihren Wohnungen flüchteten sie, Mütter mit ihren Kindern und ältere Leute, hatten nur ihr Geld und die wichtigsten Papiere gegriffen. Türgitter polterten herunter, Geschäftsinhaber, Kneipenwirte und alle Erdgeschossmieter, die gerade zu Hause waren, verschanzten sich, so gut es ging. Am Hochbahnhof brannte wie ein Freudenfeuer der Zeitungsstand, und auf einem von der Wand gefetzten Zigarettenautomaten trampelten Fallschirmspringerstiefel herum, den Geldschacht zu knacken. Gerade stürmte ein Chaoten-Kommando auf den Bahnsteig hinauf, riss die verhassten Fahrscheinentwerter vom Sockel und ließ sie auf die Gleise fallen. U-Bahn-Züge, Linie 1, hielten ratlos auf der Strecke.

Die Polizeibeamten ließen sich Zeit, rückten hinter ihren vergitterten Einsatzfahrzeugen nur langsam heran, die Plastikschilde hochgerissen gegen die Steine, setzten auf ihre Tränengasschwaden. Ihrem Einsatzleiter hatte ein Geschoss die ungeschützte Wade aufgerissen.

«Los, rein und ab!»

Julian und Floppy hatten es endlich geschafft, schwangen sich ins Führerhaus des Unimogs, der Profi ans Steuer, ein Macho, Quarterback der Berlin Rambos, weizenblondes Bürstenhaar und immer gnadenlos, hatte das Steuer umklammert. Wie seinen Joystick in der Spielhalle, als sie ihn geholt hatten. Krieg der Sterne, fertig zum Feuern. Schieß sie ab, die Schweine!

Schwarze Fighter liefen auf sie zu, einige mit Flaschen in der Hand, grünes Glas, Bocksbeutel, statt Weißwein allerdings Benzin. Zwei Einschläge am gelben Bauwagen hinten.

In die Taschen gefasst, Streichhölzer her, ein Feuerzeug!

«Gas geben, Floppy! Gas!»

Da springt einer der Vermummten vor den Unimog, streckt beide Hände nach oben, befehlend und bittend zugleich, halb Jesus und halb Ordnungshüter, lässt die offenen Handflächen wie Signalscheiben kreisen: «Halt!»

Und Floppy nimmt den Fuß vom Gaspedal.

Hinter ihnen zischt es so, als würde man zugleich einhundert Streichholzschachteln entzünden.

Ihr Bauwagen.

Sie springen hinaus und ergreifen die Flucht, sehen, als sie sich noch einmal umdrehen, auch den Unimog nur noch als qualmende Fackel.

So etwas lässt sich nicht verdrängen, und Julian hatte das Bild wieder deutlich vor Augen, als sie ein gutes Jahr später, sein Vater und er, von Norden her durch den Tiergarten kamen, die Entlastungsstraße entlang, Brandenburger Tor und Siegessäule als Orientierungspunkte links und rechts, wie immer preußisch-deutsche Glorie, dann, als tägliche Anschauung dafür, wie alles verspielt worden war, das Ehrenmal der siegreichen Roten Armee und, ein Stückchen tiergarteneinwärts, die austernähnliche Kongresshalle, US-Amerikas Symbol für kulturelle Oberhoheit hier und heute. Was aber die gemeinte Assoziation eigentlich auslöste, war etwas anderes, folgte gleich am Kemperplatz, dem goldgelben Betonzelt der Philharmonie blickweit gegenüber: das Lenné-Dreieck, ein Zipfel DDR-Gebiet, Hauptstadt Berlin, zum 1. Juli dem Westen verkauft, aber vorher von Autonomen besetzt; Landnahme für eine eigene Kommune, eine innerstädtische Insel mit antibürgerlichen Werten und Normen, wie auch zur Rettung ökogrüner Natur vor Straßenbauern, Unternehmern, CDU. Die Westberliner Polizeisoldaten durften noch nicht zur Räumaktion blasen, selbstverständlich nicht die hochheilige DDR-Staatsgrenze verletzen, und die bittend konsultierten Amis, Briten und Franzosen waren nicht so bekloppt, diesen Job zu übernehmen.

«Mit einer Wahrscheinlichkeit von 99,9 Prozent sind da die Leute bei, die unsern Bauwagen angesteckt haben», sagte Julian. «Und den Unimog ...»

Goyatz nickte. «Früher hätte man 'n KZ für so was gehabt.»

«Sag das bloß nicht zu laut, sonst ist es aus mit den Senatsaufträgen!», warnte ihn sein Sohn. «Und ich kann mich auf keiner Liste mehr aufstellen lassen.»

«Aber denken wird man's ja noch können. Das ist doch alles Abschaum hier!» Goyatz ließ den Motor aufheulen.

«Hör auf!» Julian, in seiner Psyche auf nichts weiter zentriert als auf eine steil nach oben führende politische Karriere, fürchtete das Stammtischdenken seines Vaters, wusste, dass es ihn belastete, wenn der Alte öffentlich für die Wiedereinführung der Todesstrafe plädierte («Rübe ab!») oder für Ausländer, Aussiedler und Asylanten KZ-ähnliche Lager empfahl. Mochte er damit noch so vielen Bundesdeutschen richtig aus dem Herzen sprechen, die Meinungsmacher der gehobenen Stände ahndeten das durchweg mit gelben und roten Karten, und Julians politische Ziehväter waren viel zu klug und nicht dafür zu haben, selbst wenn sie ihre CDU immer wieder dazu anhielten, auch die braunen Wässer ganz am rechten Außenrand nach Wählern abzufischen. Doch er ließ andererseits auch keinen Zweifel daran, dass er immer wieder heftigste Emotionen gegen jene Kreuzberger Chaoten verspürte, deren Opfer sie geworden waren, zumal die Täter natürlich, wie er meinte, niemals ausgemacht, eingefangen und verurteilt worden waren. Und, ebenso natürlich, hatte ihnen ihre Versicherung diesen Schaden nicht ersetzt, sich auf die berühmte «höhere Gewalt» und ähnliche Formeln berufen. «Wenn ich am Steuer gesessen hätte, dann ... Aber sicher gut so, dass ich nicht ...»

Das Zelt- und Hüttenlager am Lenné-Dreieck war von Polizisten abgeriegelt worden, die Erstürmung schien bevorzustehen, und Julian war der Meinung, dass die Besetzer schon mit der DDR verhandelt hatten, um sich notfalls in Sicherheit bringen zu können, mit Hilfe ihrer Leitern auf die Mauerkrone hinauf und dann ostwärts hinüber, hatte auch gelesen, dass die Autonomen selbst vom «Norbert-Kubat-Dreieck» sprachen, damit einen der Ihren ehrten, der im letzten Jahr nach Demokrawallen verhaftet worden war, Selbstmord dann im Knast.

Militärhubschrauber der NATO knatterten über ihre Köpfe, über Mauer und Tiergarten hinweg, über das Ödland des Potsdamer Platzes und die M-Bahn-Trasse, Hightech idiotisch, und auf der Mauerkrone hingen Grenzposten des Warschauer Paktes, das Kampfspiel zu verfolgen, wirkten mit ihren übergestülpten Gasmasken wie außerirdische Wesen.

Die Vermummten waren mit Eifer am Werke, hoben Panzergräben aus und verschanzten sich hinter immer neuen Stacheldrahtrollen, malten Plakate: *Zerschlagt die Nato!*, *Briten raus aus Nordirland!*, *Pol Pot contra Pol. Präs.!*, verhöhnten die machtlosen Bullen, während sie ihnen die leeren Tränengaskartuschen vom Vortage zurückwarfen. Zeit blieb aber auch, den Touristenscharen, Wessis zumeist, am «Checkpoint Norbie» bemalte Pflastersteine zu verkaufen, Souvenirs, Souvenirs, oder sich gegen Geld mit ihnen fotografieren zu lassen.

«Das ist ja alles unerträglich», sagte Goyatz, während er ein gewagtes Wendemanöver vollführte, um Julian vor der Staatsbibliothek absetzen zu können, dem Pendant zu Musiksaal und Philharmonie auf der anderen Straßenseite, goldenschlossgelb so wie diese, Kulturforum alles, menschenarm, jwd, am Rande, fürs europäische Übermorgen gebaut, wenn es denn je eines geben sollte.

Julian dankte, wollte den Tag intensiv nutzen, um mit seiner Arbeit ein gutes Stück voranzukommen, hin zum Diplom-Politologen, Thema waren die Gestapo-Quartiere in und um Berlin.

Goyatz aber überquerte den Landwehrkanal und fuhr auf gewohnten Pfaden Richtung Kurfürstendamm, die Potsdamer, die Bülow-, die Kleist- und die Tauentzienstraße entlang, an Türkenbasar und KaDeWe vorbei, bog gleich hinter dem Westberliner Herzstück Gedächtniskirche/Wasserklops nach links in die Meineckestraße ab, wo eine gute Astrologin wohnen sollte. Tipp eines Geschäftsfreundes. Die Nummer wüsste er nicht, es befände sich aber ein teurer Kindermodenladen im Hause, «elefant's knot» oder so ähnlich, und die Dame arbeite streng auf wissenschaftlicher Grundlage, wobei sie sich nicht scheue, ihren Klienten auch einmal Unangenehmes zu sagen, Ricarda hieße sie im Übrigen.

Goyatz wurde empfangen, saß der Grande Dame kerzengerade gegenüber, eingeschüchtert wie ein Konfirmand im Hause des Pfarrers, gar nicht polternd-schwadronierend wie sonst auf seinen Baustellen und im Büro.

Herb sah sie aus und dominant wie eine Tennissiegerin, hatte sich die langen Haare zigeunerschwarz gefärbt, sicherlich als Mittel zum Zweck. Ihr Arbeitszimmer war abgedunkelt und erinnerte ihn mit der ochsenblutschwarzen Seidentapete an das Kabinett eines gemütskranken russischen Großfürsten im Pariser Exil, war aber mit allerlei astrologisch-astronomischen Gerätschaften bestückt, der Sibylla Troiana zum Beispiel, einem mittelalterlichen «System der Häuser» und Sternenkarten noch und noch. Dazu roch es nach Weihrauch und anderen Kräutern, halb Kirche, halb Museumsgruft.

Leicht stockend und mit recht gepresster Stimme trug ihr Goyatz vor, was ihn bewegte. «Ich weiß nicht so recht, was ich machen soll. Im letzten Jahr hatte ich schon mal versucht, in Kreuzberg Fuß zu fassen, und ein Mietshaus gekauft. Unten sollte ein Restaurant rein, ein etwas besseres für westdeutsche Touristen: Nach der Besichtigungstour rein zu uns und gegessen und getrunken. Sicherlich ein Riesengeschäft. Dann aber haben mir die Chaoten alles angesteckt. Jetzt gibt's wieder eine Chance, groß einzusteigen da, ich weiß aber nicht so recht, ob ich ... Vom Verstand her kann das ja auch keiner wissen, was da kommen wird, und darum hat mir ein Geschäftsfreund empfohlen, doch mal bei Ihnen ...»

Ricarda lächelte, ebenso Professorin wie Kabbalakundige, alles in einem, auch Hexe und Pfarrersfrau, Therapeutin und Mutter. Sie verstand ihr Geschäft.

Sie ließ sich von Goyatz das Geburtsdatum nennen, 3. April 1934, Widder demnach, und während sie zum Erstellen des Horoskops vor ihrem Computer Platz nahm, SESAM, mit hochwertiger und anwenderfreundlicher Astrologensoftware für alle Apple-Fabrikate, wie er den herumliegenden Prospekten entnahm, hörte er von einer Kassette die passende Musik.

«Hans-Joachim Behrendt ist das», erklärte sie ihm. «Einmalig, wie er da seiner 39-saitigen Sandawa diese obertonigen Shiva-Shakti-Klänge entlockt. Wie das Sonnen-Cis mit dem Gis des Mondes verschmilzt.»

Erst diese Töne versetzten sie in die Trance, die notwendig war, das Kommende zu schauen, vergleichbar den Dämpfen, die der delphischen Pythia zu ihren Prophetien verholfen hätten.

Ja, er könne es in Kreuzberg ruhig ein zweites Mal versuchen, riet sie ihm schließlich, als sie mit Computerhilfe alle Faktoren auf die Reihe gebracht, kunstgerecht verknüpft hatte: das Tierkreiszeichen, die Position der Planeten zur Zeit seiner Geburt (18.30 Uhr etwa), die günstigen und ungünstigen Positionen der Planeten zueinander (adversativ oder günstig) und den Aszendenten. Ein Widder sei ja schon generell als Persönlichkeit der geborene Führer, habe Mut und Energie. Nur sehe sie in der Zukunft die Gefahr bei ihm, dass er das große Projekt nach Idee und Planung in der Ausführungsphase zu leicht seinen Helfern überließe. «Also: Ja, Sie können es wagen, doch der Erfolg wird nur kommen, wenn Sie alles selber in der Hand behalten.»

Er bedankte sich und fragte, auf welches Konto er ihr Honorar denn überweisen dürfe, wollte schon aufstehen, doch sie hielt ihn mit einem düsteren «Moment noch mal!» wieder zurück. «Ich muss Ihnen noch etwas sehr Wichtiges sagen. Widder-Menschen sind wegen ihrer Ungeduld und Impulsivität eigentlich immer anfällig für Unfälle aller Art, und früher oder später erleiden sie schwere Kopf- und Gesichtsverletzungen. Dazu sehe ich hier ...» Sie blickte sehr konzentriert auf ihren grünlich flimmernden Schirm. «... sehe ich hier einiges, was mir gar nicht gefällt, Ihr Geburtsdatum verheißt einiges, das uns ... Venus im Wassermann: Sie sind ein bevorzugtes Opfer des Schicksals, Ihnen passieren aus heiterem Himmel die seltsamsten Sachen. Oder nehmen wir den Mars im Widder: Sie sind anfällig für Verletzungen durch irgendwelche Unfälle. Schließlich noch, und das ist gar nicht gut, der Uranus im Zeichen Widder: Sie bringen oft Ihr Leben und das Ihrer Familie in Gefahr, vor allem dann, wenn Sie Auto fahren.»

«Gott, nein!» Goyatz war zusammengezuckt.

Ricarda hatte die Hände vor die Augen gepresst. «Ich sehe in einigen Tagen Schreckliches mit Ihrem Auto passieren. Sie sitzen am Steuer und da ... Lassen Sie es in der Garage, treten Sie auf keinen Fall eine geplante Reise an!»

Als Goyatz das zu Hause beim Abendbrot erzählte, waren Gelächter und Proteste die Folge, denn zu sehr hatten sich alle auf den kleinen Ausflug gefreut, in die DDR, nach Ferch, südlich Berlins am Schwielowsee gelegen, ganz in Potsdams Nähe, wo ihr berühmter Onkel Arnie, Arnold Roddahn, auf seiner Datsche saß und alle Freunde und Verwandten aus Ost und West zur großen Fete eingeladen hatte, da er am Sonntag 75 wurde.

«Keiner kann doch abstreiten, dass die Sterne unser Leben bestimmen», beharrte Goyatz. «Jedenfalls starken Einfluss haben. Hätte Hitler damals diesem ... diesem ...»

«Hanussen», half sein Sohn ihm aus.

«Ja, hätte er den nicht umbringen lassen, wer weiß, was dann aus Deutschland ...» Und brach den Satz ab, bevor Nina noch mehr losprustete.

Seine Tochter, und sie durfte das als Einzige, tippte sich gegen die Stirn. «Der einzige Stern, der Einfluss auf dein Leben haben kann, ist der aus Hamburg, der zu 3,50 Mark.»

«Wieso?»

«Weil vorhin 'n *Stern*-Reporter angerufen hat und was über deine Kontakte zu zwei kriminellen Baustadträten wissen wollte.» Nina, neunzehn, Abiturientin, in Jeansrock und Greenpeace-Shirt, frankophil, schlürfte genussvoll ihren Cidre, dachte an die Ferien in der Normandie, nahm das Ganze als kleinen Joke.

Julian, an sich immer aufseiten seines Vaters, war um

eine Kommentierung bemüht, die wissenschaftlich klang. «Natürlich hat jede Voraussage eines Astrologen Folgen für seinen Klienten, weil sie natürlich sein Verhalten ändern wird. Sagt mir einer voraus, dass ich meine Diplomarbeit verhauen werde, dann bekomme ich wahrscheinlich viel eher eine schlechte Note als ohne diese Voraussage, denn nun werde ich natürlich vor Angst schlecht schlafen können und immer weniger kapieren, und meine Gedanken werden immer wirrer werden. *Self-fulfilling prophecy* nennt man das.» Angetan von seiner Formulierungskunst, legte er seine Gabel beiseite und lehnte sich zurück.

Inge Goyatz zögerte mit ihrer Stellungnahme, musterte sich im Spiegel ihrer antiken Anrichte, freute sich über die Ähnlichkeit mit Sue Ellen, *Dallas*, J. R.'s Frau, fand sich attraktiv, war auch hin- und hergerissen bei der Frage, inwieweit denn Horoskope ernst zu nehmen waren. Vom Gefühl her: Ja. Ihre Eltern, Betreiber eines Tante-Emma-Ladens, hatten sehr daran geglaubt, und ihre Freundinnen taten es durchweg mit ganzem Herzen, ebenso wie auch die Kolleginnen im Krankenhaus früher, die anderen Schwestern. Vom Verstand her: Nein. Sie sponserte eine kleine Galerie, Leibniz-, Ecke Mommsenstraße, und hatte eine Art Salon gegründet, Treffpunkt junger Literaten und Filmer, und von denen wusste sie, dass sie immer fürchterlich höhnten, wenn einer von seinem Horoskop zu reden begann. Es war unklug, den Herrn Diktator Ehemann zu reizen, andererseits aber hätte sie ihren überall gerühmten Onkel gerne aufgesucht, war doch damit bei jeder Party Eindruck zu machen. «Deine Vorsicht ist natürlich richtig, Günther», sagte sie schließlich. «Wenn mir das einer prophezeit hätte, dann würd ich auch nicht anders reagieren. Aber du brauchst ja gar nicht selber Auto zu fahren, Julian macht das. Dann kann doch nichts passieren. Komm, wer bist du denn, dass du dich von so was einschüchtern lässt!»

Goyatz war sauer, war kurz vor dem Lostoben. Da lebten sie alle drei in Saus und Braus – von seinem Geld –, und als Dank dafür hatte er sich nun von ihnen dumm und dämlich kommen zu lassen. Wären sie seine Angestellten gewesen, hätte er sie schon gefeuert. Er sehnte sich in seine Chefetage zurück. «Die Ricarda hat sich da noch nie geirrt», beharrte er. «Und dann noch in die DDR, wo ...»

«Wie stehen wir denn da, wenn wir ohne dich in Ferch antanzen?», rief seine Frau. «Wir fahren – und zwar alle!»

«Wir fahren nicht!»

ZWEI

DAS KIND, ein vierjähriger Plagegeist, zappelte im Fahrkorb wie aufgedreht. Große braune Augen, die es von der Mutter hatte, füllten sich urplötzlich mit Tränen. Gleich darauf lachte es aus vollem Hals und patschte nach einem Zweig mit grünen Äpfeln oder der Mutter ins lange seidige Haar.

Anett Bartuck hatte Mühe, den Lenker gerade zu halten. Mit einem Ruck warf sie die kastanienbraunen Strähnen, die bis auf den Gürtel herabfielen, zur Seite. «Ich hätte Lisa», rief sie der Radfahrerin hinter sich zu, «doch über Mittag schlafen legen sollen!»

Mit ihrer Körperfülle hatte es Ulla Kernhof offenbar schwerer, gegen den Wind und mehr noch gegen die Hitze dieses dritten Juli anzukommen.

Dicht an den beiden reiferen Mädchen brauste der Sonntagsverkehr zwischen Potsdam und Werder vorbei, Wartburgs und Ladas, Opel, Mercedes und BMW. Und immer wieder die kleinen, ehrgeizigen Trabants, deren einziges, offenbar unter den Fahrern geheim abgesprochenes Ziel darin bestand, allen Westberliner Wagen zu zeigen, dass der Trabbi zu jeder Zeit auf eine Überholgeschwindigkeit von einhundert und mehr beschleunigen konnte.

Ulla schwitzte.

«Wenn du das Kind hingelegt hättest», rief sie keuchend nach vorn, «wären wir noch später los. Aber im ‹Seeblick› gibt's bloß bis zwei Uhr Mittag!» Pustete hoch in ihr drahtig gelocktes Blondhaar, obwohl es da nichts hochzupusten gab bei dem kurzgeschnittenen Bubikopf.

«Wie spät ist es eigentlich?»

Die zierliche Uhr wirkte auf Ullas Handgelenk wie der Marienkäfer auf einem Rhabarberstengel. «Drei viertel!», rief sie vor.

Da vorn musste man abbiegen von der Landstraße erster Ordnung, links über die Straße, an der Holländermühle vorbei, Fernfahrerstampe mit großspurigem Namen aus der Vorkriegszeit.

Unsicher blickte Anett sich immer wieder um, fuhr im Rücktritt. Ulla schwenkte heftig den Arm mit der kleinen roten Uhr.

Denkste! Da hielt keines der vollgepfropften Familienetuis. Ost jagte West, und West jagte Ost, und auf den Rücksitzen zitterten ängstliche Mumien um ihr bisschen Leben.

Die Freundinnen stiegen ab, warteten mit zur Straße weisenden Vorderrädern. Klein Lisa maulte: «Warum sind 'n wir nicht mit 'n Auto, Mami? Mit Papi seinem oder mit 'm Trabbi von Ulla?»

«Aber Kind, du warst doch selber dabei heute beim Frühstück, als der Anruf für Papa kam. Papa arbeitet nun mal als Kriminalhauptmann, und ein Kriminalhauptmann muss sofort aufspringen und rein in sein Auto und los, wenn jemand Hilfe braucht. Selbst nachts, selbst am Feiertag, Lisa.»

«Und warum sind 'n wir nicht mit Ullas Auto?»

Anett freute sich über die Beharrlichkeit des Kindes. «Weil wir die neuen Fahrräder schon lange einweihen wollten, Ulla und ich, und weil es jedem Automenschen guttut, mal in die Pedalen zu treten.» Straffte stolz ihre hübsche Figur und lächelte Ulla an.

Doch die fühlte sich, das hatte Anett nicht bedacht, durch diese vermeintliche Anspielung auf ihre Formen angegriffen. Drehte das Kugelgesicht beleidigt weg und gleich wieder Anett voll zu. Brummte in ihrer tiefen Stimmlage: «Tu doch nicht so, als ob dir die Arbeitszeit von Klaus schmeckt! Jedenfalls könnte dein Mann, auch wenn ihr nicht verheiratet seid, zu seinen vorgesetzten Genossen auch mal kräftig nein sagen. Aber der ist doch so versessen auf seine Leichenfunde, dass ...»

Da lachte Anett. Lachte plötzlich und laut und lange, bis Lisa mitkreischte, und die wusste sicherlich nicht, worüber und warum. «Herzchen!», perlte es unter Lachstößen aus Anetts ein wenig zu scharf geschnittenem Mund. Die großen braunen Augen blinkten vor Schadenfreude. «Herzchen, du, kann ich vielleicht was dafür, dass du noch keinen gefunden hast? Oder dass keiner dich will?»

«Das ist die Höhe, Anett! Nein, so etwas darfst du mir als deiner besten Freundin nicht ...» Zwei dicke Tränen schossen in Ullas Augen.

«Ich habe es ja auch nicht so gemeint», schlug Anett einen milderen Ton an. «Ist vielleicht doch der falsche Job für dich, der im Lebensmittel-Delikat. Willst du nicht zu mir in die Buchhandlung kommen? Wir suchen gerade eine Verkaufskraft.»

Mühsam beherrscht gurrte Ulla: «Lieber verkaufe ich was Sinnvolles wie meine Döbelner Salami als deinen blöden Karl Marx und den noch blöderen Karl May.» Doch dann war es aus. Die Tränen, bisher nur mühsam aufgehalten, perlten herab, und den ersten rollten weitere nach.

Der Tränenschleier verhinderte, dass Ulla nicht gleich die Lücke sah, die eben zwischen einem grünen Škoda 105 L und einem Opel Kadett mit Hamburger Kennzeichen entstanden war.

Rasch stieg Anett auf, zischte über die Landstraße und ließ die Freundin stehen. Der Modderweg, den sie nun, Kind vorm Bug, aufwärts nahm, jetzt trocken und rissig, bot dem neuen MIFA-Tourenrad wahre Bewährungschancen. Vorbei ging es an Ausläufern der Plantagen des VEB Havelobst, am Interjugendhotel, dann in eine Senke hinein und vorüber am Schriftstellerheim «Theodor Fontane» linker und Gewächshäusern rechter Hand, voll von rotem ungarischem Paprika – die breiten Folientüren standen offen –, hochan erneut auf die Schinkelkirche zu und, am Wegweiser *Zum Pionierlager*, hinein in den Wald. Seeduft, glaubte Anett, zog ihr bereits in die Nase.

«Warum heißt 'n Papa nich Bartuck wie wir? Warum heißt 'n der Merks?»

Anett antwortete der Tochter nicht, studierte scheinbar angestrengt die gelbe Entfernungstafel. *Ferch, drei Kilometer*, las sie da.

«Warum», brüllte das Kind, «heißt der Papa Klaus Merks?»

In diesem Moment öffnete sich der Schwielowsee, still und breit und ruhig, den Blicken der Radfahrerin. Hinten, nach einer weichen Uferbiege, erkannte man schon die großzügig angelegte Terrasse des «Seeblick».

«Worauf hat denn mein Kindchen Appetit?», fragte Anett, nun zwischen wandernden Fußgängern das Rad durchlavierend. «Na, was will denn mein Lieschen essen und trinken?»

«Warum», setzte der Quälgeist zum dritten Mal an, «heißt unser Papa ...»

Anett sah sich um. Etwa zweihundert Meter hinter ihr strampelte Ulla heran.

13.01 Uhr. Vor der Bezirksbehörde der Deutschen Volkspolizei fuhr mit quietschenden Bremsen ein sandbrauner Lada vor, ziemlich neu, doch schon sichtlich geschunden. Manchmal steuerte ihn Anett, meist jedoch, und so auch heute, Klaus Merks persönlich. Der seit einer Woche amtierende Leiter der Morduntersuchungskommission stieg aus dem treuen Gefährt. Griff eine alte Tasche vom Beifahrersitz, braunledernes Mittelding zwischen Hebammenkoffer und Werkzeugkasten. Knallte dann die Tür mit solcher Kraft, dass die Erdgeschossfenster hinter den schwarzen Stahlrollos zitterten.

Mit einem Sprung nahm der 1,87 Meter große Hauptmann die vier Stufen zum Portal, drückte den Summer und wartete. Vorsichtig, als steckten rohe Eier darin, hatte er die alte Tasche neben sich auf den Boden gestellt.

Die Sonntagsspaziergänger auf der anderen Straßenseite sahen in dem athletisch gebauten Mann mit der kurzen blonden Haarbürste sicher nicht mehr als einen leistungsorientierten Anzugsdeutschen – im hellen Sommeranzug übrigens, mit der unerlässlichen Bügelfalte. Ein paar krasse Widersprüche zum kernigen Erscheinungsbild fielen erst aus der Nähe auf: kein Schlips nämlich und hellblaue Lackschuhe, denen es gutgetan hätte, wenigstens einmal wöchentlich geputzt zu werden. Vor allem aber verblüffte an dem großgewachsenen Bürstenträger, dass sein Gesicht eine seltsam fiebrige, immer in Bewegung gehaltene Sensibilität auszeichnete. Die großen, derben – manche

Frau hätte vielleicht liebevoll gedacht oder gefühlt: herrlich brutalen – Lippen wirkten eben nicht nur männlich, sondern auch nachdenklich. Das Verblüffendste war die für den mittleren Riesen Merks unerhört kleinformatige Brille im goldenen Gestell. Spätestens beim Anblick dieses eher auf einen musischen Spinner hindeutenden Sehgestells hätten die Leute ihre Assoziation an die Muskelprotze mit dem lustig-leeren Blick vergessen, an ihre Ampler und Schur und Weißflog und Thom. Sportler des Jahres besaßen bestenfalls den Körper, nicht aber das Gesicht von Merks.

Doch die Spaziergänger wechselten weder die Straßenseite noch den gemächlichen Gang. Wie in preußischen Garnisonszeiten sah man zum Polizeigebäude nur mit geduckter Neugier hinüber. Das steckte nun mal im Deutschen tief drin.

Heiß war es. Kein Pförtner kam oder drückte wenigstens von innen die Sprechanlage. Dabei lief gegen das, was Merks in der alten Tasche mitführte, die Zeit. Auch privat lief sie gegen das, was er eigentlich vorhatte, falls er hier im Bezirksgebäude den Tötungsvorgang rasch abschließen konnte: nämlich ihr und dem über alles geliebten kleinen Mädchen, das vier Jahre alt war, nachfahren – in den «Seeblick», wo es bloß bis um zwei Mittagstisch gab.

Sicherheit über alles. Natürlich war Klaus Merks dafür. Aber offenbar hatten die Genossen da drin den Wachhabenden zu einem Kaffeekränzchen oder zur Besichtigung der daktyloskopischen Apparaturen eingeladen. So ging das nicht! Er wollte am Montag, in der Leitungssitzung ... Doch gehörte er nicht erst eine Woche zum Leitungskollektiv? Sollte man nicht erst durch fachliche Qualitäten überzeugen? Oh, die Genossen würden am Montag staunen, besonders der Alte, den alle den Alten nannten – was übrigens einen Dreck zu tun hatte mit einem Serienkrimi des Westfernsehens. Cheiloskopie hieß das Zauberwort. Chei-lo-sko-pie.

Die Luft flirrte. Über dem blauen Straßenpflaster tanzten filigrane Schwaden, spiegelten noch einmal die Struktur der Gehsteigplatten, unfassbar dünne Fata Morganen der Großstadtwüste. Entnervt vom ständigen Auf-den-Summer-Starren, drehte sich Merks um. Konzentrierte den Blick jedoch nicht auf die Schaufenster und die daran vorbeiwandelnden Familien, sondern mehr hinter die Goldrandbrille.

Sonntagmorgen, Frühstück mit Anett. Die Genossen drängten ihn, das Mädel zu heiraten, und natürlich gefiel sie ihm in den fünf Jahren ihrer Bekanntschaft, und auch durch Lisas Dasein, immer besser. Aber er war ein gebranntes Kind, schon mal solide verheiratet. Damals Fregattenkapitän bei der Marine. Plötzlich der aufgeblasene Mantel-und-Degen-Fechter vom Staatlichen Dorftheater, mit dem die Seine schlief. Scheidung. Irritationen im Dienst – doch darf ein Kapitän und schon gar ein Fregattenkapitän keine irritierende Persönlichkeit sein. Gerade noch den Absprung geschafft, Umschulung – zur Kriminalpolizei. Papa, dem berühmten Hauptmann Gustav Merks, war dabei viel zu verdanken. Kotzte ihn manchmal an.

Flirrende Pflastersteine. Kaum ein Wölkchen im Himmelsblau.

Also heute Morgen Frühstück mit Anett. Sie wohnten getrennt, aber nur fünf Minuten Fußweg voneinander entfernt. Den «Schlaatz» nannte Potsdamer Volksmund das Neubaugebiet. Mit Lisa im Gespräch über das Problem, ob nun die Henne das Ei legt oder der Hase. Anett im Morgenmantel, nichts drunter. Seine Finger unter dem Tisch auf Spaziergang an Anetts Schenkeln, dabei beim Kind den Versuch gestartet, ihr den Osterhasen auszureden. Schließlich war Lisa schon vier. Mitten hinein der Anruf.

Am Ereignisort, Villa in Babelsberg, lag ein Fast-Opa, sichtlich unter Schmerzen verstorben, im feudalen Sessel gekrümmt. Wie 80 wirkte der, zählte in Wahrheit aber erst 55. Name: Peter Liersch, Holzbildhauer und Nationalpreisträger dritter Klasse. Ein Fakt, den die um den Sessel herumtänzelnde Gattin ständig betonte. Obwohl sie die 110 alarmiert hatte, behinderte Ulrike Liersch nun mit ihren an indianische Totenklagen erinnernden Ausbrüchen die Arbeit der Techniker. Mit ihrer Gesichtsbemalung hätte sie auch gut zu den Frauen der Fachgruppe Indianistik beim Kulturbund der DDR gepasst.

Vor der Leiche auf einem durch drei Glasbeine gehaltenen Klubtisch, in denen kleine bunte Fische herumschwammen, zwei Rotweingläser, halb gefüllt. Es bereitete den Technikern keine Mühe, im Glas, das vor dem Toten stand, einen weißen Bodensatz festzustellen. Eine Packung Obsidan – Blutdrucktabletten, die in hoher Dosis tödlich wirkten – lag leer im Kücheneimer obenauf.

Die Liersch bezichtigte die «Förderschülerin» – was war das bloß? – ihres berühmten Gatten, die sie schon lange als dessen Geliebte in Verdacht habe. Sie selbst sei in Berlin auf Lehrgang gewesen, künstlerisches Volksschaffen, Fachrichtung Holzschnitt, in der Nacht heimgekehrt, vorzeitig, unerwartet für ihn, und dann habe sie das vorgefunden. Mord! Die Täterin hieße übrigens Katrin Bühlig, Verkäuferin im Laden der PGH des Kunsthandwerks.

Zerwühltes französisches Bett nebenan, männliche und wahrscheinlich auch weibliche Geschlechtssekrete.

Die Techniker nahmen Proben. Der Fotograf stellte seine Schildchen auf und knipste.

Merks waren zwei Dinge kurios erschienen. Erstens, dass die Ehefrau nicht einen Arzt, sondern gleich die Polizei verständigte. Zweitens, dass die Obsidan-Verpackung sozusagen greifbar nahe lag. Fragte die aufgelöste Gattin jedoch nicht nach solchen technischen Äußerlichkeiten. Schonend erkundigte er sich bloß nach den Motiven der Bühlig.

Die Liersch gab eine geplante Testamentsänderung an, zuungunsten der Schülerin des Holzmodelleurs. Konnte jedoch keinen Schriftbeweis erbringen.

Heulen und Tanzen und Fotoklick auf aufgestellte Schildchen, und dann nahm Merks die beiden Techniker zur Seite. In der Küche, wo sie eben mit Hilfe des bekannten Pulvers dem aus dem Eimer gezogenen Tablettenpaket Fingerspuren abgewinnen wollten, empfahl er den Jungs die cheiloskopische Methode.

Ziemlich neu für uns, meinten sie.

Sichern der Lippenspuren an den Weingläsern also, ebenso Abnahme eines Lippenabdrucks von Frau Liersch und, aus hygienischen Gründen zuletzt, einer Lippengraphik vom toten Preisträger. Denn ihm schwante, wie dieser Fall eigentlich zustande gekommen, wie dieser Holzschnitzer vom Leben zum Tode befördert worden war. Und bei dem, was Merks dabei schwante, bewiesen die guten alten Fingerabdrücke nichts. Hatte die Täterin doch garantiert Handschuhe getragen.

Die Techniker stürzten sich mit Begeisterung auf die neue Ermittlungsmethode, gerade in der DDR bekannt geworden, irgendwo in Brasilien entdeckt, schon in Japan praktiziert, aber auch, wie man unsicher hörte, schon in der Volksrepublik Polen zur Überführung von Tatpersonen praktiziert. Stürzten sich eifrig auf *cheilos*, was zu gut Deutsch heißt: die Lippe.

Frau Liersch musste sich schon dazu bequemen, einige Augenblicke still zu sitzen und keinen Laut von sich zu geben, als ihr einer der Techniker mit dem Spurenträger über den Mund fuhr. Dann endlich durfte sie wieder reden. Wo die Bühlig wohne? Sprudelte aus dem Gedächtnis die Adresse des Mädchens. Gab zur Vorsicht noch ein Café in der Altstadt an, wo die Person sich herumtreibe.

Wohnungsanschrift und Caféadresse überließ Merks den Jungs und begab sich zusammen mit dem eingetroffenen Leichentransport zur Gerichtsmedizin. Befehl für die Mannschaft: Die Liersch und die Bühlig auf die 111 zuführen! Dabei getrennte Vorräume! 111 hieß knapp das Vernehmungszimmer in der Bezirksbehörde.

Mit einer Leiche im Rücken durch die Stadt zu fahren hat besonders am Sonntagvormittag etwas Gemütliches. Man weiß zumindest genau, dass einem von hinten nicht irgendwelche dummen Fragen gestellt werden. Den sandfarbenen Lada wollte der Fotograf nachbringen.

Warten, für Merks viel zu langes Warten in der Gerichtsmedizin. Dabei fuhr Ostermeier, Oberarzt Martin Ostermeier, selbst den Sonntagsdienst. Der war ein flinker Leichenaufschnippler oder, wie es neulich in einem internen Bericht der Bezirksbehörde hieß: *ein sowohl rascher wie auch zuverlässiger Diagnostiker*. Nach einer Stunde erst, in der er erfolglos versuchte, Anett zu Hause zu erreichen oder den «Seeblick» zu kriegen, rief ihn Martin in den Sektionssaal. Wie immer schallten die Worte des Arztes übernatürlich laut in dem gefliesten Raum.

Ventrikelseptumdefekt nannte Ostermeier den schweren Herzfehler des Toten. Ein Wunder, dass sich die Leiche – Pardon, der Herr Peter Liersch – bis zum 55. Lebensjahr gehalten habe. So ein Defekt könne nach großer physischer oder psychischer Anstrengung immer zum Tod führen. Man betrachte doch bloß das Loch zwischen den beiden Herzkammern. Euphorisches Doktorlatein am aufgepuzzelten Herzen des Nationalpreisträgers.

«Der Mann hier», grinste Ostermeier, «ist durch Überanstrengung beim Beischlaf mit seiner Geliebten gestorben. Schöner Tod!» Die in durchsichtigen Handschuhen steckenden Finger des Gerichtsmediziners stülpten genüsslich Herzklappen um, Vorkammern auf und pulten in den Koronargefäßen.

«Hast du Gift im Magen-Darm-Trakt gefunden?»

Martin grinste. «Bis jetzt wusste ich nicht, dass Erlauer Stierblut tödlich wirkt.»

«Also», Merks straffte sich, «ist das dein endgültiges Ergebnis: Kein Gift, zum Beispiel eine Tablettenüberdosis, im Körper der Leiche?»

Ostermeier hob die Schultern. «Endgültig? Endgültig ist gar nichts, Klaus.»

Stand also Giftmordanzeige mit nachgewiesenem Präparat gegen das vorläufige Gutachten des Gerichtsmediziners: Krankheitsbedingter Tod. Scheißspiel! Warum öffneten die Genossen da drin nicht die Tür?

Der Blick, den der nun endlich erscheinende Wachhabende empfing, alter Mann im Rang eines Hauptwachtmeisters, stand keinem Leiter der Morduntersuchungskommission und auch sonst keinem abgeklärten 44er an. Eher einem Rowdy kurz vorm Zuschlagen mit der geballten Faust.

Merks schubste den Türöffner fast beiseite, wie er, die

Tasche an sich gepresst, vorbeistürmte. Schnauzte leise, doch intensiv: «Die Polizei kennt keine Sonntagsruhe! Merken Sie sich das!»

Vom Fahrstuhl aus, der keine Anstalten machte herunterzugleiten, rief Merks den nunmehr wie auf Pantoffeln hinter seine Glasscheibe schleichenden Hauptwachtmeister an: «Ist 111 besetzt?» Was so viel hieß wie: Wurden in meiner Abwesenheit Personen zugeführt?

«Jawoll, Genosse Hauptmann!», schnarrte der Angefragte. «Sogar zweifach. Haben aber beide Personen laut Befehl in verschiedene Räume verteilt.»

«In Ordnung», nickte Merks befriedigt. Besser, die Liersch und die Bühlig sahen sich nicht gleich. Dann: «Verdammte Scheiße! Können diese Idioten denn nicht den Fahrstuhl schließen, wenn sie im Vierten aussteigen?» Entsann sich seiner Ausbildung als Vollmatrose, wo es tagtäglich sprungauf, sprungab in die Wanten ging, der unvergesslich schönen Zeiten auf dem Segelschulschiff *Wilhelm Pieck*. So jagte er, Tasche vorsichtig angeklemmt, hinauf in den fünften Stock. Den nannte man den «Giftturm». Die Labors befanden sich da oben, und in die musste Merks, bevor er das Weiberduett in der 111 vernehmen wollte.

Dem werk- wie sonntagstreuen Thoralf, Genossen Oberleutnant Mende also und Chefchemiker im Haus, waren zuerst die cheiloskopischen Indizien zu übergeben, die vom Ereignisort und die vom Verstorbenen. Danach musste man weitersehen. Je schneller Thoralf die Lippenmuster identifizierte, umso rascher würden die Vernehmungen beendet sein. Vielleicht noch eine Chance, Anett zum «Seeblick» nachzufahren.

Tolle Sache, sinnierte Merks, diese neue Methode zur Identifizierung durch Lippenabdruck. Da recherchierten

Kriminalisten in aller Welt seit Locard ein Dreivierteljahrhundert lang mit Hilfe von etwa einhundert Merkmalen, die der Fingerabdruck beweist. Auf einmal stießen einige kluge Brasilianer und Japaner auf die unterschiedliche Individualität der menschlichen Lippen. Und plötzlich besaß man rund eintausend Identitätsmerkmale zur Überführung eines möglichen Täters.

Stürmte die Stufen hoch und freute sich, dass wieder eine neue Ermittlungsmethode in den alten Kripostall einzog. Der Vorgang heute bot jedenfalls die beste Möglichkeit, endlich ein klares Exempel dafür zu statuieren, dass man flexibel und ohne allzu lange auf Erfolge im Ausland zu warten neue Gedanken in die Kriminaltechnik einfließen lassen muss. Und riss die schwer gehende Tür auf – *Zutritt für Nichtchemiker verboten!*

Aber das war nur ein Witz von Thoralf Mende, üblicher Speziquatsch der technischen Intelligenz im Turm. Auch die Physiker gegenüber hatten ein Strahlenwarndreieck an ihre Tür gepappt. Thoralf, teigiger Teint und feminines Begrüßungsgebaren, aber, wenn man ihn länger kannte, ein Mann von Draht, schwappte seine Handfläche in die des Hauptmanns und kam sofort zur Sache: «Habt ihr Magna Jet Black genommen?»

«Genau jenes Pulver», konnte Merks ihm bestätigen. Übergab seinem Chemikus die Daktyloskopierrolle. Feines, auf ein der Malerrolle vergleichbares Gerät gezogenes Papier also, mit dem sie am Ereignisort die Spuren abgenommen hatten.

«Halt mal, Klaus!», stoppte Thoralf den geplanten stürmischen Abgang des Ermittlungsführers. «Bring mir doch auch von der Lady, also von seiner Geliebten, noch 'nen Abdruck!»

«Geht paletti», versprach der lange Hauptmann.

So musste sich die von den Ereignissen der letzten Stunden kaum gezeichnete attraktive Katrin, ehe Merks mit ihr das Gespräch begann, erst einmal mit einem Lippenroller ins Gesicht fahren lassen. Das Ergebnis brachte, von Merks herbeibefohlen, der alte Wachmann von der Pforte hinauf in den fünften Stock. Diesmal bewegte sich der Fahrstuhl wie geschmiert.

«13.29 Uhr», brummelte der Hauptwachtmeister vor sich hin, als er in Höhe der ersten Etage seine Taschenuhr herauszog. Als er im Turmgeschoss ankam, hatte er ausgerechnet, dass er noch 31 Minuten Dienst zu schieben hatte. Fast mühelos war ihm diese Rechenoperation geglückt, doch, um der Wahrheit die Ehre zu geben, mehr fast als mühelos. Auf solche braven Männer wie ihn waren die im Volksmund beliebtesten politischen Witze gemünzt, und alle entstanden sie in den Polizeietagen.

«Es ist bereits eine Minute vor halb zwei», erklärte der Kellner den beiden Frauen, die mit dem Kind an einem der rustikalen Freisitze saßen. Vom Wasser her zog eine erfrischende Brise.

Ulla betupfte ihren schwitzenden Nacken. Der junge Kellner lächelte, während er ihr als Erster die Speisekarte reichte. Es war ein nachdrückliches und bezauberndes Lächeln, was Ulla verblüffte. Denn immer war es Anett, die von Kellnern, Schaffnern, Verkehrspolizisten oder Museumsführern zuerst angehimmelt wurde.

«Wenn die Damen sich also bitte entschließen wollten, es gibt bei uns nämlich bloß bis um zwei Mittagsbrot.» Der Kellner blieb neben ihnen stehen und sah auf den See, die Möwen, die angetäuten und die draußen schwimmenden

Segelboote. Lediglich ein leises Wippen seines Tabletts verriet die Ungeduld.

Mittagsbrot war freilich eine charmante Untertreibung für die Speiseauswahl, die beide Frauen sofort mit freudigem Staunen studierten. *Rehmedaillon mit Preiselbeeren, Sauce béarnaise und Pommes frites 9,45 Mark, zartes, ausgelöstes Entenfleisch, dazu Rotkraut und Schwenkkartoffeln 4,95 Mark, Großes Wiener Schnitzel, Röster und Buttererbsen, 5,30 Mark, Rumpsteak mit Kräuterbutter, Croquetten, Sahnespargel 8,85 Mark.* So ging das weiter und fort, die Karte herauf und herunter, und sogar Pilze waren im Angebot. Nämlich: *Zartes Filetsteak mit Waldpilzen in Rahmsauce, Kartoffelkörbchen oder Pommes frites nach Wahl 8,65 Mark.*

«Pilze!», rief Anett. «Die gibt es ja selbst im Interhotel nur zweimal im Jahr!»

«Gut funktionierender Liefervertrag mit der GPG», erklärte der nette Kellner. «Wir pflegen direkte Beziehungen zu den Erzeugern, meine Dame.»

Irgendwie erschien Anett dieser schlanke, von der Haarfarbe bis zu den Schuhen schwarz schillernde Mensch ein wenig zu höflich, ein wenig zu weibisch auch. Dazu kam, dass er einen Pferdeschwanz trug, den er freilich sauber in den hinteren Hemdkragen gesteckt hatte.

Ulla jedoch, die er wieder als Einzige mit einer angedeuteten Verbeugung würdigte, fühlte es kräftig unter den schweren Brüsten pochen. Sie fasste sich ein Herz und fragte, ihre kleinen Augen, wie sie hoffte, zu interessanten Schlitzen verengend, mit tiefer Stimme, als sei die Frage selbstverständlich wie der Umstand, dass jetzt Juli und brütende Hitze herrschte: «Der ‹Seeblick› ist wohl privat?»

«Aber nicht doch.» Nun wirkte sein Lächeln beinahe

süffisant. Doch sensibel, wie dieser Kellner mit der guten Figur nun einmal war, bemerkte er auch Anetts misstrauisches Kopfrucken. Mehr für Anett, die er klar als politisch Gebildete erkannte, nicht als Fünfhundertprozentige, ach was, aber immerhin als eine, die jedem unbegründeten Jubel über historisch veraltete Eigentumsformen in der Gesellschaft abhold war, sagte er: «HO sind wir, meine Damen. Schlicht und einfach HO. Doch dass wir fast immer Pilze zu bieten haben, liegt an den unbürokratischen Kooperationsbeziehungen unserer Gaststättenleiterin. Tja, so geht das. Oder wie sagte neulich Herr Gorbatschow: Ein Vorzug des Sozialismus besteht in seiner Fähigkeit zu lernen!»

«Ich will 'ne Bockwurst mit viiiiel Senf!», setzte sich Lisa lautstark in Szene.

Durch das Kind wurden die Frauen, die, jede auf ihre Weise, über den intelligenten, flotten oder auch flattrigen, schlagfertigen oder auch nur in seinem schmalen Metier mit Zitaten bewaffneten Kellner nachdachten, wieder auf den Boden der Wirklichkeit gebracht. Sie bestellten. Natürlich das Steak mit Waldpilzen zweimal und einmal Kinderportion. Dazu drei Birnen-Orangen-Juices.

Der Schwarzglänzende mit dem in den Kragen gesteckten Zopf nickte, notierte.

«Geht das auch - Kinderportion?», fragte, halb lauernd, halb fordernd, Anett.

«Aber gewiss. Zum halben Preis.» Wedelte den Notizblock zurück ins Täschchen und meinte, wieder vorwiegend Ulla anzirzend: «Kinder sind doch das Schönste, was wir machen können, meine Dame.» Dann tanzte er ab.

Ulla sah Anett mit Augenfünkchen an. «Er hält Lisa für *mein* Kind.»

Während Lisa das Beklettern der langen Sitzbänke probte, sahen die Frauen verblüfft dem wendigen Servierer nach.

Anett entschlüpfte, während sie sich eine blaue Kenton anbrannte: «Das gibt's in keinem Russenfilm!»

Ullas Gedanken liefen auf anderen Pfaden. Ein Mann, klopfte ihr Hirn im Rhythmus ihres Herzschlags. Ein gutaussehender und außerdem noch intelligenter Mann.

Nun gab es gar Musik. Wacklig wie der alte Fritz im hohen Alter und gichtig wahrscheinlich auch, nur ohne Krückstock, bestieg ein Discjockey das kleine Lattenpodest, das von allen Freisitzen her einzusehen war. Hakennasig und näselnd rauschte er durchs Mikrofon: «... Damen und Herren ... begrüßen wir Sie in der schönen märkischen ... wo schon Fontane und andere große Dichter ... Sie nun erfreuen werde mit alten Melodien ... die freilich in meiner Jugendzeit ... noch taufrisch ...»

Warum setzte sich der Mann da oben nicht gleich den blauen Dreispitz des Preußenkönigs auf? Ein schillernd blaues Jackett mit breiten roten Aufschlägen trug er ja schon.

«... also kennen Sie ja die lebende Legende ... drehte die unvergessene Marika Rökk in unserer schönen Landschaft einst viele Filme ... daraus hören Sie nun einen Schlager, der sozusagen die Welt ... Wünsche ich Ihnen viiiel Vergnügen!»

Rundum rückten erwartungsfrohe Gesichter von ihren Steaks mit Waldpilzen hoch, sommergebräunt oder noch großstadtbleich, wie eben für den Einzelnen gerade der Jahresurlaub angefallen war. *Sing mit mir, lach mit mir, tanz mit mir um die Welt!*, foxte es aus der Plattenbox des neuen alten Fritzen. Mancher ältere Zuhörer summte mit.

Anett und Ulla kannten den Hit nicht. Trotzdem summte auch Ulla.

«Hey, Mädel», lachte Anett leise. «Ist was passiert mit dir?»

«Ein fabelhafter Kellner», meinte die liebe Ulla. «Oder findest du nicht?»

«Er ist mir zu weichlich.»

Ulla empfand kurzzeitig Wut. «Können eben nicht alle solche Helden sein wie dein Klaus!»

Lisa begeisterte sich für den alten Discjockey. Plötzlich war sie zu ihm vorgelaufen und brüllte mitten in die schwingende Melodie der Rökk hinein: «Seht, der Po-li-zist bin ich! Schön ist der Be-ruf für mich!» Ein Lied, das sie vorige Woche im Kindergarten gelernt hatte.

Anett wollte ihr nach, Unannehmlichkeiten vorbeugen.

Doch Ulla legte der Freundin die Hand auf den Arm. «Lass das Kind doch so lange Kind sein, wie's geht! Sieh mal, der Disker zwinkert ihr schon zu. Wart's ab, gleich trällert dein Lieschen durchs Mikrofon.»

«Entschuldigen Sie, ist hier noch frei?»

«Bitte?» Anett reagierte als Erste, und sie reagierte aus dem ersten Erschrecken heraus, wodurch ihre Stimme abweisend klang.

Ein Bär war am Tisch aufgetaucht. Seine Augen, graustählern, baten um Platz. Seine Körperhaltung hieß schon Niedersetzen. Schwarzes grobgelocktes Haar. Das Alter des Bären, dem übrigens die Bärin nachfolgte, war rentenverdächtig. Dialektfarbe einheimisch und grün-gelb kariertes Hemd.

«Zeiske», sagte der Bär. Offenbar glaubte er, dass er sich vorstellen musste, wenn da zwei junge Frauen am Tisch saßen. «Hausmeister im Schriftstellerheim ‹Theodor Fontane›. Das neben mir ist meine Gattin. Also darf man?»

«Komische Frage», lachte Anett. «So platzen Sie doch.»

Zeiske hielt beide Frauen gleichzeitig im Blick. Er war bloß massig, seine Frau dagegen benötigte zwei Sitze. «Absolute Volksverdummung», bemerkte Zeiske sofort.

«Wovon reden Sie?»

«Na, von dem, was der Discokrüppel da oben geschwafelt hat. Die Rökk hat niemals das Ufer des Schwielowsees bei Ferch betreten. Aber bei mir war sie!»

«Bei Ihnen?»

«Na, im Schriftstellerheim ‹Theodor Fontane›. War früher nämlich mal 'n Drehort für einen Rökk-Film. Kennen Sie eigentlich mein Heim in Petzerow?»

«Gehört», log Anett höflich.

«Sehen Sie!» Zeiske ließ zwei starke Reihen kerngesunder Zähne sehen.

Lisa trudelte zurück an den Tisch. Genau mit den letzten wild gesteppten Takten des Refrains.

Der schöne Kellnerjüngling ihr nach. Balancierte das Essen heran. Das duftete.

Ullas Herz klopfte.

«Na, wie bin ich?», fragte der schwarzgewandete Ganymed. Dann: «Ach, der Herr Zeiske mit Gattin! Was wünschen die Herrschaften?»

«Großes Bier. Für meine Frau 'nen Eisbecher.»

«Mit Sahne, mit Früchten?»

«Komm, komm, Friedhelm. Weißt genau, was Traudel gern schleckert.» Das war ein brutales Abwinken.

Der Kellner entwich auch sofort, schlank, gertig und flink.

Friedhelm heißt er, dachte Ulla wohlig. Ein besonderer Name. Und gabelte nach den Waldpilzen.

«Pilze fresse ich nich!», schrie Lisa.

«Wer bringt dir nur so hässliche Wörter bei? Iss wenigstens ein Kartoffelkörbchen. Oder Fleisch. Fleisch magst du doch, mein Schatz. Papa mag auch Fleisch.»

«Nur weil's Papa mag», sagte Lisa und gabelte nun auch.

Friedhelm, zerkostete Ulla zusammen mit dem Filetsteak den Namen des Kellners. Ließ ihren Blick über die Tische schweifen, wo er gerade andere Bestellungen aufnahm.

Man müsste Klavier spielen können, jodelte die Disco des alten Fritzen nach unten.

Zeiske bekam zunehmend einen väterlichen Blick für die dicke Ulla. Sah sie, die brachialen Handgelenke unterm Kinn knacken lassend, ausgiebig an. Dann sagte der Hausmeister vom Schriftstellerheim: «Drehn Sie sich nach dem ja nicht die Augen aus, junge Frau! Der mag zwar so mütterliche Typen wie Sie. Aber im Grunde ist das arme Schwein stockschwul. Schaun Sie doch bloß mal hin, wie der um die beiden Bundis dort hinten am Tisch herumwieselt! Die macht der genauso an wie Sie. Entschuldigen Sie, junge Frau, aber das musste mal gesagt werden.»

«Mein Gott!», stöhnte plötzlich die zwei Plätze einnehmende Zeiske-Frau. «Isses nich finf vor zweie?» Das Mariellchen aus dem ehemaligen Königsberg verriet sich noch immer in ihrem Dialekt.

Auf einmal wurde den beiden Frauen deutlich, dass es rundum an den Tischen nur so von deutschen Mundarten wimmelte. Schwäbisch, Berlinisch, Fischköpfig und sogar Bayrisch tönte es zwischen Besteckgeklapper. Natürlich, wie überall an den schönsten Plätzchen der DDR, herrschte das Sächsisch vor.

«Dann muss ich doch los, gleich, nachdehme 's Eis gekomm is. Meine Schriftsteller kriegene doch halb dreie ihr Kännel Kaffee.»

«Traude», brummte Zeiske, «mach bloß keinen Aufstand. Sind ja nur zwei im Heim heut Nachmittag zum Kaffee: der Fernsehmehrteiler-Schreiber und die Seniorin auf Zimmer sechs. Alle andern sind bei dem Wetter doch ausgeflogen und kommen erst abends zurück.»

«Ich weiß nicht recht.» Ulla, der es die Sprache verschlagen hatte, schien sich wieder gefasst zu haben. «Warum klären Sie mich eigentlich über das ... also das Sexualleben unseres netten Kellners auf, Herr Zeiske?»

Zeiske warf, bevor er Ulla antwortete, einen verächtlichen Blick zu dem hinteren Tisch hinüber, an dem zwei offenbar stark an Friedhelm interessierte Bundis oder Westberliner, ein alter Dandy und ein junger Fant mit aufgeknöpfter Hemdbrust und Halskettchen, jede der gazellenhaften Bewegungen des Kellners mit gierigen Blicken verschlangen. «Weil», schnaubte Zeiske, «ich folgender Meinung bin, junge Frau: Ein Bürger unserer Republik sollte dem Klassenfeind nichts zu billig verkaufen. Nicht mal seinen Hintern.»

«Um zweie zeicht mir de Uhr. Ich gehe wohl lieber?», fragte Traudel Zeiske.

«Du bleibst sitzen, Mutter!», bestimmte ihr Herr und Hausmeister.

Kurz nach vierzehn Uhr war es, als in der 111 auf dem Schreibmaschinentisch das Telefon surrte. Die Glocke des grauen, altertümlichen Apparats hatte Merks auf

Minimallautstärke gestellt, als er mit der Vernehmung der Dame Bühlig begann. Leise hatte auch die ganze Zeit über die Schreibmaschine getippt, ein im Gegensatz zu dem musealen Telefon hochmodernes, mit Bildschirm und Drucker ausgerüstetes Gerät.

Dahinter saß, fast ein Schatten ihrer selbst, die Protokollantin, Genossin Müller, welche den wohlklingenden Vornamen Baberina trug und Preisträgerin mehrerer Schreibmaschinenwettbewerbe auf Volkspolizei-Bezirksebene war. Noch ehe das zweite Surren ertönte, fuhr ihre kleine Hand zum Apparat. «111?» Dann rutschte dieselbe kindliche Hand rasch auf dem Hörer herunter, verdeckte die Sprechmembran und flüsterte zu Klaus Merks, der hinter einem anderen, in seiner sprelacartglänzigen Nüchternheit an eine aufgewischte Küchentafel erinnernden Tisch saß: «Die 602 mit dem Ergebnis.»

In diesem Gebäude, wo sinnigerweise die Telefonnummern den Zimmernummern glichen, erwies sich eine solche vereinfachte Ordnung besonders dann als vorteilhaft, wenn sich die Kriminalisten in Gegenwart von Fremden verständigen wollten.

Also hatte Thoralf die Lippenprobe beendet. Toller Hecht, dieser Chemikus!

«Einen winzigen Augenblick noch, ja?», winkte Merks ab.

«Warte eine Minute!», flüsterte die Genossin Müller dem Chemiker in den Hörer.

Die Bühlig, 25 Jahre jung und Kunst- und Kitschverkäuferin, ruckte das erste Mal ein wenig nervös auf ihrem Hocker. Der Anruf verstörte sie. Aber die Geliebte eines dreißig Jahre älteren und seit ein paar Stunden toten Nationalpreisträgers zeigte auch dieses Gefühl nicht lange.

Gelangweilt, wie schon das ganze Gespräch über, wanderte ihr Blick durch den von einer milchweißen Tapete bezogenen Raum, über die hartgleißende Lampe vor dem Kriminalisten, dessen geleerten Schreibtisch, die unscheinbare Protokollantin und deren Computer, wieder zurück und die kahlen Wände hinauf und hinunter. Am Fenster war innen eine militärgrüne Jalousie herabgelassen. Außen, das hatte Katrin Bühlig bei ihrer Zuführung gesehen, schlossen schwarze Metallrolladen das Erdgeschoss vor einer bunteren Wirklichkeit hermetisch ab.

«Fräulein Bühlig», sprach Merks rasch, wobei er sich jedoch auch Zeit nahm, um die Anrede ironisch zu dehnen. «Ich fasse Ihre Aussage zusammen: Sie verbrachten die vergangene Nacht mit Ihrem Freund, als sich dessen Ehefrau auf einem Lehrgang befand, in seiner Wohnung. In besagter Nacht hatten Sie – ich zitiere Ihre Formulierung wörtlich – ‹dreimal ausgiebigen Geschlechtsverkehr› miteinander. Ihr älterer Freund war erschöpft ...»

«Nach einem abgebrochenen Analkoitus», ergänzte die Bühlig cool und studierte die Zierkante der Tapete über Merks' blonder Haarbürste.

«Sie holten auf seine Bitte hin eine Flasche Erlauer Stierblut aus dem Kühlschrank ...»

«Aus der Speisekammer», berichtigte die erfrischend kühle Dame lässig. «Rotwein trinkt man nicht kühlschrankkalt.»

«... entkorkten dieselbe und gossen sich und Herrn Liersch je ein Glas voll. Er stürzte den Glasinhalt auf einmal herunter und bat Sie – stöhnend und beide Hände auf seine Brust gepresst, wie Sie berichteten –, das Glas wieder vollzuschenken. Danach lief er ins Wohnzimmer und kleidete sich an. Sie liefen unbekleidet nach, neckten ihn und versuchten, indem Sie seine Hose wieder öffneten ...»

«... meinen Frust loszuwerden», fiel ihm die Bühlig ins Wort. «Später tranken wir noch ein bisschen, jeder aus seinem Glas. Das möchte ich betonen, dass wir die Gläser nie tauschten! Peter hielt so etwas für unhygienisch. Können Sie seine Gattin fragen, dass er solche Macken hatte. Unhygienisch! Und im Bett konnte Peterle das reizendste Ferkel der Welt sein. Plötzlich sein Hochbäumen. Er schmiss mich dabei auf den Teppich. Sicher trage ich einen Bluterguss auf dem Rücken, was Sie ja einfach nachprüfen können. Als ich mich wieder aufrappelte, war er bereits im Sessel zusammengesunken, na ja, so, wie Ihre Leute ihn dann fanden. Und sein Ehegewitter, die gegen mich Mordanzeige erstattet hat.»

«Fräulein Bühlig, Sie gaben zu Protokoll, dass Sie sich daraufhin Ihre Kleider und Ihre Tasche griffen und Hals über Kopf davonrannten. Das war etwa vier Uhr nachts. Warum liefen Sie weg?»

«Habe eben die Nerven verloren.»

Das war einer Bühlig schwer zu glauben. «Ist Ihnen, vielleicht etwas später, gar nicht in den Sinn gekommen, den Notruf zu alarmieren?»

«Er war doch tot.»

«Woher wussten Sie das so genau?»

«Mein Gott! Nehmen Sie doch bloß mal an, dass der Gute schon einmal so 'nen Anfall hatte. Damals ging's schnell vorüber.»

«Wie schnell?»

«Nach Sekunden. Ich bin auch nicht Hals über Kopf weg. Das möchte ich übrigens berichtigen. Nach dem Anfall wartete ich vielleicht noch eine halbe Stunde. Aber ihn anfassen, etwa seinen Puls oder sein Herz fühlen – das konnte niemand von mir verlangen.»

«Eine letzte Frage: Können Sie sich vorstellen, wie die große Menge zerstoßener Tabletten in das Glas gelangte, das in Reichweite Ihres Freundes stand?»

«Vielleicht hat sie der Kuckuck reingelegt, was weiß ich. Von mir hören Sie keine Verdächtigung.»

Merks ließ sich von Wachtmeister Baberina Müller das Protokoll reichen. «Bitte unterschreiben Sie Ihre Aussage!»

Sie gab ihre Autogramme, ohne hinzusehen. «Kann ich jetzt gehen?»

«Sie halten sich ein paar Zimmer weiter zu unserer Verfügung!»

Die Protokollantin schritt rasch auf die Verdächtige zu und griff sie fest unter den Ellenbogen. Nun, wie sie die ungerührte Lady herausbrachte, sah man, dass in dem kleinen, gedrungenen Körper der Genossin Müller Kräfte steckten, die man ihr keinesfalls auf den ersten Blick ansah. Jedenfalls beherrschte sie den Transportgriff genauso gut wie ihre Schreibmaschine.

Ein empörtes «Au! Sie tun mir ja weh!», von der Bühlig in der zum Flur weit aufgestoßenen Tür gerufen, bewies Baberinas physische Talente.

Merks beugte sich bereits übers Telefon. «Entschuldige, großer Alchimist, was hat uns die Cheiloskopie zu vermelden?»

Grundlage seiner Untersuchungen, holte Thoralf Mende aus, sei nicht, wie eigentlich üblich und besser verwertbar, die Klassifizierung beider Lippen von jeder der in Frage kommenden Personen gewesen. An den Weingläsern nämlich wäre lediglich die Spur der Unterlippen verblieben. Also habe er ausschließlich die Unterlippenmuster klassifiziert. Es habe zwei lineare Muster, Klassifikation L, und ein Netzmuster, Klasse S, gegeben.

«Dreierlei Lippen an den Gläsern?» Merks schrie die Frage fast in den Hörer.

«Gewiss, gewiss», triumphierte der Chemikus. Das eine lineare Muster, mit einem prozentual hohen Anteil von sogenannten Haken in der Spurzeichnung, sei identisch mit den Lippen des Toten. Es kehrte nur auf dem von ihm benutzten Glasrand wieder. Die vernetzte Spur dagegen, auffällig viel sternförmige Gabelungen, Zäune und sonstige Verästelungen enthaltend, passe zum Lippenabdruck der Bühlig und fand sich auch nur auf deren Glas. Auf beiden Gläsern jedoch – auf beiden! – sei eine mit dem Linearmuster des Toten nicht identische, völlig andere Linienzeichnung nachgewiesen.

«Mensch, Thoralf, so spuck doch endlich aus, ob auf den Gläsern auch Lippenspuren der Ehefrau waren! Das hieße ja ...»

Genau das hieße es nicht nur, sondern sei durch die Cheiloskopie exakt bewiesen. Sowohl an dem mit Tablettenpulver bedeckten Weinglas, das in Reichweite des Mannes stand, als auch an dem anderen Glas habe er das für Ulrike Liersch signifikante Linearmuster nachweisen können.

Wären bei Liersch die Haken in einem Prozentanteil von 20,17 nachweisbar, so wies das andere lineare Muster davon nur einen Prozentsatz von 15 auf. Außerdem gab es zahlreiche Fünf- und Sechsecke in der Lippenzeichnung der, wie klar bewiesen, dritten Person. Die aber sei eindeutig Ulrike Liersch selbst gewesen.

«Das heißt, dass mir Lierschs treues Eheweib etwas

Wesentliches verschwiegen hat», knirschte Klaus Merks. «Ich führe sie mir gleich noch einmal zu Gemüte. Danke, Genosse Alchimist!»

Merks wollte auflegen. «Halt!», rief es aus dem schon nach unten gleitenden Hörer. «Ich habe da noch ein paar interessante Details.»

«Lass hören, aber fasse dich kurz!»

Nach dieser weiteren Erklärung des Chemikers musste Merks noch einmal ein Lob auf dessen genaue Arbeit anbringen.

Oberleutnant Mendes befriedigtes Lachen erstarb im Hinabsausen des Hörers auf die Gabel.

Just da betrat Baberina Müller wieder den Vernehmungsraum.

«Bringen Sie mir sofort die Liersch!»

Wachtmeister Müller reagierte nicht sofort. Sie straffte ihre kleine Figur sichtlich, lächelte den seit einer knappen Woche amtierenden Leiter der Morduntersuchungskommission mit dem ganzen Charme ihrer schattenhaften Weiblichkeit an und sagte dann: «Ich glaube, Genosse Hauptmann, dass Sie eins vergessen.»

«Was?», brauste Merks auf.

«Wir befinden uns hier bei der Kripo weder auf dem Segelschulschiff noch auf sonstigen maritimen Kommandobrücken.»

Merks grinste. «Entschuldigen Sie, Genossin Wachtmeister», brummte er. Wenn doch Anett ihre ständige Nörgelei auch mit solchem Charme vorbringen würde! Er sah auf die Uhr. 14.28 Uhr. Viel zu spät schon, um Weib und Kind in den «Seeblick» nachzufahren.

Nun führte die Protokollantin die Anzeigenstellerin herein.

Als «Ehegewitter» hatte Fräulein Bühlig die Liersch bezeichnet. Was jetzt eintrat, war eher eine um vieles gealterte, künstlerisch irgendwie abgedrehte Person. Ein Abschnitt ihres kantig ins Gesicht fallenden, offenbar bereits grauen Haares changierte grünlich, ein anderer ocker, fast ins Goldige glänzend gefärbt. Die Frau des toten Preisträgers lief mit kurzen Schrittchen zum Verhörstuhl, setzte sich folgsam und blickte Merks unter großen, regenbogenspektral überschminkten Augendeckeln an.

Er konnte sich nicht helfen. Irgendwie war ihm die Frau so unsympathisch wie jene wichtigtuerischen und doch so hilflosen Jugendlichen, die sich Punks nannten oder Skins und mit denen er erst vor kurzem seine Scherereien hatte. «Warum verzichteten Sie auf die Auswertung und verließen mitten in der Nacht die Abschlussfeier Ihres Lehrgangs verdienter Volkskunstschaffender?», war seine erste Frage an die Witwe.

«Ich hatte so ein dummes Gefühl, wissen Sie. Ich spürte, dass Peter in Lebensgefahr schwebt. Leider jedoch erreichte ich viel zu spät ...» Da weinte sie wieder. Sehr laut.

Merks ließ sich nicht beirren. 14.30 Uhr zeigte seine Armbanduhr, auf der er aber nur den Sekundenzeiger verfolgte.

Intensive Heulkrämpfe, im Schnitt etwa zwanzig Sekunden lang, stellte der Hauptmann fest. Dann Luftholen nötig. Und wieder von vorn angefangen.

Wann führte die Liersch ihre im Gegensatz zu den Augenrändern unbemalten Lippen an die Gläser? Und warum? Mit welchem Sinn als einem einzigen, den er längst vermutete und nun behutsam aus diesem heulenden Farbkasten herausholen wollte?

«Essindanmich ...» Klartext: «Es sind an mich ...», knödelte der neue alte Fritz durchs Mikrofon im «Seeblick», «... mehrere Publikumswünsche herangetragen, sozusagen Herzenswünsche ... nur ein Beweis, dass Fritzes Disco beliebt und begehrt ... liegt mir Eigenlob fern ... Aber dreimal! Dreimal ... der Schlager der unvergesslichen Marika wieder gewünscht ... deshalb noch einmal: *Sing mit mir, lach mit mir* ... Bitte sehr!»

Neben Friedhelm, der beim Überreichen der Rechnung sein abschließendes Kokettement mit Ulla versuchte, was die mit Sauertopfmiene abwehrte, tauchte die Frau auf, die hier im «Seeblick» das Sagen hatte. Also die Chefin mit den von Friedhelm zitierten Kooperationsbeziehungen. Begrüßte Zeiske und Frau als bekannt, entschuldigte sich bei den anderen Gästen, streichelte Lisas Wange, war im Grunde genommen die standardisierte wachäugige Gasthausleiterin, mittelgroß, Exquisit-Kostüm, weder schlank noch dick. «Friedhelm», wies sie an, schönes kukidentgepflegtes Gebiss zum Lächeln geöffnet, «die Roddahns sind eingeritten. Der Verdiente Erfinder hat zum Mittag Ost und West eingeladen. Du solltest das übernehmen.»

Friedhelm zog eine Schnute. «Haben wir nicht bloß bis vierzehn Uhr Mittagsbrot, Chefin?»

«Ist ’ne Ausnahme. Du weißt ja, wie lange die Kontrollen in Drewitz und sonst wo oft dauern. Seine Heiligkeit hat für 14.30 Uhr das Essen bestellt. Und wir gehorchen. Roddahn ist schließlich unser berühmtester Datschenbesitzer in Ferch.»

«Klar, Chefin», beeilte sich Friedhelm zu sagen. Dabei schweifte sein Blick sehnsüchtig nach den beiden Westberlinern, dem jungen Fant mit dem Halskettchen und besonders zu dem alten Playboy. Nicht einmal kassiert hatte er schon bei denen.

«Kri-äh!», schrien die Möwen, als sie im Schwarm aufflogen von den Masten der Segelboote, die am Ufer des Schwielowsees ankerten.

Ulla schwitzte. Lisa lief wieder zu Fritzes Disco vor. Buntgemischt schwirrten deutsche Dialekte in der heißen Sonntagsluft.

«Die Bedienung hier», sagte Friedhelms Chefin, «übernimmt der Kollege Uwe Schütz. Sie mit Ihren guten Manieren – und ich meine das ohne Übertreibung – sollten die internationale Verwandtschaft unseres großen Erfinders bedienen.»

«Wie Sie möchten, Chefin.» Dann, als jene entschwunden war, zu den Frauen, insbesondere zu Ulla: «Besuchen Sie den ‹Seeblick› doch bald wieder! Ich jedenfalls würde mich freuen.»

Anett kräuselte ihre Oberlippe.

«Ach», seufzte Ulla bloß, unsicher, auch etwas traurig.

Im Séparée des Freilokals, eingezäunt an der Breitseite des Hauses gelegen, sah Friedhelm die Großfamilie bereits Einzug halten. Der alte Roddahn wird also 75, dachte er. Die riesige Zahl aus goldener Pappe, auf dem mittelsten der drei Langtische in einen gewaltigen Rosenstrauß gepfropft, war nicht zu übersehen. Und der Einzug der Grüppchen, die sich aus den verschiedensten Wagen herausschälten, großen und kleinen, westlichen und östlichen, hielt weiter an.

Friedhelm verharrte höflich am geflochtenen Halbzaun. Sobald sich alle niedergelassen hatten, wollte er gleich dem flinkesten aller schwarzen Vögel auf die Gesellschaft herabstürzen.

Ein ganz klar westlicher Mensch, berlinernd, schwadronierend-jovial, Mittfünfziger und Unternehmertyp, jener gewiss, dem die Superkutsche gehörte, die dicht am Eingang parkte, *Günther Goyatz Berlin* in Miniaturschnörkeln auf die Fahrertür graviert, dieser Goyatz also hatte zeitweilig die Platzierung der Verwandten übernommen. Arnold Roddahn kam das nur recht. Steif lächelnd saß das Geburtstagskind hinter seinen Rosen und hielt beide Hände in Häschenhaltung, damit sie leicht ergriffen und geschüttelt werden konnten.

Amanda Roddahn jedoch, des Verdienten Erfinders Gemahlin, war nicht zu sehen und, was Friedhelm erstaunte, nicht einmal zu hören. Dieser weibgewordene Wasserfall, der ihn immer an die unausstehlichen Heldinnen seines Deutschlehrers erinnerte, Bertha von Brüneck zum Beispiel oder Wsewolod Wischnewskis optimistische Kommissarin, war offenbar erkrankt.

Doch seine Freude währte nur kurz. Auf einmal erschien sie, rauschte vom Pipimachen herbei, und ehe sie auftauchte, war Amanda natürlich zu hören: «Was für eine Freude, nein! Der Günther! Und der stolze Julian! Und du, meine Inge, auch! Selbst Nina! Nein, es ist nicht zu fassen!»

War schließlich bei den Goyatzens angelangt, drückte sie ab und den eben noch munter platzierenden Unternehmer auf einen Platz in der Nähe der goldenen *75*. Selbstverständlich übernahm sie das Einweisen der Gäste nun selbst.

Man muss keine andere Frau kennen als nur diese, dachte Friedhelm, um von einem Tag auf den anderen homo zu werden. Mit solchen Hintergedanken verneigte er sich und schickte von seinem Zaunplatz aus ein gewinnendes Lächeln zu Frau Roddahn hinüber.

«Mächtig ausjeklinkt, die Töle, wa?» Neben Friedhelm hatte sich auf einmal ein junger Typ gestellt. Lehnte locker am Zaun und gehörte offenbar zur weiteren Verwandtschaft, wollte es aber eigentlich lieber nicht. «Ick bin der Nico.» Der mit einem Palästinenserhalstuch behangene, ansonsten aber schwarz wie Friedhelm und heute wahrscheinlich auf ein bisschen Geburtstagslook angezogene Jüngling reichte dem Kellner die Hand. «Will dir nich antörnen, Alter, aba bei dir müssen doch ooch alle Signallampen durchfetzen, wenn de für solche toten Hosen den Türken markieren musst. Ick hab den Trip hierher bloß jemacht, weil ick der Großneffe bin von dem da.» Nico zeigte mit nacktem Zeigefinger auf den würdigen Gastgeber der Mittagsparty.

Der kleine Bundi oder Westberliner, oder was er auch immer war, gefiel Friedhelm auf den ersten Blick, obwohl der nun nicht gerade danach aussah, dass von ihm eine müde Westmark herüberwuchs. «Bin der Friedhelm», antwortete er deshalb ebenso offen, «und das hier ist ganz schlicht mein Job. Ich liebe es eben, vermögenden Gourmands den Hof zu machen.»

Nico nickte mehrmals und sah plötzlich nachdenklich aus. Ließ den Blick über seine schwarze Lederhose bis zu den ausgebeulten Tennisschuhen hinabwandern, meinte dann: «Da möcht ick dir gleich noch wat fragen: Wie lebste denn so inne DDR als Schwuler?»

Friedhelm zuckte zusammen. Für einen Augenblick erstarb sein Lächeln. Er fixierte den offenherzigen Knaben neben sich misstrauisch. Aber da gab es nichts. Hübsch war der Junge, vielleicht eine süße Romanze wert, einfach mal andersrum. «Man lebt, wie du siehst. Langsam kriegt man schon Mitleid mit einem, der nicht schwul ist und trotzdem in 'nem Kulturberuf arbeitet.» Noch einmal musterte er den Kleinen und fragte dann leise: «Bist du vielleicht auch ...»

«Nö, Bruder, ick stehe mehr auf Torten. Aber unterhalten tue ick mir janz gerne mit Softies wie dir.»

Blitzschnell reagierte der schöne Kellner. Er presste, ohne dass es jemandem an den Tischen auffiel, rasch und schmerzhaft den Arm des Jungen neben sich. «Wenn du Zeit hast, unterhalten wir uns heute Abend, ja?»

«Wo in Jottes weiter Welt?»

Friedhelm deutete auf den See. «Dort hinten links am Ufer. Siehst du die Anlegestelle, ja? Dann den gelb-roten schlossartigen Bau am Strand? Das ist schon Petzerow.»

«Mal jehört.» Nico folgte Friedhelms Finger. «Soll 'ne abjewrackte Villa von der Töle Marika Rökk rumstehen.»

«Genau die meine ich!», jubelte Friedhelm. «Du liest aber *Schriftstellerheim* am Tor. Da gehst du einfach durch. Wir treffen uns unten am Bootssteg. Sagen wir 21 Uhr? Und steck die Badehose ein, okay? Falls du keine mithast, ist's auch nicht so schlimm.»

«Eye, eye», grinste Nico. «Interessiert schon echt, mal mit 'nem DDR-Schwulen zu ömmeln.»

Ömmeln, überlegte Friedhelm, während er, mit seinem bezauberndsten Lächeln bewaffnet, auf die Geburtstagsrunde zuschwebte. *Ömmeln*?

Unerbittlich und rasch prasselten Merks' Fragen auf die Liersch herab. Er hatte angeboten, dass sie jeweils drei Fragen beantworten solle, dann gestatte er ihr jeweils eine Minute «Heulpause». Der Hauptmann hatte seinen Vorschlag mit so viel Ironie vorgebracht, dass das Gewimmer schlagartig verstummte.

Nun verachtete sie diesen, wie sie felsenfest meinte, gefühllosen Menschen.

«Warum schminken Sie eigentlich Ihre Augenpartie derart intensiv, aber nicht die Lippen?»

«Ich halte nicht viel von Lippenkosmetik.»

«Dabei gibt es Fotografien, Frau Liersch - ich erinnere mich da an ein Bild aus der *Neuen Berliner Illustrierten* –, auf denen Sie gemeinsam mit Ihrem berühmten Gatten zu sehen waren. Auf denen hatten Sie die Lippen aber ganz schön bema... geschminkt. Wie erklären Sie diesen Widerspruch?» Das war erlogen, einfach auf den Busch geklopft. Merks hatte nie solche Zeitungen gesehen.

Sie riss die Augen auf. «Sie haben recht», gab sie zu. «Aber das war damals, und damals war ich eine andere als heute.»

«Heute sitzen Sie hier, weil Sie die Geliebte Ihres Mannes des Mordes beschuldigen. Zu Protokoll gaben Sie, dass Sie die Liaison Ihres Gatten duldeten. Ich zitiere: *Weil ich nie glaubte, dass Peter mit dieser kleinen Nummer auch schläft. Er war nur irgendwie besser gelaunt, wenn er sich mit ihr traf. Seine angedeuteten Seitensprünge dienten unserem eigenen Eheleben, das ich selbst als harmonisch bezeichnen möchte.* Richtig zitiert?»

«Vollkommen, Genosse Hauptmann.»

«Sehen Sie, wir können einander vertrauen. Sie sagen die Wahrheit, und die Genossin an der Schreibmaschine notiert alles, wie Sie es ehrlich zu Protokoll geben.»

«Danke.» Die Tränen quollen ihr wieder hervor.

«Dank meinerseits, Frau Liersch. Meiner nächsten Frage möchte ich zwei Beispiele aus der Geschichte der Kunst voranstellen. Welchen Tod finden Sie für eine berühmte Person eigentlich würdiger: den der Frau von Johann Sebastian Bach oder den Mozarts?»

Ulrike Liersch blickte empört. «Aber das sind doch beides unbewiesene Erfindungen, Genosse Hauptmann. Dass die Bach beim, nun ja, beim Geschlechtsverkehr verstarb und Mozart von Salieri vergiftet wurde.»

Unbeirrt, fast belustigt, setzte Merks noch einmal nach. «Welchen Tod halten Sie für den standesgemäßeren in Ihren Kreisen?»

Lange blickte sie den Hauptmann aus ihrem Halbgesicht an. Schmiss dann wieder den grau-gold-grünen Haarzacken und zeigte ihr anderes Auge. Knurrte beleidigt: «Muss ich Ihnen denn wirklich jede Frage beantworten?»

«Nein, Frau Liersch, Sie können die Antwort verweigern. Schließlich sitzen Sie hier noch als Zeugin. Nicht als Angeklagte.»

Das Frage-und-Antwort-Spiel des Hauptmanns wurde, wie denn auch anders, nach und nach zum Angstschach für die Vernommene. Verhöre waren seine Spezialität, Genauigkeit ebenso, aber auch eine gehörige Portion Phantasie, die sich in seinem Hirn vervielfachte mit der Lust an der Aufdeckung eines Verbrechens. Nicht mit der Kripo-Ausbildung allein hatte Klaus Merks das gelernt, sondern eigentlich von Kindesbeinen an aus den Erzählungen und Berichten eines Mannes, der kein anderer gewesen war als der Leiter einer Morduntersuchungskommission im Lande Sachsen, und zwar fast fünfzehn Jahre lang, seines Vaters, über den schon Bücher geschrieben worden waren: Gustav Merks! Jetzt stiller Rentner in Leipzig. Nicht so still, dass er es sich verkneifen konnte, auf der Glückwunschkarte zur Beförderung seines Sohnes zu schreiben: *Meine grauen Zellen stehen dir im Zweifelsfall immer zur Verfügung.*

Klar hatte diese Zeugin die Anspielung auf ihre abgeschminkten Lippen verstanden, wurde hellhörig bei dem

Vergleich von Madame Bach mit Wolfgang Amadé. Das alles ging, wie es gehen musste, so dass Klaus Merks schließlich zusammenfassen konnte, was eigentlich schon lange zusammenzufassen war: Tatsächlich war der Herr Nationalpreisträger an Herzversagen verstorben. Die Geliebte Katrin floh wirklich Hals über Kopf. Im Morgengrauen entdeckte Ulrike Liersch den Schlamassel, also statt eines im gemeinsamen französischen Bett friedlich schnarchenden Gatten dessen gekrümmte Leiche im Wohnzimmersessel, dazu noch mit offenem Hosenstall. Der Geruch der Schminke der Bühlig stand dick in der Luft. Schminkfreudige Damen unterscheiden die Schminke ihrer Konkurrentinnen sehr genau.

Exaltiert, wie sie war, erspann sich die Liersch eine Mordstory. Hoffte, die Wirklichkeit liefe so, wie sie dieselbe gern sehen wollte. Zwei Gläser also mit Rotweinresten. Musste in einem nicht Gift sein? Sie zog sich Handschuhe an. Hatte im Fernsehen mal was über Fingerspuren gesehen. Dann kostete, nippte sie an beiden Gläsern.

Leider kein Gift, stellte die Enttäuschte fest. Absurd übrigens, da sie wahrscheinlich, abgesehen von überalterten Heringsbüchsen des VEB Fischfang Rostock, niemals Gift geschmeckt hatte.

Ihr Mann war also ganz normal über seinen liederlichen Lebenswandel gestolpert. Nun ergriff sie auf einmal schmerzlich die Vorstellung, Witwe eines unrühmlich an sexueller Verzettelung gestorbenen Künstlers zu werden. Viel attraktiver wirkte ein Mord durch die Geliebte!

Also zermörserte sie die Blutdruckmedizin ihres Mannes, kippte sie in den Weinrest, rührte um. Warf die Verpackung in den Kücheneimer. Danach telefonierte sie nach der Volkspolizei.

«Einer Ihrer Fehler», sagte Klaus Merks, «war, dass Sie nicht damit rechneten, dass wir an Gläsern viele Spuren entdecken können. Spuren von Lippen. Auch von nicht geschminkten Lippen. Sie haben sich offenbar abgeschminkt, bevor Sie von den Gläsern gekostet haben. Wir stellten Reste der Creme fest, mit der Sie Ihre Schminke beseitigten.»

Er wartete einen Augenblick, ob sie widersprechen würde. Doch er sah: Da saß eine grauhaarige Künstlerfrau, in sich zusammengesunken, nicht mehr darauf erpicht, die grüne oder goldene Seite ihres Haarvorhanges anzupreisen.

«Aus der Befragung des Fräulein Bühlig wissen wir, dass in der letzten wilden Nacht Ihres Mannes sein Mund zumindest eines nicht berührte: das Glas seiner Partnerin. Und tatsächlich, Frau Liersch, war das Glas des jetzt Toten nur von seinen und Ihren Lippenspuren gezeichnet. Das zweite Glas jedoch, von dem man annehmen muss, dass nur die Bühlig daraus trank, enthielt nicht nur deren und Ihre Abdrücke, sondern auch das Gift. Er, das stellten wir eindeutig fest, konnte nie aus dem Glas mit dem Gift getrunken haben. Wenn Ihre Rechnung aufgegangen wäre, dann hätte genau das andere Glas vor Peter Liersch stehen müssen. Ein hässlicher Missgriff von Ihnen, nicht wahr?»

Baberina Müller schaltete sich ein. Ihre Schreibmaschine zuklappend, erläuterte sie: «Falsche Anschuldigung. Darauf steht Geldstrafe oder öffentlicher Tadel. Falls das Gerichtsverfahren für Sie ungünstig läuft, können Sie mit zwei Jahren Freiheitsentzug rechnen, Frau Liersch.»

«Im Strafvollzug», ergänzte Merks, «haben wir übrigens auch Volkskunstzirkel.»

DREI

ARNOLD RODDAHNS GRUNDSTÜCK lag auf einem länglichen Sandbuckel, der auch die vom Schwielowsee heraufkommende Holperstraße trug, bestand in seinem hinteren Teil aus einer tiefen, baumbestandenen Rinne, einer Schlucht schon fast, hinter der die Fercher Berge aufragten, kaum an die siebzig Meter hoch, doch vom Charakter her schon ein wenig Weserbergland oder Elm, überraschend jedenfalls an dieser Stelle südlich Potsdams und Berlins.

Im ebenen Teil, zwischen Holzhaus und Zaun, war liebevoll die Kaffeetafel gedeckt, gestückelt aus mehreren Tischen, Sägeböcken, Brettern und Bohlen, dies alles von langen weißen Tischtüchern kaschiert, Erbstücken aus den Tagen vor der Befreiung, und mit so vielen Kuchen und Torten versehen, dass man Tante Manda fragte, wie denn dies alles und noch dazu zur Ferienzeit ... und sie auf Stani verwies, ein Faktotum aus Onkel Arnies ehemals halbstaatlichem Betrieb, vor Jahren mit seiner deutschstämmigen Frau aus der VR Polen in die DDR gekommen und nach einem kurzen Zwischenaufenthalt in der «Autonomen Bergrepublik Suhl» in Leipzig sesshaft geworden.

Stani meinte mit verschmitztem Lächeln, wenn man nur mit einem grünen oder braunen Schein in anderer Währung winkte, «holten die in den Geschäften schon alles hinten raus. Da gibt's dann für die Damen nur noch eine Frage: *F*orum geht's?» Und er lachte herzlich über die volkstümlich-witzige Anspielung auf die sogenannten «Forum-Schecks», die hierzulande als Westgeldersatz kursierten. Über Deutsche Mark der Be-Er-De konnten die Roddahns in hinreichendem Maße verfügen, denn einige von Onkel Arnies Patenten, Regeltechnik und dergleichen, hatten auch in der BRD ihre Nehmer gefunden.

Kaum vom Mittagessen im «Seeblick» zurück, hatten sie schon mit Kaffee und Kuchen anfangen müssen – aus einem ganz einfachen Grunde: «Liebe Anverwandte und Freunde», hatte der Verdiente Erfinder beim Eintritt in sein Datschenreich gesagt, «nach Lage der Dinge müssen wir heute leider in zwei Schichten feiern, denn ab siebzehn Uhr erwarten wir meine Leipziger Freunde und solche aus der Gegend hier, darunter leitende Ärzte, Ingenieure, Offiziere und dergleichen, denen private Westkontakte nicht gestattet sind.» Und er gedachte an dieser Stelle seiner Ansprache auch seines Schwagers Paulchen, wobei die Eingeweihten feierlich grienten, musste der arme Löschmeister der volkseigenen Feuerwehr doch seinen Vorgesetzten stets Bericht erstatten, selbst wenn ihm ein Westverwandter auch nur telefonisch einen guten Rutsch ins neue Jahr gewünscht hatte. «So peinlich mir das ist, aber ich muss deshalb um pünktliches Aufbrechen bitten.»

Die Kommentare, die sich daran anschlossen, waren im Tenor alle gleich, doch dem Geburtstagskind, das in all den Jahren Grandseigneur geblieben war, fast so englisch wirkte wie Sir Harold Macmillan, konservativer Prime Minister früherer Jahre, ein «feiner Mensch», wie seine Freunde sagten, konnte dies ja schwerlich angelastet werden, höchstens insofern, wie auch Günther Goyatz mehrmals betonte, dass er, Arnold, seinen Frieden mit der DDR längst gemacht und sich seinen Betrieb mit ihr geteilt hatte.

Es wurde viel getrunken und geredet, und die meisten Sätze begannen mit den Worten: «Bei uns, da ...», folgten Vergleiche von Preisen und Chancen, dieses und jenes ohne Mühe zu kaufen, aber auch Witze über die Funktionäre und die Macher beider Seiten und die Aufrechnung von Plus- und Minusseiten beider deutscher Staaten.

Inge Goyatz fand den Warenmangel schlimm, das Schlangestehen und das preußisch-graue Einerlei, das die meisten Dörfer und Städtchen rings um die Hauptstadt boten, während Julian auf die Unmöglichkeit abstellte, als gewöhnlicher DDR-Bürger dorthin zu reisen, wohin man gerade wollte.

Arnold Roddahn meinte, dass das wohl alles mehrfach aufgewogen werde durch dreierlei Fakten. «Zum einen gibt es keine Arbeitslosigkeit bei uns, zum Zweiten kein Verbrechen wie bei euch, und drittens haben wir die alten Nazis ausgerottet mit all ihren Wurzeln.»

«Und warum wollen dann so viele in den Westen rüber?», fragte Goyatz.

Nico lachte. «Bei mir isses umjekehrt jewesen. Wenn wa nich über die Mauer rüba wärn, hätten uns die Bullen plattjemacht. Unsere!» Und er berichtete lachend, wie sie letzten Freitagmorgen zu 180 über die Mauer gesetzt, in die DDR geflüchtet waren, alsbald dann in Barkas-Bussen zum Grenzbahnhof Friedrichstraße kutschiert, mit schönsten Grüßen.

Gelächter allenthalben, und Günther Goyatz meinte, ein längerer Aufenthalt «dieser Chaoten hier in der DDR» wäre äußerst nützlich gewesen, denn da hätten sie vielleicht einmal Disziplin und Ordnung vermittelt bekommen, was nun er als großen Pluspunkt der DDR-Deutschen betrachtete.

Nina hatte dieses Gerede der Alten lange satt und sich mit Onkel Arnies Fontane-Büchern in die Schlucht geflüchtet, las dort im Bande *Havelland* das Schwielowsee-Kapitel: *... der Schwilow* (ohne e beim Meister) *ist breit, behaglich, sonnig und hat die Gemütlichkeit aller breit angelegten Naturen ...* Kein Wunder, dachte sie, dass sich ihr Onkel seine Ufer als Altersruhesitz so sehr gewünscht hatte. Doch *... der Schwilow ist gutmütig, so sagten wir; aber wie alle gutmütigen Naturen kann er heftig werden, plötzlich, beinahe unmotiviert, und dann ist er unberechenbar.* Sie zuckte zusammen: ihr Vater und die Prophezeiung. Quatsch! *... Caputh zu, dort liegen die Schiffe, die der Schwilow hinabgerissen; was er hat, das hält er fest; er gibt sie schwer wieder heraus.* Bloß keine Kahnfahrt mehr nachher!

Da stand Nico hinter ihr. «Na, tuste wat für deine Bildung?»

«Siehste ja!»

Die beiden hatten sich heute beim Essen am See zum ersten Mal gesehen, denn Nina war über ihre Mutter beziehungsweise Großmutter mit den Roddahns verwandt, ihre Oma mütterlicherseits war Tante Mandas Schwester, während er den zahllosen Großneffen des Erfinder-Onkels zuzurechnen war. Und wann trifft man sich da schon? Erst die große Jubelfeier hatte für ihr Kennenlernen gesorgt, und es hatte zwar nicht *zoom* gemacht, wumm, sie nicht tierisch angetörnt, sie nicht echt aufeinander abfahren lassen, doch aus den jeweils unterschiedlichsten Gründen heraus saßen und standen sie hin und wieder nebeneinander, um miteinander zu reden, sich über dies und jenes auszutauschen.

Nico mochte ihre katzenhafte Schläfrigkeit, diese weiche, blasse Körperfülle, dieses mehr Hauchen als Sprechen, ein bisschen wie die Milster, wenn sie in *Cats Memories* sang, wollte schon mal checken, ob bei Nina bettmäßig nicht was anzuleiern war («Du, ich hab echt Bock auf dich!»), obwohl ihr Alter ja nun der letzte Kotzbrocken war, der mit seiner abgefuckten Masche, die Leute auszubeuten, Leiharbeiter und so weiter, für einen Tag vom Arbeitslosenstrich geholt. Aber immerhin, man hatte eine Adresse, wenn man mal ganz dringend Kohle brauchte. Also die Leute warm halten, *connections* haben, das war alles.

Nina träumte, wenn sie auf ihrem *Torro* über die Lübarser Wiesen sprengte, super dieses Polopferd aus Argentinien, von einem wilden Leben, von tausend Rollen zugleich und nacheinander, überall gewesen zu sein und alles einmal gemacht zu haben, die eine ebenso zu sein wie die andere, Ballkönigin im «Palais am Funkturm», aber auch drogenhohle Fixerin mit Strichkarriere, mit Jetset-Männern, siehe Sylt und Saint-Tropez, heute was zu haben, morgen aber Typen wie Nico zu lieben: hager-leptosom, fast spillrig, Gauloises-Raucher und lässig wie ein Film-Franzose, frei von allem und für alles, keinem Menschen hörig. Sie sah aber den Kontakt zu Nico vor allem unter einem sehr pragmatischen Aspekt, dachte sich, ihn vielleicht überreden zu können, in ihre Schule zu kommen, wenn sie im Oberstufenkurs ihr großes Referat zu halten hatte: *Autonome in Kreuzberg – Alltag, Orientierungen und Lebensentwürfe*, denn stets entlockte es den Lehrern höchste Noten, wenn es ihren Gymnasiasten gelang, dazu Leute aus den Scharen der Berliner Minderheiten, Randgruppen, Subkulturen in die Schule zu schleppen, «Betroffene» zum Anfassen.

«Was machsten so?» Sie hatte den Fontane-Band zur Seite gelegt und sah ihren exotischen Verwandten an.

Doch Nico konnte nicht sogleich Auskunft geben, denn oben an der Tafel war inzwischen Sekt eingeschenkt worden, und der deutsch-deutsche Chor ließ sein «Hoch soll er leben» weit über den Schwielowsee erschallen.

Nico lachte, zog seinen Araber-Feudel, das schwarzweiß karierte PLO-Halstuch, zu einem festeren Knoten zusammen. «Ick lebe ebent.» Er bemühte sich fast ein wenig krampfhaft, richtig zu berlinern, so zum Beispiel das angehängte T beim letzten Wort nicht zu vergessen, alles, um sich und den anderen immer wieder zu beweisen, dass er mit seiner Vergangenheit total gebrochen hatte. «Bremen kannste vajessen. Meine Mutta, früh üban Jordan, Krebs, und mein Alter, äih, fix und foxi, flippt aus, total, jetzt hockta als Berber irgendwo am Hauptbahnhof rum. Der Alk, ja, ja! Weeßte, watta jewesen is vorher? Amtsrat bei der Bauverwaltung, Kissenpuper, Beamter. Hat aba imma viel saufen müssen im Dienst – Schicksal! Und wat machen die Dummsülzer mit mir? Int Heim rin, na logo. Strippenzieher sollt ick lernen, Elektriker. Die hatten echt eenen anna Hacke. Da hab ick dann die große Flatter jemacht, ab nach Berlin.» Er zog sich seine Utensilien aus einem umgehängten Brotbeutel und begann mit der kultischen Handlung, sich eine Zigarette selber zu drehen. «Hafenstraße oder Berlin, sonst is doch in Deutschland tote Hose überall.»

Nina drehte sich auf die Seite, denn ihr Jeansrock war reichlich kurz geraten, und Nicos Blicke wurden immer eindeutiger, was sie in einem Maße ängstigte, das ihr selber furchtbar überzogen schien. Sicher, hohlwangig war er, und sein Gesicht hatte viele Akne- respektive Pockennarben aufzuweisen, doch daraus nun zu schließen, dass er von Aids befallen war ... Und wenn, siehe Safer Sex. Wenn du ein übervolles Leben willst, außergewöhnlich, dann ... ein Kitzel, der ... Du tickst ja nicht mehr sauber! Ein Hüsteln, eine schnelle Frage hinterher. «Und wovon lebst du jetzt?»

«Von der HLU.»

«Wie?»

«Sozialamt, Stütze, Hilfe zum Lebensunterhalt: HLU! Hamse gerade erhöht uff 424 Mark, det muss reichen. Und wenn de so Tag für Tag durch die Pampa schnürst, kannste ooch immer wat finden. Wat meinste, wat so bei den Supermärkten hinten in die Container wandert? Büchsen, nur weil se 'ne Beule haben, Äppel, Ananas mit 'ne kleene faule Stelle. Det is wirklich ächt galaktisch, du, wie de davon leben kannst. Und wat anzuziehen ...» Er zeigte auf seine gruftischwarze Lederhose und sein anthrazitfarbenes Jackett, weiße Nadelstreifen, Smokingschnitt. «Klamotten kriegste mit links, wenn Kleidersammlung is, vom Roten Kreuz oder so. Wenn det morjens allet uff de Straße steht, in die Plastiksäcke drin, musste bloß eher da sein, bevor die mit ihre Autos kommen und allet uffladen. Echt sahnemäßig! Anarchie is machbar, Frau Nachbar!»

«Bakunin hatten wir mal inner Schule», sagte Nina und kam sich furchtbar albern vor.

«Um die Menschen aufzuwiegeln, muss man mit dem Teufel im Bunde sein», lachte Nico, hatte jüngst ein Taschenbuch mit Anarchistentexten bei Kiepert geklaut, im Taschenbuch-Tempel, Nähe TU, und einigen Spaß beim Lesen gehabt. «Tag und Nacht nur einen Gedanken, ein Ziel: gnadenlose Zerstörung!»

War es ihm ernst, war es nur die Lust, Bürger und Spießbürger zu reizen und in Angst und Schrecken zu versetzen? Nina konnte es nicht deuten, hatte auch die Zeit nicht mehr, näher darauf einzugehen, denn oben trommelte ihr Vater die Westler zum Abmarsch zusammen.

«Tempo, keinen Ärger hier!» Tante Manda hatte auf zwei Häuser gegenüber gewiesen, wo Stasi-Leute wohnen sollten.

Nico trat seine Zigarette aus. «Kann ick nich in euerm Schlitten mit?» Fügte dann, als sie mit ihrer Antwort zögerte, hinzu, dass er nur sehr umständlich aus Westberlin hierhergekommen sei: mit der BVG, Linie 41 von Kreuzberg nach Rudow, Waltersdorfer Chaussee über die Grenze nach Schönefeld rüber und von dort dann, teils überaus umständlich mit dem Zug und selten verkehrenden Bussen, teils per Anhalter, bis runter nach Ferch. «Aba wat passt in so 'nen Trabbi schon zusätzlich noch rin? Und die in den jrößeren Wagen, die wollten ma nich, weil ick wohl zu sehr nach Friedensbewegung aussehe, ächt.»

Nina musste ihren Vater fragen, und Günther Goyatz zuckte zusammen, als hätte ihm der Ober im Kempinski, so in Gedanken sein Vergleich, statt eines Chateaubriands einen Haufen Scheiße serviert. Andererseits aber war er seiner Tochter sozusagen hörig, ließ auch nie eine Gelegenheit vergehen, ohne dass er beteuert hätte, ihr bisher im Leben jeden Wunsch erfüllt zu haben. Also war er hin und her gerissen und suchte verzweifelt nach einem Ausweg aus seinem Dilemma, wollte erst einmal Zeit gewinnen, obwohl nun Inge oben drängte.

«Wo sind Sie denn rübergekommen?», war die Frage an Nico, das «Sie» zur bewussten Distanzierung gebraucht, obgleich ihm ein abfälliges «Du», wie es Pennern gegenüber richtig war, noch angebrachter schien. Und als er dann «Waltersdorfer Chaussee» vernahm, konnte er frohlocken. «Das geht ja dann sowieso nicht, denn wir sind über Drewitz gekommen, und jeder muss über den Übergang zurück, wo er hergekommen ist.»

Obwohl das richtig war, ließ Nina nicht locker, hatte ja mit Nico noch immer nicht über seinen «Auftritt» in ihrer Schule gesprochen. «Paps, bis zur Grenze wenigstens. Ist doch noch 'ne schöne Spazierfahrt für uns, wo wir schon mal hier sind: schnell auf der Autobahn hin und dann über Königs Wusterhausen, Mittenwalde und Teltow wieder zurück, die kleinen Städte alle.»

Julian kam, sie endlich zu holen, wurde mit der Sache konfrontiert und machte es wie sein Vorbild Norbert Blüm (Nina: «Bonns bester Kabarettminister!»): zog alles schnell ins Heitere. «Willst du nicht schnell bei deiner Astrologin anrufen, was die Sterne dazu sagen?» Auch für ihn war dieser Nico ein Chaot und Spinner, ein Arsch hoch drei, einer, der auf die Fahndungsplakate gehörte und in den Knast, nicht aber auf eine Geburtstagsparty wie diese, doch zugleich war er versucht, Nico als Instrument zu nutzen, im permanenten Kampf gegen seinen Herrscher-Vater wieder einmal erfolgreich zu punkten. «Meinetwegen kann er mit.»

Goyatz blieb nichts anderes übrig, als Julians Provokation mit einem Scherz zu kontern («Wenn *dein* Stern erst aufgegangen ist, geh ich nicht mehr hin, aber das dauert ja wohl noch 'n bisschen bei dir.»), denn zu oft hatte er betont, hart im Nehmen zu sein, als dass er jetzt losbrüllen durfte. Dennoch holte er schon Luft, Julian mächtig anzublaffen («Wessen Auto ist denn das, wer bestimmt denn hier? Du doch nicht!») und dann Nico derart ranzunehmen, dass der schon von sich aus gern verzichtete («Ich hab keine Lust, deinetwegen die Polster desinfizieren zu lassen!»), da kam das Geburtstagskind heran, um herzlich Abschied von ihnen zu nehmen, und es gab für alle nichts anderes mehr als honigsüßes Lächeln. Und die Sache war dann vollends gelaufen, als Tante Manda von Nicos mühsamer Anreise erfuhr und nun ihrerseits «den Günther und die Inge» bat, den Armen doch ein Stückchen mitzunehmen.

Gebongt. Und große Abschiedszene. Nochmals: Alles Gute, Arnold, Onkel Arnie, Gesundheit vor allem und viel Schaffenskraft, wachse, blühe und gedeihe! – Ja, danke! Und herzlichen Dank, ihr Lieben, auch für all die schönen Geschenke: den Champagner, den Kaffee, die vielen Blumen, aber den herrlichen Videorekorder vor allem (gegen den Goyatz bis zuletzt gewettert hatte). – Nicht doch, gern geschehen, keine Ursache. Feiert noch schön und herzliche Grüße auch an ... Folgten die Namen der Freunde und Verwandten, die man, weil Kontaktverbot, nicht sehen durfte. Umarmungen, Bruderküsse und manch feuchter Schmatz, Taschentücher und Tränen. Bis zum Achtzigsten! – Wenn wir da noch leben! – Machen wir!

Danach ein Rallyestart der Westler, Mercedes knapp vor BMW, dann VW und Audi und ganz am Schluss ein Citroën, zweimal Westberlin als Ziel, dazu noch Bremen, Oberhausen und ein Dörfchen an der Ostsee oben.

Auf Wiedersehen! Bleib nicht so lange fort, ein andermal ist's halb so schön.

Dann die Fenster hochgekurbelt, abgehakt. Nein, wie die Zeit vergeht! Unwiederbringlich alles dahin. Inge Goyatz dachte an die Tage zurück, die Wochen, die Ferien, die sie hier in Ferch verbracht hatte, noch als Achtzehnjährige, bis zur Mauer immer Jahr für Jahr. Erinnerungen, heiß und würgend. Wie jung sie damals war und Onkel Arnie ein Gott, kein Greis. «Mach doch mal das Radio an!»

Eine Kassette war noch eingelegt, an sich ja verboten beziehungsweise wohl anmeldepflichtig, so genau wusste das keiner, war aber irgendwie vergessen worden. Hatte sich auch an der Grenze keiner drum gekümmert, waren ja alle so richtig menschlich geworden seit kurzem.

Julian saß am Steuer, drückte auf den Knopf, und aus allen Lautsprechern überflutete sie Marika Rökks überrissene Paprikastimme: *Etwa schlechter Laune, mein lieber Freund? Die gibt es jederzeit, / aber solch ein Gesicht geht mir schließlich doch zu weit. / Sehe ich das noch lange, mein lieber Freund, dann werd' ich rabiat / – und darum geb' ich dir einen wunderbaren Rat ...*

Jetzt kam der Refrain, und Inge Goyatz, sekttrunken, sang aus voller Kehle mit: «*Schau nicht hin, schau nicht her, schau nur geradeaus – und was dann noch kommt, mach dir nichts daraus!*» Dazu erklärte sie, dass dies ein langsamer Foxtrott sei, den Marika Rökk «so um 1942 rum» mit Walter Müller in dem einzigartig-wunderbaren Revuefilm *Die Frau meiner Träume* gesungen hatte.

Sie kannte alle ihre Filme, hatte nahezu alle Programmhefte gesammelt, war «völlig weg von der Rökk», wie ihr Sohn immer lästerte, nicht ohne hinzuzufügen, dass er gegen die Parole «Hoch die Rökk» nichts habe.

Weißt du auch manches Mal weder ein noch aus, / nimm's nicht allzu schwer, mach dir nichts daraus ...

«Typisch Nazi-Durchhalteparole», kommentierte Nico. «Ganz Berlin ein einziger Schutthaufen, aber ...»

Nina stimmte ihm zu, und Julian schüttelte sich. «Mit der im Bett, das muss ja grausam sein! Dieser Kampfergeruch, wenn Großmutter einen so richtig vernaschen will.»

«Die war doch jung und knusprig damals und so was von temperamentvoll! Aus'm Zirkusmilieu is sie ja gekommen.» Inge Goyatz wusste alles, hatte gerade gestern an *Alles oder nichts* geschrieben und gebeten, einmal als Marika-Rökk-Expertin getestet zu werden.

«Diese Beine allerdings ...» Lediglich ihr Mann ergriff Partei für sie. «Mal welche zum Angucken und nicht nur, dass man sie schnell zur Seite legt.»

... geht's dir nicht alles genau, wie du's wünschst, nehm es hin ...

«Nimm!», verbesserte Nina.

... irgendwo hat jedes Ding seinen Grund und seinen Sinn ... Schau nicht hin, schau nicht her, schau nur geradeaus – und was dann noch kommt, mach dir nichts daraus!

Und schließlich schmetterten es alle im Wagen, auch Nico, der zuvor festgestellt hatte, dass nichts auf dieser Welt ansteckender sei als der totale Schwachsinn.

Prompt verfuhren sie sich, wollten ja an sich durch den Wald und am Bahnhof Ferch-Lienewitz vorbei zur Autobahn, gerieten aber irgendwie wieder ans Schwielowsee-Ufer und die Straße nach Caputh, die, kein Wunder bei dem schönen Wetter, fürchterlich verstopft erschien, wendeten und hielten schließlich auf dem, ja, so hieß er wirklich, Potsdamer Platz, dem Fercher Forum, einem nicht eben anmutigen Areal von Fußballplatzgröße mit dem «Rat der Gemeinde» in einem Backsteinbau wilhelminischen Zuschnitts, einer Busstation und einer grün-weiß-blauen Orientierungskarte auf einer hölzernen Wand.

«Steig doch mal aus!», sagte Goyatz zu Julian.

«Warum denn? Mutti weiß doch hier Bescheid.»

«Die ist doch auch ewig nicht mehr hier gewesen, außerdem ist sie doch immer noch völlig abgetreten.»

Schau nicht hin, schau nicht her, schau nur geradeaus ...

«Mach doch das mal!», riet Nina.

Julian beugte sich nach vorn, um links an der Bürgermeisterei ein schmales Holzschildchen besser erkennen zu können. «Nach Petzerow geht's da.»

Als Inge Goyatz das Wörtchen *Petzerow* hörte, schrie sie derart auf, dass alle anderen dachten, sie wäre von einer der in diesem Jahr äußerst aggressiven Wespen in den Mund gestochen worden. «Petzerow, mein Gott, da hat doch die Rökk ihre Villa gehabt!»

Damit war klar, dass sie den Rückweg über Petzerow zu nehmen hatten.

Nico, der im Fond des Wagens zwischen Nina und ihrer Mutter saß, versuchte noch, durch die Häuser und Bäume hindurch den «Seeblick» zu erkennen – Friedhelm. Wollte ihm schnell sagen, wenigstens ein Zeichen geben, dass aus der Verabredung nachher wohl nichts mehr würde, denn so eng, Schenkel an Schenkel, mit Nina zu sitzen und ohne Mühe zur Grenze zu kommen wog doch, das müsse er verstehen, ein wenig mehr als das Geplaudere und Baden mit ihm am Schriftstellerheim. «Kann ick nich noch mal ...»

«Pinkeln kannste nachher an der Rökk-Villa, hier wird nich mehr extra gehalten!», schnauzte Goyatz vorn auf dem Beifahrersitz.

Na schön, dachte Nico, Friedhelm wird schon merken, wenn ich nicht komme.

Sie fuhren um den südlichen Zipfel des Schwielowsees herum und dann nordwärts Richtung Werder/Potsdam durch schütteren Kiefernwald und ziemlich zerdatschtes Gelände, machten, was Goyatz und Julian betraf, ein wenig auch Nina, die üblichen Westler-Witzchen über die «Brüder und Schwestern drüben in der DDR», fanden aber vor allem manche Begriffe zu komisch: Plaste und Elaste statt

Plastik, wie sie es für einzig richtig hielten, Goldbroiler für Brathähnchen, Feierabendbrigade, Grillettas (gleich Hamburger), die raufutterverzehrende Großvieheinheit (RGV, auch als Kuh bekannt), Schallplattenunterhalter (Discjockey bei ihnen) oder Sekundärrohrstofferfassung (siehe Recycling).

«Find ich gar nicht so lächerlich», bemerkte Inge Goyatz. «Besser, als wenn bei uns alles amerikanisch quatscht. Deutscher, sprich deutsch!»

«Na, Goyatz ist bestimmt nicht deutsch», lachte Nina.

«Aber Inge! Germanisch: die vom Gott Ingwio Beschützte.» Sie hatte prima Laune heute, kein Wunder, gleich mussten sie ja in Petzerow sein. Mit ihrem Onkel war sie oft hindurchgeradelt, konnte sich noch gut an einiges erinnern. «Die Backsteinkirche mit dem Schinkelturm, da müssen wir nachher unbedingt mal hin. Die Aussicht – herrlich, sag ich euch! Oder die Fontane-Klause, der Dorfgasthof ist das.»

Beides sahen sie nun vorbeihuschen, ebenso das Herrenhaus, das Schloss, ockergelb, trutzig mit seinen Türmchen, ein bisschen Windsor, ein bisschen Neuschwanstein auch auf preußisch.

Und Inge Goyatz fielen sofort wieder all die grusligen Geschichten ein, die man ihr als Kind vom letzten Schlossherren erzählt hatte, dem Baron von Kähne. «Schießwütig ist er gewesen, hat auf alles geballert, was sich bei ihm im Wald bewegt hat, ohne vorher um Erlaubnis zu fragen. Einen Jungen soll er erschossen und in den Schwielowsee geworfen haben und noch im Mai 1945 einen Ingenieur. Zwei Ziegeleiarbeiter aus Glindow, die bei ihm 'ne Fichte fällen wollten, hat er mit 'ner Schrotflinte in Bauch und

Schenkel getroffen, aber immer ist er freigesprochen worden. Mal war's 'n Jagdunglück, mal hat's keine Beweise gegeben.»

«Da müssen wir ja aufpassen, wenn wir hier rumlaufen», lachte Julian. «Besonders Vater. Bei dem, was ihm prophezeit worden ist.»

«Hör auf bitte!» Goyatz schlug sich zornig mit der flachen Hand auf den rechten Oberschenkel.

«Wo ist denn nun diese komische Villa, wo die ...»

«Irgendwo am Schwielowsee.»

«Ich denke, da biste schon mal gewesen?»

«Nein, mit Onkel Arnold nicht, der hat davon auch nichts gewusst. Das hab ich neulich erst inner Illustrierten gelesen, dass die Rökk hier gedreht hat. *Frauen sind doch bessere Diplomaten*, glaub ich. Und ihr Mann, der Georg Jakoby, der soll ihr die Villa dann gekauft haben.»

«Wo ist sie denn nun?»

«Fahr mal die Straße hoch, die heißt ‹Am Schwielowsee›.»

Julian tat es, und als die fleckige Betonfahrbahn ein wenig schanzenartig anstieg, als bildete sie hier einen Deich zum Schwielowsee hin, entdeckten sie rechter Hand ein weißgetünchtes Fabrikantenschlösschen, wie es typisch war für die schönsten Flecken der Mark, in Kaiserzeit und zwanziger Jahren von Großverdienern an die Seen gesetzt, um sich, die Reichshauptstadt griffbereit im Hintergrund, angemessen von den Mühen zu erholen, die es machte, wollte man auf Dauer herrschen und kräftig Mehrwert abschöpfen, andere halt legal betrügen – mit Ausnahmen, versteht sich. Zwischen Wandlitzsee im Norden und dem Zeuthener See, Königs Wusterhausen, in Südsüdost, zwischen dem Scharmützelsee mit Bad Saarow-Pieskow im odernahen Osten und eben Werder/Potsdam im Westen, dem Schwielowsee, setzten sich die deutschen J. R. Ewings von damals eine «Southfork Ranch» nach der anderen in die märkische Heide, den märkischen Sand.

«Das muss es sein», befand Inge Goyatz denn auch. «Fahr doch einfach mal rein!»

«Da steht doch was dran.» Julian entzifferte es. «*Schriftstellerheim ‹Theodor Fontane›.*»

«Gott, nein!» Goyatz riss unmutig seinen Gurt nach vorn und ließ ihn auf die Brust zurückknallen. «Keine Dichter bitte!» Ratten, Schmeißfliegen, Pinscher.

Nina hatte sich steil aufgerichtet. «Doch! Vielleicht ist gerade einer da. Stefan Heym, Hermann Kant oder einer, der ...»

«Hier is überhaupt keena da», stellte Nico fest. «Entweder die machen alle die Poofe, oder se sind Tinte holen jefahrn nach Berlin rinne.»

«Da ist doch sicher Reinfahren verboten», sagte Goyatz, der nach Hause wollte, fernsehen und einige Kalkulationen durchrechnen. «Und ich möchte hier nicht mit den ‹Organen› ...»

«Quatsch, Frechheit siegt!» Inge Goyatz hieb ihrem Sohn von hinten auf die Schulter, dass der einfach anfahren musste, eine Rampe hinunter, und fast drei runde Mülltonnen angebufft hätte.

Sie kamen an der Rückfront der Villa zum Stehen, vor den Küchenfenstern wohl, doch drinnen rührte sich nichts. Ein flaschengrüner Trabbi träumte unter haushohen Linden dahin, und Julian ärgerte sich, dass seine Nummer (IRY 8-13) nicht auf den Herkunftsort des Fahrers schließen ließ – ein Spielchen, das ihnen im Westen bei jeder Fahrt immer Spaß bereitete («Was heißt 'n *FFB*?»).

«Da ist sogar 'ne Gedenktafel dran für Marika Rökk!» Inge Goyatz erschreckte sie mit ihrem spitzen Schrei, befand sich fast im Rausch, im Ausnahmezustand, hatte aber keine Brille dabei. «Lies doch mal vor!»

Julian tat es. «*Vorsicht! Flüssiggas schwerer als Luft. Rauchen, offenes Licht und Umgang mit Feuer verboten!*»

Man lachte sie aus, doch ihr machte es wenig.

Sie warteten einen Augenblick, hofften, jemanden auftauchen zu sehen, den man fragen konnte. Ob es gestattet sei, das Gelände zu betreten? Ob die Rökk wirklich hier gelebt hatte? Ob die Gestapo in dieser Villa ... Julian hatte sich da irgendwie erinnert – Diplomarbeitskapitel: *Gestapo-Standorte im Großraum Berlin*.

Es war alles so still und reglos, dass sie das Gefühl hatten, vor dem Fernseher zu sitzen, ein Standbild zu sehen, eingefroren alles und Tonausfall dazu.

Links von ihnen befand sich der Garagentrakt, vier Tore, alles ziemlich vergammelt. Wäsche hing auf einer Treppe. Terrassen führten zur Straße hinauf, und mit den hellen Steinen sah es fast ein wenig italienisch aus, ließen die Stauden und Büsche an die Macchia denken, siehe Sardinien.

«Ick steig ma aus und seh nach.» Nico quetschte sich an Nina vorbei, die die Tür auf ihrer Seite schon aufgestoßen hatte, doch mit dem Aussteigen aus einer ungewissen Angst heraus noch zögerte. Nur die Knie, die Beine waren ausgefahren.

«Lass das lieber!», rief Goyatz. «Ich will keinen Ärger hier.»

Doch Nico stand schon auf dem kieselrauhen Beton, war kein Mensch, der immer erst fragte, ob er etwas auch dürfe.

Die anderen blieben sicherheitshalber erst einmal im Wagen zurück, denn Julian hatte angemerkt, dass sich hinter der Bezeichnung Schriftstellerheim doch durchaus auch anderes verbergen könne, eine Erholungsstätte für Stasi-Leute womöglich.

Da kam Nico zurück und berichtete, dass im Hause ganz offenbar keine Menschenseele sei. «Dafür weeß ick aba, wie der Hausmeister heißt.»

«Na, toll!», bemerkte Nina.

«Hat 'n kleena Brief an seina Zimmatür jeklebt: *Paul Zeiske, persönlich!*» Nico strahlte.

Julian war von dieser kindlichen, für ihn sogar kindischen Freude gehörig genervt. «Vielleicht kannste's dem *Stern* für zwei bis drei Millionen verkaufen.»

«Mach ick und koof ma dafür in eure Firma ein. Dann bestechen wa beede zusammen die Baustadträte, äih, wa.» Nicos Laune wurde immer besser. Er hieb Julian, der inzwischen ausgestiegen war, um sich ein wenig die Beine zu vertreten, so kraftvoll auf die Schulter, dass der zusammenzuckte.

«Meine Bandscheibe! Idiot, du!» Auf Gürtelhöhe hatte es einen stichartigen Schmerz gegeben, und jetzt zog es in Wellen bis zu den Zähnen hinauf und den Zehen hinunter. Im Reflex hatte er die rechte Hand zur Faust geballt und schon zu einem Schwinger ausgeholt, um Nico eines in die Fresse zu geben, beherrschte sich jedoch im letzten Moment, ohne recht zu wissen, woher der Stopp-Impuls gekommen war. Weil es sich für einen Akademiker wie ihn nicht schickte, weil er Angst davor hatte, mit Nicos Blut und Speichel in Berührung zu kommen, das Aids-Gift bei einer wahrscheinlichen Wunde dann selber im Körper zu haben? Es fiel ihm aber außerordentlich schwer, nicht auf diesen Menschen loszustürzen, ihn zu schlagen, ihn zu würgen, denn er hasste ihn, ohne dass er den Grund dafür eigentlich gewusst hätte. Es gab einen, doch er schaffte es nicht, ihn gedanklich zu fixieren, geschweige denn in Worte zu fassen. Aber irgendetwas war es.

Auf der Suche nach diesem Grund verlor er das Gefühl für Zeit und Ort und war deshalb sehr erstaunt, als er plötzlich die Stimme seiner Mutter hörte.

«Ich will auf alle Fälle mal schnell zum See runter.» Schon war Inge Goyatz ausgestiegen. «Irgendwie sind wir hier mal gestrandet, mit Onkel Arnolds Segelboot, als plötzlich 'n Gewitter ...»

Sie gingen links um die Villa herum und fanden auch die Terrasse, obwohl mit einigen sommerweißen Tischen und Stühlen versehen, von keinem Menschen besetzt, nirgendwo einen Poeten, der reimte, wie es Nina jetzt tat, als sie über die herrlich weite Rasenfläche hinweg auf den Schwielowsee blickten, auf bläuende Kiefernhügel hinüber, die sich unter dem märkisch-blauen Wölkchenhimmel südwärts streckten.

«*Blaue Havel, Grunewald, / Grüß mir alle beide, / Grüß und sag, ich käme bald ...*» Habe, so fügte sie hinzu, bei ihrem Erfinder-Onkel überm Sofa gehangen, ebenso fontanisch wie das andere Spruchbildchen auch: «*In der Arbeit wohnt der Friede, / In der Mühe wohnt die Ruh.*»

Drei Pappeln, die preußischen Zypressen, ragten zwischen Haus und Ufersaum in Bussardhöhen hinauf und gaben dem Ganzen jene Leichtigkeit, wie man sie von Rheinsberg her kannte, vom Schloss und Hof des jungen Fritzen, vor der Enthauptung seines Freundes Katte, bevor er zum großen Friedrich aufwuchs und entartete.

Ein Ambiente, das die Menschen größer machte, als

sie waren, sie für Minuten glauben ließ, die Königin zu sein, wie sie zum Teehäuschen ging, die Prinzessin, wie sie auf den Nachen wartete, der ihr den Geliebten vom nahen Potsdam bringen sollte, der Herr von Goyatz, «unser neuer Schinkel», wartend auf die Ernennung zum Königlichen Hofbaurat, der Herr Minister, gekommen, vom König neue Ordre zu empfangen.

Nur Nico war immun gegen Gefühle wie diese, pinkelte im Gegenteil hinter der erstbesten Hecke auf einen DDR-typisch eilig hingekippten Haufen abbröselnder Briketts der Marke Rekord.

Für Goyatz war das, als furzte einer laut in eine christliche Andacht hinein, und auch Julian und Inge wurden von Aggressionen gepackt, wie sie bei Blasphemie und Tempelschändung ein jedes Mal entstehen. Dieses Schwein, dieser Anarchist! Prolet, der!

«Für Typen wie den sollten wir die Todesstrafe wiederhaben!», zischte Goyatz.

Nico hörte es nicht, knöpfte sich nur fröhlich den Hosenstall zu und schwenkte eine halbleere Bierflasche, von irgendwem vergessen, einen Wachsoldaten auf dem Etikett, aufgebaut vor dem alten Marstall am Lustgarten. «Rex-Pils Spezial, Deutsches Pilsner, Vollbier, VEB Brauerei Potsdam im Getränkekombinat Potsdam. 0,5 Liter, 1,28 Mark ...»

Doch niemand hörte ihm zu, nicht einmal Nina. Der Gute war vielleicht doch ein wenig unter dem gewohnten Niveau, mit den roten Flecken am Hals wahrscheinlich auch noch ein HIV-Positiver, Kaposi-Sarkom.

Sie gingen seitwärts auf einem schmalen Weg zum See hinunter, kamen an einem Kinderspielplatz mit Karussell und Klettergerüst, Schwebebalken und Schaukel vorbei, und Nico regte sie abermals auf, als er nämlich sofort die Geräte probierte.

«Der ist ja wirklich 'n bisschen debil», sagte Julian zu seiner Schwester, hatte durchaus schon registriert, dass sie ihn irgendwie bemerkenswert fand, zumindest gefunden hatte. Aufgepasst also.

Das Grundstück fiel nicht flach ins Wasser ab, sondern endete in einem Streifen Kies und Beton und einer etwa meterhohen Kaimauer aus hellen Sandsteinquadern, vor denen algengrüne Felsbrocken die Wellen abzufangen hatten, gar nicht so geringe Massen, als jetzt zwei der weißen Ausflugsdampfer draußen auf dem See die Routen kreuzten, die *Strandbad Ferch* nach Glindow rauschte und die kleinere *Caputh* den «Seeblick» anvisierte.

Eine künstliche Landzunge ragte in den Schwielow hinein, eine Art Bastion, mit weißen Tischchen und wackligen Stühlen bestückt, einladend mit blauer und gelber Plastikbespannung, doch von keinem in Anspruch genommen.

«Komisch», sagte Julian. «Als wär hier 'ne Neutronenbombe gefallen.»

«Vergleiche hast du!» Nina funkelte ihn an.

«Werden wohl alle Schriftsteller in den Westen weg sein», stellte Goyatz fest.

«Abkassieren!», fügte Nico hinzu. «Bei uns im Fernsehstudio sitzen und klug rumlabern, wie blöd es hier ist.»

«Kannst ja hierbleiben!», fuhr Inge Goyatz ihn an.

«Bei uns drüben wärste auch durchaus entbehrlich», fügte Julian hinzu, und Goyatz setzte da noch einen drauf, indem er meinte, die DDR sei ja spezialisiert darauf, dem Westen seinen Giftmüll abzunehmen.

Nico nahm die Bierflasche und setzte an, sie auf der Lehne einer nahen Ruhebank zu zerschmettern, mit dem Hals in der Hand und die scharfen Scherben nach vorne gerichtet auf die beiden Männer loszugehen, doch Nina riss ihn zurück. «Ihr habt wohl 'ne Macke alle, was!» Sie schob Nico mit sanfter Gewalt auf den breiten Badesteg hinauf und brachte ihn dazu, die zur Waffe gemachte Flasche wieder aus der Hand zu legen. «Meinetwegen, bitte!»

Nico tat es auch, stieß die Flasche dann jedoch im Nachbeben mit dem Fuß ins Wasser hinunter.

«Mensch, wenn die kaputtgeht und dann beim Baden einer ...»

«Hol ick se ebent wieda hoch.» Schon hatte er sich seine Klamotten vom Leibe gerissen, bis auf einen schmalen Slip zumindest, dessen Urinfleck vorn den aufgewölbten Penis wie ein Wappen deckte, und war ins Wasser gesprungen.

Goyatz hatte seine Familie weitergezogen, hin zu einer Stelle, wo es keine Ufermauer gab, wo sich das grüne, das «blühende» Wasser, wie man hier sagte, noch die Freude gönnen konnte, mit seinen immer neu wachsenden Zungen den weißgelben Sand sauberzulecken. Zufall, Menschenhand und Winterstürme hatten hier eine Schneise in den Uferwall geschlagen, in die Weiden und die Erlenbüsche, in Schilf und Gras, und diese kleine Bucht diente nun den Heimbewohnern als Landeplatz und Hafen. Drei Ruderboote, Angelkähne, aus Kunstharz allesamt, nicht mehr wie früher aus vielen Hölzern geklinkert, waren auf den Strand gezogen, und nahebei am Weidenstamm lehnten etliche Ruder, Petscheln oder auch Riemen.

Julian fiel dabei spontan eine der schönsten Stilblüten des DDR-Fernsehens ein: von Heinz-Florian Oertel, auch im Westen hoch geschätzt. «... berichtet der von einer Regatta in Berlin-Grünau, Zieleinlauf, wieder mal 'n DDR-Sieg, und dann wörtlich: ‹Erschöpft lassen unsere Männer die Riemen ins Wasser hängen.›»

Sein Vater lachte, dass es weit über den See hinausschallte, während man Inge Goyatz erst erklären musste, dass *Riemen* umgangssprachlich auch ein Synonym für einen außerordentlich langen Penis darstellte.

Da sie für sexuelle Späße keinen rechten Sinn hatte, blieb sie ein wenig hinter ihren beiden Männern zurück und blickte noch einmal zur Villa hinauf, sah, als sie die Augen schloss, die legendären UFA-Filmer bei der Arbeit, wie ihre Marika am Fuße der drei Pappeln unnachahmlich Csárdás tanzte, wie deren Regisseur und Mann, Georg Jakoby, souverän Anweisungen gab, wie Erich Pommer, der große UFA-Boss, begeistert seine Arme schwenkte. Kamera läuft, Ton ab, 31, die dritte.

«Guck mal, da!»

Ein Ausruf ihres Sohnes holte sie ins Hier und Heute zurück.

Die beiden hatten ein Hausboot entdeckt, halb noch an Land, wo sich der eckige Prahm in Schlamm und Sand hineingefräst hatte, halb schon im See. Drahtseile, gehörig verrostet, dienten als Reling, sollten verhindern, dass die Bewohner der aufgesetzten hölzernen Datsche oder Laube morgens, noch schlaftrunken, oder abends, besoffen, in den Schwielowsee stürzten. Der Aufbau war im selben Blau gestrichen, wie es die Russen und die Griechen so liebten. Vom Heck des schwarzen Kastens, des Schiffskörpers, sofern man hier zwischen vorn und hinten überhaupt irgendwie unterscheiden durfte, führte eine eiserne, leicht angerostete Leiter ins Wasser hinab, zeigte, dass dieses hier durchaus schon Schwimmtiefe hatte.

«Hallo, ist da jemand?» Julian hätte gern mit den Leuten gesprochen, war ja urig alles, auch von Westlern zu loben, und deutsch-deutsche Kontakte sollten ja genutzt werden, wo immer es ging, doch auch hier war niemand zugegen.

Da erhob sich ein gewaltiges Geschrei hinter ihnen auf dem Uferweg, polterte einer bärbeißig am Steg, wo sie ihre Tochter zurückgelassen hatten, Nina mit Nico, war ein Hüne von Mann auf die beiden zugeschossen.

«Verschwindet hier, dalli aber!» Holte schon aus, zumindest symbolisch, und wurde noch wütender, als er die anderen drei Besucher sah. «Sie auch! Sonst lasse ich euch alle ...»

Ihnen war klar, dass das der Hausmeister war, dieser Zeiske, dessen Namen Nico im Heim drinnen gelesen hatte, und dass er einen ziemlichen Rochus auf sie zu haben schien, als ungebetene Gäste wie wohl vor allem als Westler, musste sie anhand des hinterm Haus geparkten Wagens sogleich als solche ausgemacht haben, womöglich als Spione betrachten.

«Entschuldigung, wir wollten das ja nur besichtigen hier!», rief Goyatz. Bloß keine Verhöre bei der Polizei!

«Nur besichtigen hier?» Zeiskes Donnergrollen war schon ein wenig abgeebbt, doch sein Bass dröhnte noch immer gefährlich genug. «Und warum macht der hier seine Tauchversuche, wonach sucht 'n der?»

Gemeint war Nico, der nackt auf dem Badesteg saß und ungerührt dabei war, seine Unterhose auszuwringen, sie bei dieser Gelegenheit auch gleich gewaschen hatte.

«Wegen diesem Arschloch wandern wir jetzt auch noch in den Knast hier!», fluchte Julian leise vor sich hin.

«Nun sind Sie mal nicht so», sagte Inge Goyatz und bemühte sich, all ihren Charme zur Geltung zu bringen.

Doch der Hausmeister schien unbeeindruckt davon, ganz im Gegenteil. «Die gnädige Frau, mit 'nem dicken Schlitten hierherkommen und dann so tun, als würde euch noch immer ganz Deutschland gehören. Nee, du, die Zeiten sind zum Glück vorbei.»

Diesmal war es Goyatz, der die Lage entspannte, war ja auch in Jahrzehnten geübt darin, motzende Arbeiter mit süßen Worten einzulullen, zog einen noch vollen Flachmann mit Kognak aus der Jackentasche, seine eiserne Reserve, und hielt ihn Zeiske hin. «Hier, zur Beruhigung für Sie. Wir wollten ja nur das Gelände sehen, wo die Marika Rökk mal 'nen Film gedreht hat. Meine Frau ist ganz verrückt nach der.»

Zeiske schraubte die kleine Flasche auf, nahm einen langen Schluck und zeigte sich, als er sie Goyatz wieder zurückgegeben hatte, insoweit besänftigt, als er den fünfen zwar weiterhin barsch den Weg zur Straße wies und ihnen auch ohne weitere Verzögerung voranstampfte, Nico kam kaum in seine Hosen hinein, dabei aber doch einiges an Erklärungen abgab. «Die Rökk hat nie gedreht hier, nur für den ersten UFA-Film in Farbe ist mal 'n Szenenfoto gemacht worden, äh ... *Frauen sind doch bessere Diplomaten* ... Und ihrem Mann hat das Haus hier auch nie gehört, dem Georg Jakoby, sondern so 'nem Geldsack, der per Zufall fast genauso hieß: Jakob, und der hat hier Orgien feiern lassen.»

«Und die Gestapo?», fragte Julian.

«Diese Mörderbande ist nie hier gewesen, sonst würd ich da auch nicht Hausmeister sein. Tempo jetzt! Ich muss noch zur Feier hin zu meiner alten PG, und da geht's die ganze Nacht durch.»

«PG?», fragte Julian, verwirrt auch, weil er mit PG stets

Parteigenosse assoziierte und das doch hier alles andere als ein alter Nazi war. «Ich denke, Sie sind Hausmeister hier?»

Zu ihrer großen Überraschung lachte Zeiske auf. «PG, das ist 'ne Produktionsgenossenschaft hier, und bei der Gärtnerischen Produktionsgenossenschaft, da bin ich mal stellvertretender Vorsitzender gewesen, bis ich 1960 beim Äpfelpflücken vom Baum gefallen bin. Schwere Verletzung, lange im Krankenhaus gewesen ...» Plötzlich brach er ab, schien sehr zu bedauern, so viel von sich berichtet zu haben. «Schluss jetzt und ab!» Damit schwieg er und schwang sich schon auf sein Rad, bevor sie alle eingestiegen waren, mühte sich die Rampe hinauf und wartete oben, bis sie an ihm vorbeigefahren waren, wieder zurück in Richtung Ferch, weil sie seinetwegen nicht mehr wenden konnten, sahen ihn nach der anderen Seite hin davonstrampeln, nach Werder zu.

«Uff!», machte Julian. «Das ist ja gerade noch mal gutgegangen. Ich hab uns schon alle bei der Vopo gesehen.»

«Jetzt aber nischt wie nach Hause!», sagte Goyatz. «Ich hab die Nase voll von allem hier!»

«Erst noch den Schinkelturm», rief seine Frau und fiel Julian von hinten in den Arm, als der schon wenden wollte. «Den Ausblick von da oben muss man genossen haben, wenn man schon mal hier gewesen ist.»

«Die Kirche ist ja gar nicht von Schinkel», wandte Nina ein. «Die hat einer von seinen Schülern gebaut. Nur den Entwurf, den hat er gemacht.»

«Ja, aber der Schüler, der das hier gebaut hat, von dem stammt auch die Matthäikirche bei uns anner Philharmonie», wusste ihre Mutter, deren Hobby es war, mit dem Geld ihres Mannes junge Künstler zu fördern.

«Diese ganze Kulturscheiße geht mir sowieso auf den Geist», sagte Goyatz, der immer missgestimmter wurde. «Ich will lieber noch nach Potsdam.»

Julian begann nun auch zu schimpfen, konnte bei dem regen Sonntagsverkehr nicht ewig auf der schmalen Straße halten, hinter ihm hupten sie schon wie verrückt. «Ich fahr jetzt mal rechts rein hier, bis ihr euch ausgemärt habt.»

«Ja, prima!», frohlockte seine Mutter. «Das ist sogar 'ne Abkürzung, da kommen wir von hinten an die Kirche irgendwie ran, über die Felder.»

«Ich will nach Potsdam!», beharrte Goyatz aber.

Julian hatte schlecht geschlafen, auch, trotz Null-Promille-Gebots im anderen deutschen Staat und von allen DDRlern gewarnt, einiges an Sekt getrunken, litt unter seiner aufgedrehten Mutter ebenso wie unter seinem dumpf-beschränkten Vater, vor allem aber unter dem stinkigen Proleten schräg hinter ihm. Er steckte sich die fünfte Zigarette an, seit sie Ferch verlassen hatten, obwohl er wusste, dass sich das mit den Tabletten, die er seit Beginn seiner Diplomarbeit in Mengen schluckte, auch nicht vertrug, musste aber etwas tun, das ihn wieder so einigermaßen hochbrachte, aufputschte, wenn das Diazepam ihn allzu schläfrig werden ließ. Idiotisch, ihn in diesem Zustand Auto fahren zu lassen, aber Mutter und Schwester hatten keinen Führerschein, und sein Vater wagte sich ja wegen dieser idiotischen Prophezeiung seiner Hofastrologin an diesem Wochenende nicht ans Steuer. Wäre er bloß zu Hause geblieben!

Sie fuhren einen schmalen Weg entlang, Sand, Kies, Schotter und spärliches Gras auf der langgestreckten Kruppe zwischen den beiden tief eingeschnittenen Spurrinnen, englisch: *a farm track*, weil links eine altersschwarze

Backsteinmauer aufragte, mit etlichen Büschen davor, und rechts eine dichte Hecke, *a hedge*, ähnlich wirkte. Nina fragte denn auch, ob sie wüssten, wie Igel auf Englisch hieße, nein, na: *hedgehog*, weil die immer in den Hecken hockten.

Keiner reagierte irgendwie darauf, mochte mehr plaudern. Müde und gereizt waren sie alle. Julian war derart sauer auf diesen ganzen Scheißausflug, dass er ihren schweren Mercedes am liebsten gegen einen Peitschenmast gejagt hätte, den einzigen weit und breit, als sie jetzt aus dem kleinen Wäldchen kamen, dem Busch.

«Sieht das nicht schön aus!», rief Inge Goyatz, plötzlich wieder eingeschaltet. «Hier bin ich mit Onkel Arnie immer mit dem Rad langgefahren, Gurken kaufen, da hinten irgendwo.»

Sie waren in eine sich südwärts hinziehende Senke gekommen, möglicherweise der Boden eines vor Urzeiten verlandeten Sees, deren Ränder, aus ihrer Perspektive, froschtief beinahe, und nach subjektiver Schätzung viel weiter entfernt als wirklich in Metern, dem Auge interessante Punkte boten: Einige flachdachige Häuser, steinern aber und, selten in den Bezirken rings um Berlin, blendend weiß getüncht, waren dort hingesetzt worden, Gewächshäuser, die mit ihren Buckeln, Plastikfolien, auf stählerne Gerippe gezogen, wie Dinosaurierkörper wirkten, und flach-hölzerne Datschen in ungewissen Farben, verwaschenes Pastell, mit Tönen dabei, die den Hüfthaltern und Korseletts der fünfziger Jahre entsprachen. Aber nirgendwo ein Mensch zu sehen. Wahrscheinlich hatten sich bei knapp 25 Grad noch immer alle ins Kühle verkrochen oder aber hockten vor dem Fernseher drinnen und sahen, Knopfdruck hin, Knopfdruck her, die Sportsendungen aller möglichen Kanäle.

Julian fuhr so schnell, als hätte er eine Rallye-Sonderprüfung zu bestehen gehabt, wollte die anderen ärgern, indem er sie kräftig durchschütteln und durchwalken ließ, aber auch verhindern, dass nun wieder, da ein Feldweg auch nach rechts abging, Richtung Potsdam also, die Zänkereien, die ihn eben so genervt hatten, von vorne losgingen.

Die Gabelung war glücklich passiert, von keinem richtig wahrgenommen, doch nun begannen sie, über diesen Weg und seinen Fahrstil zu schimpfen.

«Dann kann ich ja umdrehen», sagte Julian, doch das war eher als Zynismus zu nehmen, denn zu beiden Seiten des gerade einmal wagenbreiten Weges gab es stabile Barrieren: links von ihnen, auf einen Betonsockel gesetzt, rostbraune Rechtecke, wie große Siebroste mit feuerverzinkten Stahlbändern bespannt, Karo an Karo, und rechts von ihnen zog sich ein Weidezaun entlang, dessen dickklobige Pfosten so eng in den Boden gerammt worden waren, dass kein Mercedes 300 SE hindurchpassen konnte.

Plötzlich bremste Julian. «Alles aussteigen bitte, der Zug endet hier!»

Grober Kies war auf den Weg geschüttet worden, wohl direkt vom Kipper herunter, ragte mannshoch auf, ließ ihnen keine Chance.

«Du mit deinen verdammten Abkürzungen, du mit deinen Ortskenntnissen!» Julian zögerte keinen Augenblick, auf seine Mutter loszuhacken.

Goyatz stieß nach. «Ich hab ja gleich gesagt, dass wir woanders langfahren sollen.»

«Mann, macht doch nicht so 'n Theater deswegen!» Inge Goyatz hatte sich schon umgesehen. «Fährste rückwärts den Weg da rauf und wendest dann.»

Julian machte eine kleine Verrenkung, um an seinem Vater, der ebenso zornesrot wie bräsig auf dem Beifahrersitz hockte, vorbeischauen zu können, zu sehen, was seine Mutter da meinte: offenbar einen Weg, der in einem Winkel, wie er etwa Eisenbahnweichen entsprach, von ihrem abzweigte, auf eine kleine Anhöhe führte, wie sie die letzte Eiszeit in dieser Gegend des Öfteren zurückgelassen hatte, im Flachland durchaus schon steil zu nennen, mit rötlichen Platten belegt, einer Sprungschanze ähnlich. Er war eben knapp daran vorbeigefahren, hatte aber wohl, wenn er es geschickt genug anging, die Möglichkeit, mit dem Heck des Wagens dort hinaufzustoßen, nur ...

«Schön und gut, wenn da das Tor nicht vor wäre!»

Ein Doppeltor, echte Schmiedekunst. Auf jeder Hälfte liefen jeweils acht Eisenstangen auf eine tellergroße Rundung zu, einen Ring, glichen, zumal alles gelb und weiß gestrichen war, zwei strahlenden Sonnen.

«Nico kann ja schnell mal aussteigen und es aufmachen.» Inge Goyatz, im Umgang mit Hilfskräften seit Jahren geübt, gab ihm einen kleinen Stoß.

«Ick hab zwar keenen Bock drauf, aber bitte!» Da er, seit sie von Zeiske aus dem Schriftstellerheim hinausgeworfen worden waren, rechts auf Goyatz' Seite auf dem Außenplatz gesessen hatte, machte ihm das Aussteigen diesmal weniger Mühe.

Sie hatten der Hitze wegen alle Fenster weit nach unten gekurbelt, und so konnte er, während er mit seinen spitzen Bauernkriegsschuhen nach hinten stiefelte, um das Tor aufzudrücken, jedes Wort verstehen, das die vier im Wagen sprachen.

Goyatz drehte sich nach hinten um und attackierte

seine Frau. «Deinen Schinkelturm können wir uns ja nun wirklich schenken, so spät, wie das geworden ist!»

«Wenn ich schon mal hier bin, will ich auch rauf!!!» Das war mit drei Ausrufungszeichen gesprochen.

Julian klopfte ungeduldig mit den Fingerspitzen den River-Kwai-Marsch aufs Lenkrad. «Ich bin auch eher für Potsdam, weil wir da noch mal das ganze preußische ... Moment mal!»

Nico hatte das schmiedeeiserne Datschentor ohne Probleme aufstoßen können und die beiden Flügel in Gras und Sand so weit fixiert, dass Julian das große Wendemanöver nun einleiten konnte. Es gelang so gut, dass alle klatschten.

«Ich will nach Potsdam, mal in die alte Garnisonskirche rein», fuhr Julian fort.

«Wozu ’n das?», fragte Nina.

«Gott, weil da Hitler im April 1932 mit ’nem Fackelzug hin ist, zur Gruft von Friedrich dem Großen, und weil es da ein Jahr später, am 21. März, zum großen Händedruck mit Hindenburg gekommen ist, Eröffnungsfeier des Reichstags.»

«Na, siehste!» Goyatz strahlte.

«Ich will auch lieber zum Schinkelturm», sagte Nina. «Und da Nico bestimmt nicht für die Nazis ist, steht es drei zu zwei für uns.»

«Zehn zu eins», lachte Nico. «Diese Scheißkirche, die! Die hamse doch schon lange abjerissen.» Mit Blickrichtung auf Julian schlug er sich mit der flachen Hand auf die Stirn. «Der studiert so wat und weeß det nich! Ick gloob, meine Großmutta, die jeht mit Elvis!»

Da tobte Goyatz los: «Wenn’s dir nicht passt, kannste ja hierbleiben!» Mit einem schnellen Griff nach hinten hatte er den schwarzen Nippel nach unten gedrückt und die Tür auf Nicos Seite verriegelt, so dass der nur noch vergeblich am Griff reißen, rütteln, ziehen konnte.

«Macht doch keen Quatsch, Mensch! Ick komm doch von hier nich alleene nach Hause.» Nico, schwankend, ob das Ganze noch Spiel und Scherz sein sollte, ein deftiger Spaß auf Kosten eines Schwächeren, oder ob es Goyatz ernst damit gemeint hatte, ihn nicht mehr ins Auto zu lassen. Nico sprang nun auf den Weg hinunter und baute sich dort auf, an die zwei Meter vom Kühler entfernt, breitete die Arme aus mit großer theatralischer Geste, die Handflächen weit nach vorn gestreckt, wie ein Pfarrer, der seiner Gemeinde den Segen erteilte, wie ein gelb-schwarzer Flughafenlotse beim Einweisen von Jets.

Julian hatte in dieser Sekunde ein heißes elektronisches Zirpen im Kopf, das Zucken, wenn sein großer Fernseher nach schnellem Knopfdruck angesprungen war, wenn der Schirm aufflammte und sich, als wäre es der *Big Bang*, der Urknall, gewesen, aus jagenden Flocken, Streifen und Fetzen alsbald ein buntes Bild ergab. Kreuzberg, die Chaoten-Nacht im Mai, er mit Floppy im Unimog oben, hinter ihnen ihr Bauwagen, wie er explodierte.

Und so, wie Nico jetzt vor seiner Kühlerhaube stand, so hatte der Vermummte damals vor ihrem Unimog gestanden, dieselbe Haltung, dieselben Bewegungen.

Der hier ist es gewesen: Nico!

Nun tat Julian nichts mehr, nun geschah es alles mit ihm. Hatte er, als er die Handbremse löste, nicht aufgepasst, in seiner Erregung mit dem Fuß nicht gleich das Bremspedal gefunden, hatte er im Aggressionsschub sofort Vollgas gegeben oder beides gewollt, gleichviel: Der Wagen schoss nach vorn, kam ja von der Rampe herabkatapultiert, erfasste Nico und schleuderte ihn meterweit über den Weg hinweg, wo er mit dem Kopf gegen einen der baumstammdicken Weidepfähle krachte, als nur noch Bündel Mensch ins kniehohe Gras klatschte und reglos liegenblieb.

Der Wagen war zum Stehen gekommen.

Nina hatte aufgeschrien und war seitwärts auf die Polster gefallen, schluchzte.

Julian starrte mit leeren Augen nach draußen. Nichts war doch gewesen, höchstens ein Gedanke, völlig irreal.

Goyatz schrie los. «Ich hab ja gleich gesagt, dass uns dieser Chaot noch in Teufels Küche bringen wird! Aber wer hat ihn denn mitnehmen wollen?»

Seine Frau tat das, was sie als Krankenschwester vor Jahren zu tun gelernt hatte: Sie stürzte nach draußen, um Erste Hilfe zu leisten, kniete sich neben Nico ins Gras, wälzte ihn in die empfohlene Lage und prüfte seinen Atem, seinen Puls.

Goyatz folgte ihr Sekunden später. «Na?»

«Aus, tot, Exitus!» Sie stand auf, umschlang ihren Mann und presste ihr tränenüberströmtes Gesicht an seine Schulter.

Julian saß noch immer im Wagen, und langsam realisierte er auch, was das hier hieß: Gefängnis für ihn, und in der DDR dazu. Der Sekt, die Promille im Blut. So wenig es auch wären, sie würden es merken. Mord, fahrlässige Tötung, wie auch immer. In der DDR geschehen, und sie würden ihn nicht ausliefern wollen. Aus! Sein Leben war vertan.

«Wir müssen die Polizei alarmieren», hörte er seine Mutter sagen.

«Bist du denn verrückt geworden?» Sein Vater mit nie gekannter Hysterie in der Stimme, als Westberliner mit einer maßlosen Angst vor allen DDR-Behörden. «Die sperrn uns doch alle ein hier! Los, den in Kofferraum rein und dann rüber zu uns! Haben wir ihn eben irgendwo im Grunewald gefunden und wollten ihn ins Krankenhaus bringen.»

«Mensch, du hast ja 'n ... Wo sie anner Grenze das ganze Auto auf'n Kopf stellen. Motorhaube hoch, Kofferraum auf, hintere Sitzbank hochklappen!»

«Scheiße, ja!» Goyatz sah ein, dass das nicht ging. «Aber soll denn dieses Arschloch hier Julians ganze Karriere kaputtmachen? Uns alle ins Elend stürzen?» Um den ist es doch nun wirklich nicht schade, einer weniger von dem ganzen Pack, umso besser für uns. Sagte er nicht, dachte er aber. «Hat uns ja zum Glück keiner gesehen hier. Schmeißen wir ihn in See und ab dann!»

«Kommst du doch nirgends ran, ist doch alles zugebaut hier.»

Wo war die Rettung, wo der Ausweg? Es schien keinen zu geben. Sie standen da, wie zwei Kinder, die sich im unbekannten Wald verlaufen hatten.

«Siehste!» Goyatz wurde ebenso larmoyant wie trotzig. «Was die Astrologin gesagt hat, ist doch richtig gewesen. Ich hab euch ja gleich gewarnt.»

Inge Goyatz hatte sich noch einmal zu Nico nach unten gebeugt. «Der arme Mensch!» Aber sie hatte schon zu viele Tote gesehen, auch in der Pathologie ihres Krankenhauses verfolgen können, wie die «Abgänge» zerlegt, zersägt, zerschnitten worden waren, um bei einem solchen Anblick ein jedes Mal noch ehrfürchtig-schaudernde Gefühle hervorbringen zu können, so dass sie auch in diesem Falle das ganz Pragmatische voranstellen konnte. «Aber wohin mit dem, ohne dass ...»

Goyatz, ratlos, wütend auf sich, dass er sich nicht durchgesetzt, diese Fahrt wider besseres Wissen nicht verhindert hatte, dass er, ansonsten überall bekannt für sein schnelles und präzises Entscheiden, nun schwach und kümmerlich hier stand, entlud sich nun, indem er seinen Sohn anbrüllte, der sich noch immer nicht gerührt hatte, alles dadurch ungeschehen machen wollte, dass er sich weigerte, es zur Kenntnis zu nehmen, seinen Vater dadurch so aufregte, dass er wie ein weltvergessener Träumer wirkte, ein Poet, ein Weichling, wie sein Vater sie hasste. «Sitz doch nicht so dämlich da, Mann! Wer hat uns das denn alles eingebrockt? Tu doch auch mal selber was, damit wir ...»

«Dahinten kommt ’n Radfahrer», sagte Julian, handlungsunfähig, mit nur dem einen Wunsch: dass dieser Alptraum bald vorbei sein möge.

«Hier wird nicht aufgegeben!», schrie Goyatz und bückte sich zu Nico herunter. «Der kommt in Wagen hinten rein, auf’n Rücksitz, und kriegt meinen Hut auf’n Kopf. Besoffen ist er, na und? Los, alle mit anfassen!»

Er riss Nico hoch und schleifte ihn zum Auto hin. Seine Frau packte mit zu. Julian schaffte es, die Tür hinten zu entriegeln und aufzustoßen und seine Schwester so weit zur Seite zu schieben, dass ein genügend großer Platz für Nico blieb.

Das heftige Klingeln des Radsportlers ließ sie herumfahren.

VIER

WIE IN EINEM SCHLAFWAGENCOUPÉ wiegten die Wellen den Toten. Sein Unterkörper war auf ein Büschel geknickter Schilfkolben gebettet. Ein Wasserläufer stelzte irritiert auf dem filzigen Schamhaar des Mannes herum, das von der natürlichen Bewegung des Sees regelmäßig emporgehoben und wiedereingetaucht wurde. Völlig umsonst zielte eine dicke Blütenähre des gemeinen Gilbweiderichs nach den glasigen Augen der Leiche. Denn obwohl auch der langhaarige Kopf des Jünglings leicht schwankte, blieb er doch ständig eine Handbreit unter dem Wasserspiegel.

Vom Pionierlager her marschierte eine etwa achtköpfige Kindergruppe, mit ihrem Biologielehrer an der Spitze, die Landstraße entlang und bog in den schmalen Zufahrtsweg zum Schriftstellerheim «Theodor Fontane» ein. Als die Thälmann-Pioniere, alle in ordentlichen weißen Blusen und mit dem roten Dreiecktuch um den Hals, an dem hohen weißen Villengebäude vorbeiliefen, fing eines der Mädchen mit heller Stimme zu singen an: *«Die Heimat hat sich schön gemacht, / und Tau blitzt ihr im Haar ...»*

Das Lied passte großartig in diesen sommerlichen Montagmorgen hinein. Die Kinder erblickten den im Frühlicht glitzernden Schwielow und sangen mit Inbrunst: *«Die Wellen spiegeln ihre Pracht / wie frohe Augen klar.»*

Trotzdem wandte sich der Lehrer rasch um und gebot Ruhe. Mit dem Finger wies er nach oben zu den verhängten Fenstern der Villa. «Wir wollen doch», erklärte er leise, «die fleißigen Schriftsteller nicht aufwecken. Außerdem, Ramona: Wie lautet denn unser heutiger Auftrag?»

Das Kind trat vor und antwortete schnell: «Thälmann-Pioniere lieben ihre Heimat und schützen die Natur. Darum wollen wir heute Wasserpflanzen bestimmen und das Verhalten der Tiere am See beobachten.»

Lächelnd quittierte der Lehrer: «Gut, Ramona! Und um unseren Auftrag zu erfüllen, müssen wir uns ganz still verhalten, sonst verscheuchen wir die Blessralle oder bekommen den scheuen Fischreiher erst gar nicht zu Gesicht. Also im Leisegang die Wiese herunter! Und auch kein lautes Wort, wenn wir am Ufer entlanglaufen!»

Wenige Minuten später jedoch – der Biologielehrer gab der Kriminalpolizei als genaue Uhrzeit 7.25 Uhr an – schrie ebenjene Ramona entsetzlich auf. Das Mädchen hatte sich ein Stück von der Gruppe entfernt, weil ihr der Nachweis der Luftkanäle in einem Seerosenblatt und das damit verbundene Blasen in den Stengel zu langweilig geworden war. Mit von Entsetzen geweiteten Augen rannte Ramona auf den Lehrer zu und verbarg ihr Gesicht in seinen Armen. Nach langem Schluchzen stammelte sie: «Eine Leiche ... eine richtige nackige Wasserleiche ... da drüben!»

Eine halbe Stunde danach hielt mit heulender Sirene der Barkas des Roten Kreuzes am Heim. Drei weißbemantelte Figuren, zwei davon mit einer Trage, stürzten den Rasen hinunter. Als sie am Fundort anlangten, bremste hinter dem Krankenwagen bereits der Wartburg der Werderschen Volkspolizei, so dass dem rasenden Abstieg der Weißkittel nun ein ähnlicher von drei Grünuniformierten folgte.

Paul Zeiske, der Hausmeister, der neben dem auf den Schwingrasen herausgezogenen Toten kniete, brummte erst die Weißen, dann die Grünen barsch an: «Macht mir bloß meine Schriftsteller nicht verrückt! Denen hab ich strengstens befohlen, keinen Schritt aus dem Heim zu tun.»

Ein Blick nach oben zeigte, wie diszipliniert die Heiminsassen ihrem Hausmeister gehorchten. Aus allen Fenstern der Villa blickten Gesichter herab. Ein größerer Trupp staute sich im Parterre, zwischen den geöffneten Flügeln der Tür des Aufenthaltsraums. Doch wagte niemand, die Schwelle zur Terrasse hin oder gar den Wiesenhang zu betreten.

Die Ärztin mit dem kurzen Haarschnitt – von weitem hatte sie wie ein Mann ausgesehen – beugte sich über den Nackten im feuchten Grase. Hörte ihn ab und teilte den schweigend wartenden Polizisten dann mit: «Der Verstorbene trägt den klassischen Schaumpilz vorm Mund. Wie Sie wissen dürften, deutet diese Erscheinung auf vitales Ertrinken. Er lebte also noch, als er ins Wasser fiel – oder gestoßen wurde. Zweifache Unterschenkelfraktur, Schädelbasisbruch vielleicht und die Hämatome im Beckenbereich deuten auf Gewalteinwirkung, vielleicht durch ein Kraftfahrzeug. Verständigen Sie also bitte ...»

«Weiß schon, Frau Doktor», fiel ihr der Funkstreifenführer ins Wort und schaltete sein Gerät ein. «Wega an Peter. Wega an Peter. Wega ...» Doch das Gerät hatte natürlich die übliche Störung. Funkschatten hieß die, und der trat mit Vorliebe beim schönsten Sonnenschein ein. Der Führer fluchte und stolperte zum Einsatzwagen hoch. Von dort aus benachrichtigte er die Bezirksbehörde, Abteilung K, in Potsdam.

Unten am See strich die Ärztin vorsichtig über die magere, unbehaarte Brust des Toten. Schwache bläuliche Druckstellen traten dadurch in der Herzgegend hervor. «Sie haben es wohl mit Herzmassage versucht?», fragte sie Zeiske.

Zeiske knurrte irgendetwas Unverständliches, während er finster in die Richtung sah, in die seine Frau vorhin eilends die Pioniergruppe weggeführt hatte. Den Biologielehrer hatte er kurz entschlossen in sein Büro gesperrt und den Schlüssel von außen abgezogen.

«Sie hätten», meinte die Ärztin unsicher, «den Mann vielleicht lieber liegen lassen sollen, wo er lag.»

«Was soll man denn noch alles beachten?», ranzte Zeiske ärgerlich.

Genau auf den Halbstundenschlag der Schinkelkirche traf der sandfarbene Lada und mit ihm der Leiter der Morduntersuchungskommission ein. Klaus Merks bewegte sich mit seinen Leuten langsam und souverän den Hügel hinab, und die Begleiter des Hauptmanns warfen auch gleich interessierte Blicke auf das Haus, das lauernde Schriftstellerknäuel, die drei riesigen Pappeln am Ufer und die winzigen Boote, die weit draußen auf dem Schwielow im Sonnenlicht wippten.

Einer der Männer war Mediziner, und man ließ ihn zunächst seine Arbeit tun. Eine Weile lang war nur das halblaute Gespräch zwischen der Ärztin und dem Gerichtsmediziner zu hören. Der Tote musste es sich gefallen lassen, von Thermometern, galvanischen Batterien und ähnlichen Kleinapparaten gequält zu werden, wobei das konvulsivische Zucken seiner elektrisch gereizten Glieder einen unvergesslichen Eindruck sowohl bei den Weißen als auch bei den Grünen hinterließ.

Zeiske flüsterte beim Ansetzen jedes neuen Instruments, das der Medizinmann der Volkspolizei aus seiner dicken Klapptasche zog: «Ei verdammich!»

Endlich waren die Kollegen in der Lage, Merks einen knappen Bericht zu geben. Aus diesem ersten medizinischen Gutachten ging hervor, dass man es mit Sicherheit mit einem Verkehrstoten zu tun habe. Die Verletzungen seien typische Wegschleuderwunden bei der Konfrontation mit einem Kraftwagen. Der Verkehrsunfall wäre etwa 16 Uhr gestern Nachmittag geschehen, aber danach habe der Mann noch gelebt. Denn das Fehlen eines ausgeprägten Waschfrauenhandsymptoms und die Verengung der Augen beim Eintröpfeln von Atropin bewiesen, dass der Tod erst gegen Sonntagabend zirka 21 bis 22 Uhr eingetreten sei. Zwischen 16 und 21 Uhr also wäre der Schwerverletzte gestern noch zu retten gewesen, wenn man ihn nicht bei Einbruch der Dunkelheit ins Wasser geworfen hätte. Da sei er dann ertrunken.

Die Todesursache Ertrinken stünde fest. Unklar bliebe, warum der Autofahrer sein Verkehrsopfer nicht gleich in den See geworfen habe, sondern erst vier, fünf Stunden danach. Doch die Antwort auf solche Fragen sei schon nicht mehr das Problem der Medizin, sondern das der Kriminalisten.

Merks nickte übertrieben höflich, so dass sich sein blonder Igelsturz fast wie eine Stierkampfansage auf die Rotkreuzärztin richtete. Er empfahl den Trägern, die Leiche in die Villa zu schaffen und die Pietät anzufordern, Fahrtziel Gerichtsmedizinisches Institut. Dabei sah er seinen eigenen Doktor fragend an.

«Jaaa, kannste machen, Klaus», sagte der gelangweilt und wies auf zwei kleine Frischhaltebeutel, in denen bereits

Entnahmen aus den Wunden des Getöteten schimmerten: blutrot, schilfgrün und dazwischen einige metallisch blitzende Teilchen.

Aufgebahrt wurde dieses Dingsda, das mal ein junger, vielleicht auch hoffnungsvoller Mensch gewesen war, zugedeckt und den Hang hochtransportiert von zwei Weißkitteln. Der dritte Weißkittel folgte und sah bei zunehmender Entfernung immer mehr wie ein Mann aus.

«Haben Sie den Toten gefunden?», fragte Klaus Merks den immer noch knienden Zeiske.

«Nein, nur telefonisch gemeldet bei Ihnen. Aber falls es Sie interessiert, Genosse ...»

«Merks.»

«Genosse Merks», sagte Zeiske, erhob sich und klopfte Schlamm und Grünzeug von den Knien. «Ich habe den Burschen sogar flüchtig gekannt.»

«Dann darf ich Sie zur ersten Zeugenvernehmung bitten», sagte Merks. Zu seiner Mannschaft meinte er: «Fundort ist in diesem Falle nicht gleich Tatort. Denn wir haben keine Reifenspuren am Ufer gesehen. Der Angefahrene wurde verschleppt.»

In Appartement Nummer sechs, das zurzeit eben unbewohnt war und von dem Zeiske schwärmte, dass hier die «wirkliche Schriftstellerin Maxie Wander, die leider schon tot ist», oft gearbeitet habe, richtete die MUK kurzzeitig ihr Arbeitsfeld ein.

Ehe Klaus Merks den Hausmeister hereinrief, ließ er sich auf der ovalen Platte des einen Rokokotisch imitierenden Möbels die blitzenden Fundstücke seines Docs erklären. Heraus kam, dass in den Wunden des Toten sowohl Eisenrostspuren wie auch winzige Splitter eines silbernen Autolacks gesteckt hatten. Also schickte der Hauptmann den Trassologen und den Fotografen aus, um in der Nähe des Heims einen rostigen Eisenmast, Eisenzaun oder sonst was für Eisen an der Straße und auf den Nebenwegen zu suchen, an denen vielleicht auch deckungsgleiche Splitter von Autolack, silbermetallic natürlich, haften geblieben sein könnten. Dann erst rief er den vor der Doppeltür wartenden Zeiske herein und erfuhr von dessen Begegnung mit den fünf an einem Marika-Rökk-Fimmel erkrankten Westberlinern, unter denen sich der jetzt Tote befand.

Obwohl sich der Hausmeister keine Autonummer gemerkt hatte, nur das Kennzeichen *B* und dass «der silbergraue Protzflitzer ein Mercedes» war, kam Merks durch seine Aussage doch ein Stück voran.

Etwa zehn nach neun, die Doppeltür hatte sich eben hinter dem aus Zeiskes Büro befreiten und ordentlich befragten Biologielehrer geschlossen, brachte einer der Leute des Hauptmanns bereits die Nachricht, der Tatort sei gefunden.

Merks lief mit ihnen hinaus, diese drei Minuten Fußweg bis zu dem Seitenpfad im Datschengelände, wo unter einem rostigen Eisenzaun das kümmerliche Gras und eine Spitzwegerichpflanze ebenfalls rostbraun gefärbt waren. Nur, dass das kein Rost war, sondern Blut. Auch die beim Toten entdeckten Lacksplitter fanden sich hier, zwar kaum sichtbar, doch für das geübte Auge des Trassologen zu schlecht versteckt. Der nahm eben Gipsabdrücke von Reifenprofilen, die sich besonders wirkungsvoll in den flachen Ausläufer eines Kieshaufens eingedrückt hatten, der nahezu den ganzen Weg versperrte, bestenfalls konnte noch ein Radfahrer hindurch.

«Wenn das kein Mercedes gewesen ist», sagte der Trassologe, während er einen der in der Sonne hart gewordenen Abdrücke liebevoll heraushob und in der Handfläche wiegte, «heiße ich ab sofort Meier.»

Merks und der Fotograf lachten gleichzeitig. Denn unter den Schwierigkeiten, die das Aussprechen seines Namens jedermann bereitete, bevor er in die Lage kam, den Oberleutnant duzen zu können, litt der Mann selbst. Er hieß Kadnijewski, mit Vornamen schlicht Mischa.

«Hier hat der Mercedes durchgewollt, musste vor dem Kieshaufen wenden. Jemand, offenbar der Tote, hat von draußen den Wagen eingewiesen und wurde dabei angefahren», sagte Mischa. So schloss sich, Zeiskes Aussage einbegriffen, zumindest für den Unfallhergang logisch der Kreis.

Aber als Merks nun wieder allein mit gesenktem Kopf die paar hundert Meter zurückschritt zur Villa, überlegte er: War es wirklich bloß ein Unfall? Und wohnten die Täter in Westberlin? Auch der Tote?

Bevor der Hauptmann die Fernverkehrsstraße überquerte, musste er eine schier endlose Karawane dunkelgrüner Lastkraftwagen der Sowjetischen Armee passieren lassen. Das gab ihm Gelegenheit, sich in die Lage des Mercedesfahrers hineinzuversetzen. Auch der hatte, einen vermutlich Toten im Wagen, gestern Nachmittag hier gestanden. Krampfhaft mussten alle Autoinsassen überlegt haben, wie sie die angebliche Leiche loswerden konnten. Der nächstliegende Gedanke konnte nur sein, sie in den Schwielow zu werfen. Wie aber an den See gelangen? Selbst wenn man den Ort nicht kannte, ergab ein einziger prüfender Blick von der Höhe herab auf die geschwungene Straße nach Ferch, dass sich hier Grundstück an Grundstück reihte, ein Herankommen an das Wasser also geradezu unmöglich schien. Außer man lief durch eines der Grundstücke hindurch.

Das wird es sein, sagte sich Merks. Die Täter hatten die einfachste Lösung probiert, wenn die auch mit dem Risiko verbunden war, gesehen zu werden. Doch nach Zeiskes Bericht hatten sie wissen müssen, dass sich zur Stunde ihrer nachmittäglichen Visite außer Zeiske eben nur zwei Schriftsteller in den Zimmern befanden, zwei wie Eremiten eingeschlossene Sonderlinge zudem, denen sie nicht begegnet waren. Das Haus schien leer. Als es nun noch der Hausmeister vor ihren Augen verließ, schien das Gelände, also der dringend gesuchte Zugang zum See, unbewacht.

Die Täter mussten sich freilich auch eingestehen, dass diese Unbewohntheit nicht der Normalzustand sein konnte und sich bereits gegen Abend die Villa wieder mit Menschen füllte. Also hatten sie ihren Unfall kurz nach dem Besuch in der Villa fabriziert und mussten den Schwerverletzten dann auch bald danach durch das unbeobachtete Gelände an den Fundort geschleppt haben. Bald danach. Und nicht erst Stunden später. Also hatten sie ihn nicht gleich umgebracht.

Die letzten Wagen der sowjetischen Kolonne rauschten vorbei, eine Gulaschkanone und danach ein offener Jeep, in dem der Fahrer unter einem Stahlhelm schwitzte und sich der im Fond sitzende Offizier mit der großen umbänderten Tellermütze Luft ins verschwitzte Gesicht fächelte.

Klaus Merks nickte dem Oberfähnrich lächelnd zu, weil er tief in ganz andere Gedanken verstrickt war.

Der Russe verzog die Oberlippe und musterte den großen blonden Brillenträger im hellgrauen Sommeranzug von oben bis unten.

Mit ein paar ausladenden Schritten überquerte Merks die Straße.

Während er die Zufahrt zum Heim hinunterschritt, stand ihm der Ablauf der Handlungen nach der Tat völlig klar vor Augen. Gleich nach dem Anfahren des jungen Mannes brachten ihn die Insassen des Westberliner Wagens hierher, entkleideten den Bewusstlosen und verbargen ihn im Schilf. Danach aber lebte er noch, lebte noch mindestens drei, vier Stunden lang. Um schließlich, und das war das Entscheidende, nicht an seinen Verletzungen zu sterben, sondern am Tod durch Ertrinken. Wer also, wenn der Mann nicht selbst aus dem Schock erwachte und durch eigenes Verschulden ins Wasser rutschte, hatte ihn abends, etwa kurz nach Sonnenuntergang, in den See gestoßen?

Es gab eine Astgabel, die auf dichten Schilfbüscheln obenauf liegend, von seinen Leuten gefunden wurde. Die hatte ausgesehen, als ob sie jemand ins Wasser hatte werfen wollen, aber dann war sie auf halbem Wege hängengeblieben. Zu dieser Astgabel gehörte ein Ahornbaum, dicht am Fundort verwurzelt. Da, wo der Ast abgebrochen wurde – von wem? –, fanden sich Blutspuren. Wahrscheinlich, das würden genauere Laboruntersuchungen beweisen, handelte es sich um dasselbe Blut, das am dicken Ende der Astgabel klebte, und Merks sagte sich, dass das Blut an beiden Hölzern, am Ast und am Baum, wahrscheinlich auch mit dem Blut des Getöteten übereinstimmte. Wer also half mit dem Ast bei einbrechender Dunkelheit, zu einem Zeitpunkt also, da das Heim bereits von Insassen bevölkert war, dem Schwerverletzten nach, endlich zur Ruhe, also zu Tode zu kommen?

Nach Zeiskes Schilderung feierten die Schriftsteller nach dem gemeinsamen Einnehmen des Abendbrots mit ihm und seiner Frau gestern ihr «Bergfest». Mit Ausnahme einer älteren Dame, Fräulein Doktor Salz, hatten alle im

Aufenthaltsraum zusammengesessen bis gegen Mitternacht, ohne dass einer oder eine das Haus verließ oder später dazukam. Fräulein Doktor Salz habe sich eine Weile am See aufgehalten und danach auf ihrem Zimmer aus dem Englischen nachgedichtet. Wenn sie sich also nicht alle untereinander deckten, was Merks jedoch für einen phantasievollen Scherz à la Agatha Christie hielt, schieden die Heiminsassen als Verdächtige aus. Außer dem Fräulein Nachdichterin. Nun, die wollte er der Ordnung halber vernehmen.

Doch viel eher konnte der große Unbekannte wieder ein von der Straße her ins Gelände spazierter Fremder sein. Einer, der im Wagen der Westberliner gesessen hatte? Und war er wirklich vom Ort Petzerow hergekommen und nicht, beispielsweise in einem Boot, von der Seeseite her? Der letzte Gedanke faszinierte den Hauptmann, und er hielt ihn instinktiv für das Wahrscheinlichste. Als er die bröckligen Marmorstufen zum Villeneingang hinaufsprang, wusste er, was er zu tun und wonach er zu forschen hatte.

Vor dem Appartement Nummer sechs drückte sich ein pyknischer Wurzelzwerg gegen die gelbe Tapetenwand zwischen Flurende und Tür. Wie ein zur Strafe in die Ecke gestellter Schüler schickte er Merks sein schuldbewusstes Grinsen entgegen. «Hanke-Binz mein Name», flüsterte er. «Herr Zeiske meinte, ich hätte Ihnen eine wichtige Meldung zu machen.»

Merks konnte sich ein Lächeln schwer verkneifen. Er musterte den liederlichen Pullover, die schiefgetretenen Schuhe und das bunte Schnupftuch des etwa Vierzigjährigen, mit dem dieser sich ständig im Gesicht herumwischte. «Was schreiben Sie denn?», fragte der Hauptmann, so gut es ging, mit Leutseligkeit und ohne Unterton.

«Krimis», gestand Hanke-Binz. «Wissen Sie, meine Kollegen beachten mich kaum. Ich ... Aber der Herr Zeiske meinte, dass ...»

«Sie waren sicher einer der beiden literarischen Kämpfer in unserer Zeit, die gestern den ganzen Tag lang das Heim nicht verließen. Stimmt's, oder habe ich recht?»

«Ja», hauchte Hanke-Binz. «Doch woher wissen Sie das?»

«Treten Sie näher, guter Mann!», befahl Merks und öffnete dem Kriminalschriftsteller weit die doppelten Türen.

Das Verhör des Krimischreibers war nur insoweit von Belang, als es die Vermutungen des Hauptmanns über den Tatvorgang in einigen entscheidenden Punkten bestätigte. Hanke-Binz hatte beim Herausblicken auf den See drei Männer beobachtet, die um das Haus «herumtorkelten und am Kohlehaufen und den Kinderspielgeräten vorbei zum Wasser hin strebten». Er hatte alle drei für Betrunkene gehalten, besonders den, den sie in ihrer Mitte mitschleiften. Die Uhrzeit war exakt 17.15 Uhr gewesen. Denn er hatte hinuntergerufen, wie spät es sei, weil seine Armbanduhr stand. Da hätte sich einer der Männer umgedreht und ihm die Zeit mitgeteilt. Seltsamerweise hätte dessen Stimme aber gar nicht betrunken geklungen. Auch habe der Mann sofort reagiert, geradezu militärisch rasch.

Darauf sei Hanke-Binz gleich zu Fräulein Doktor Salz gegangen, die direkt unter ihm im ersten Stock an einer schwierigen Übersetzung arbeitete, und hatte sich ihr gegenüber beschwert, dass hier jeder Besoffene Zugang zum Heim hätte. Als sie sich beide nach einigem Hin und Her entschlossen hatten, die drei Herren zur Rede zu stellen, wären die hinter dem Haus und gegen den See zu nicht mehr zu sehen gewesen. Aber das Geräusch eines eilig anfahrenden Wagens vorm Vordereingang hätte sie veranlasst, durch das Haus hindurch zur Haupttür zu eilen. Da hätten sie sich dann gewundert, dass in dem fortrasenden «Automobil», einem schwarzen, weißen oder silbergrauen Wagen übrigens, auch «Weiber» gesessen hätten. Das wäre schon alles, seufzte Hanke-Binz, was er berichten könne. Nein, Gesichter könne er sich nicht gut merken, auch Kleidungsstücke schwer. Autonummern schon gar nicht.

«Ach ja», seufzte Merks, als er alles knapp notiert hatte.

«Wie?», fuhr Hanke-Binz auf, der als geprügelte Natur aus den zwei Wörtchen sofort die Kritik herausgehört hatte.

«Lesen Sie mal», empfahl Merks, «die kleine Novelle des tschechischen Schriftstellers Karel Čapek. Ich meine die mit dem Titel *Der Dichter*. Dieser Dichter bei Čapek war bei der Überfuhrung eines Autotäters nützlich, im Gegensatz zu ...» Merks verschluckte das Ende des Satzes.

Aber Hanke-Binz blitzte den Hauptmann aus fröhlichen Äuglein an.

«Gehen Sie», sagte Merks, «und schicken Sie mir dieses Fräulein Doktor Salz herein!»

«Das», beeilte sich Hanke-Binz zu sagen, «war auch Herrn Zeiskes Meinung, dass nur wir beiden für Sie von Interesse wären.»

Unter dem langen, stummen Blick des Hauptmanns entschwand Hanke-Binz.

Das Telefon, nach dem Merks jetzt griff, war eines von der alten schwarzen Sorte. Er hatte sich den Anschluss von seiner Truppe mittels einer zwanzig Meter langen Schnur in die Sechs hinauflegen lassen, gab es doch in den Zimmern der Villa keinen einzigen Fernsprechapparat.

Bei Zeiske hatten alle angerufen. Und Paul Zeiske hatte für Merks zusätzlich erklärt: «Besonders Frau Wander hasste das Telefon als eine Zerstörungswaffe für jede menschliche Kommunikation.»

Ja, es sei wahr, bestätigte ihm das Labor in der Bezirksbehörde. Die Blutspuren von Ast und Borke hätten dieselbe Blutgruppe wie der Tote. Wer auch immer den Ast abgebrochen hatte, er hatte vorher den Schwerverletzten berührt.

In seiner unwirklichen Einsamkeit vor dieser ovalen Rokoko-Imitation, die ein Tisch sein sollte, freute es Merks, die Stimme seines Chemikers Thoralf Mende zu hören. Alle vorläufigen Hypothesen vor Ort, den silbermetallicgelackten Mercedes betreffend, seien ebenfalls durch die Laborwerte bestätigt worden. Und die Gerichtsmediziner sprachen auch klar vom Tod durch Ertrinken.

Übrigens - und das war neu - hätten Feuerwehrleute auf Hinweise aus der Bevölkerung ein paar Textilstücke aus der Havel gefischt, westlicher Herkunft. Dieses Hemd und diese Hose hatten sich unter der Brücke bei Geltow verfangen. Schwarze Jeans wären das, die der Leiche, wie man so sagte, wie angegossen passten. Dabei ein smarter grauer Filzhut, der dem Toten offenbar nicht gehörte.

Merks bedankte sich und vermutete, dass die Westberliner Crew die Kleidungsstücke des jungen Mannes auf ihrer Rückfahrt nach Westberlin unter die Havelbrücke geworfen hatte. Er stellte sich das einen Augenblick lang vor: wie der Mercedes am Straßenrand hielt, wie jemand, einen Kleiderpacken in einer unauffälligen Tasche, scheinbar pinkeln ging unter den Brückenbogen. Doch das war nicht das Wichtigste. Wichtig war, dass ein silbermetallischer Mercedes zu einem bestimmten Grenzübergang nach Westberlin gefahren war – und die Autobesatzung also längst drüben war, im Bereich des Unfassbaren.

Des Unfassbaren?

Merks zog den schwarzen Apparat noch einmal heran und verständigte seinen Chef, dass der die Generalstaatsanwaltschaft informieren und die dann beim Kammergericht Westberlin anfragen solle, ob da eine Suchmeldung nach einem Vermissten vorliege. Eben das Übliche, wie er es in den Weiterbildungskursen gelernt hatte.

Als er aufgelegt hatte, lauschte er nach draußen. Auf-und-ab-Trappeln auf dem Parkett, wie von Damenschuhen, hörte er.

«Kommen Sie bitte herein, Fräulein Doktor Salz!», brüllte Merks.

Daraufhin öffnete sich energisch erst die eine, dann die zweite Tür.

«Ich bin die wahrscheinlich bekannteste Nachdichterin angloamerikanischer Lyrik», begann Fräulein Salz, als ihr abstraktes Becken auf die Doppelliege herabschwebte, so dass es Merks unwillkürlich durch den Sinn ging, dass neben ihr noch zwanzig andere Nachdichterinnen bequem Platz finden würden. Eine Frau, die so wenig Raum einnahm und noch dazu mit ihren grauen, mondän frisierten Haaren diese Unauffälligkeit geradezu betonte, konnte der Hauptmann sich gut als verdeckte Ermittlerin vorstellen, beispielsweise in anonymen Ballungsfahrzeugen wie der S-Bahn.

Fräulein Salz erzählte über ihr schon von Hanke-Binz bekanntes Erlebnis der Abfahrt des Mercedes hinaus eine weitere überraschende Beobachtung.

Klaus Merks freilich erschien ihre Schilderung nicht so verblüffend, weil er sich ebendiese Konstellation – die des zweiten, des wirklichen Täters oder Töters nämlich – schon in Gedanken ausgemalt hatte.

«Ich arbeitete auf der Bank. Ach, ist das lustig!» Die alte Dame konnte kichern wie eine Schülerin der achten Klasse. «Jetzt werden Sie wohl denken, ich arbeitete als Bankangestellte, nicht wahr? Nein, ganz und gar nicht. So schwierig ist nämlich die deutsche Sprache: Ich saß mit meiner Übersetzungsarbeit zur Zeit des Untergangs der Sonne am See auf der weißen Holzbank, die dort in den Büschen steht. Ist doch lustig, wie?»

Merks grinste höflich.

«Die Bank ist gegen das Wasser hin von einem gewaltigen Schilfwall verdeckt. So sah ich, ohne gesehen zu werden.»

Fräulein Doktor legte eine bedeutungsvolle Pause ein. Der Hauptmann beherrschte sich, nicht zu fragen: Was sahen Sie denn, Gnädigste?

«Aber eigentlich sah ich nichts. Vor meinen Augen schwebte Venedig. *Venezia*, Sie verstehen? Ich übersetze zurzeit die erste große Werkausgabe des wahrscheinlich bedeutendsten Lyrikers unserer Zeit, des Amerikaners Edward Estlin Cummings, kurz: E.E. Cummings. Falls Ihnen das etwas sagt.»

«Natürlich», log Merks, der es nicht mehr aushalten konnte. «Aber was sahen Sie denn?»

«Nichts!», rief die junge alte Dame. Sprang hoch. Setzte sich wieder auf einen der zwanzig Sitzpunkte der Couch, auf die ihr Typ nebeneinandergereiht hingepasst hätte. Und wiederholte: «Nichts! Ich übertrug nämlich E. E. Cummings' leicht sardonische Huldigung an Venedig. Er hat dort manchmal gelebt. Kennen Sie eigentlich Venedig?»

Merks schwieg.

«Nun gut, zur Sache. Mir fehlte einfach ein Wort für: schnelles Trinken. Der Ausdruck lautet im Englischen, falls sie dieser Sprache in etwa mächtig sind: *drank rapidly*. Die ganze Textzeile aber hieß: *He spoke. And drank rapidly a glass of water*. Können Sie mir folgen?»

Merks blickte abrupt durch das Fenster auf den im Mittagsglast blitzenden See. Die drei Pappeln sahen aus wie Schwurfinger. Hätte er nie einen Vater gehabt, der Gustav Merks hieß und dessen eine Verhörmaxime lautete: Lass die Leute reden, reden, reden, und unterbrich sie nicht, denn sie verraten sich von selbst durch Nebensätze, wäre er jetzt zum ungerechten Richter für alle Künstler geworden. Und wenn nicht das, so doch zumindest zum Mörder an Fräulein Doktor Eva Salz-Cummings. Schließlich hing seine Dienstpistole bloß einige Schritte weit entfernt in dem grauen Jackett an der inneren Doppeltür.

«Ich saß also auf der Bank und dachte. Schnelles Trinken, dachte ich, dafür gibt es die Synonyme: saufen, picheln, gluckern, scheppern, einschütten. Alles erschien mir zu derb. Zu plebejisch, Sie verstehen? Andersherum flogen mir nur Pathetika ins Hirn wie: stürzte ein Glas oder hob ein Glas zum Munde. Ich war ratlos. So blickte ich auf den See, ohne wirklich zu blicken. Wie gesagt, ich war beschäftigt und betrachtete darum lange Zeit die Andrift eines Ruderboots, das von Ferch her auf unser Heim zuschwamm, nur als Illustration meiner Gedanken.»

Die Alte, sinnierte Merks, könnte dem Krimischreiber noch Unterricht geben, was Spannung betrifft. Thema der

Lektionen vielleicht: Gezieltes Sülzen als retardierendes Moment.

«In dem Boot, dunkelblau war es übrigens und aus Holz, nicht wie die roten Plastkähne, die uns das Heim zur Verfügung stellt, schwebte eine schöne schwarzhaarige Dame mit Pferdeschwanz. Sie trug einen eleganten weißen Hosenanzug. Gegen die absinkende Sonne hin betrachtete ich sie, ohne sie eigentlich betrachten zu wollen. Und auf einmal kippte die Lady. Kippte und stürzte fast. In dem Moment wusste ich, wie meine Zeile zu lauten hatte, nämlich: *Sprach's. Und kippte ein Glas Wasser runter.*»

Nun schwieg Fräulein Salz glühenden Blickes.

«Wie ging es weiter, Fräulein Doktor?», fragte Merks gezwungen.

«Natürlich fing sich die Dame wieder. Ruderte fort, glitt unter meinem verfolgenden Blick vorbei. Legte möglicherweise am Ufer unseres Grundstücks an. Aber das alles interessierte mich schon nicht mehr. Ich hatte mein *Heureka*! Lief in mein Zimmerchen und übertrug die aufgekritzelten Gedanken auf der Schreibmaschine ins Reine. Herr Zeiske freilich sagte ...»

«Herr Zeiske sagte was?», fragte Merks, dem die Autorität des Hausmeisters hier langsam unheimlich wurde.

«Nun, er meinte, dass die von mir beobachtete und doch nicht bewusst beobachtete Dame vielleicht ein Mann gewesen sein mag. Er nimmt das aufgrund des Pferdeschwanzes an, wissen Sie, und den ungelenken Bewegungen, die mir auffielen und doch nicht auffielen. Herr Zeiske hat sogar einen bestimmten Herrn im Auge. Ich glaube, diesen schwulen Kellner aus dem ‹Seeblick› in Ferch, den Herrn Felgentreu. Doch alles Weitere müssen Sie aus ihm selbst herausquetschen. Ach, ist das lustig! Ich stelle mir so richtig vor, wie Sie unseren dicken Hausmeister gleich einer saftigen Zitrone ...»

«Sie haben mir sehr geholfen», sagte der Hauptmann, als er Fräulein Doktor Salz zur Tür begleitete. Ehe Klaus Merks noch einmal Zeiske zu sich in die Sechs rief, musste er Luft schöpfen. Seine Art zu entspannen war es, gymnastische Übungen zu veranstalten. Armspreizen, Kniebeugen, Handstand. Am Ende schaffte er auf der stabilen Rokokofälschung vier Minuten und zehn Sekunden lang einen Stand auf den Handflächen, ohne zu zittern.

Die einzige Frage, die Merks an Paul Zeiske stellte, lautete: «Wie kommen Sie eigentlich darauf, dass der Ruderer von gestern Abend der Kellner Felgentreu aus dem ‹Seeblick› gewesen sein soll?»

Zeiskes Augen verengten sich zu mitleidigem Spott. «Friedhelm geht auf den Weststrich, also passt der tote Bundi zu ihm. Ich habe mir gleich Friedhelm vorgestellt, als ich von dem Pferdeschwanz hörte und dass der Mensch nicht richtig rudern kann.»

«Das reicht nicht», sagte der Hauptmann.

Zeiske stutzte. «Ich habe den Knaben schon einmal, im vorigen Sommer nämlich, an meinem Ufer erwischt. Splitternackt! Auch da war es so ein Bundi, mit dem er herumplanschte.»

«Das reicht», meinte Merks. Als Zeiske daraufhin zufrieden lächelte, fügte der Kriminalist hinzu: «Es reicht zumindest, den Kellner zu befragen.»

Die Zuführung von Friedhelm Felgentreu aus dem vier Kilometer entfernten Ferch dauerte keine Viertelstunde. Mischa, dem Trassologen, machte die kleine Arbeit besonderen Spaß, weil ihm Zeiske dafür seine alte Jawa anbot, mit der Zeiske täglich die Wege in die Kreisstadt oder nach Potsdam erledigte. Mischa Kadnijewski war bekannt als Fan von altertümlichen Krafträdern.

«Ich dachte, er kotzt mir in den Rücken», sagte Mischa, als er den völlig verkaterten Friedhelm vor sich her in das Appartement Nummer sechs schob. «Der ‹Seeblick› hat Ruhetag, und der junge Bürger hier war das einzige lebende Wesen im Lokal, von ein paar Küchenkatzen abgesehen. Er schlief in seinem Dachzimmer ein Räuschlein aus.»

«Danke, Genosse Oberleutnant», reagierte Merks betont sachlich. Er wusste genau, wo die feinen Grenzen lagen zwischen Vertraulichkeit und institutionellem Auftreten. Hier in Gegenwart dieses wendigen, gleich Möbel, Türen und Fenster unmerklich visitierenden Kellners schien ihm Vorsicht und zunächst auch ein wenig Einschüchterung geboten.

Mischa runzelte kurz eine Augenbraue und ging.

«Ich bin magenkrank», sagte Friedhelm Felgentreu, ehe Merks zu einer Frage ansetzen konnte. «Wenn Sie das bitte bei Ihrem Verhör berücksichtigen wollen.» Mischa hatte ihm nicht viel Zeit zu einer Morgentoilette gelassen, und so trug der Zugeführte das pechschwarze Haar offen. Er steckte in einem leicht zerknitterten weißen Sommeranzug.

«Natürlich werden Sie eine Ausrede für die grünen Flecken an Ihren Knien haben», eröffnete Merks das Gespräch. «Aber in diesem Anzug wurden Sie gestern bei einbrechender Dunkelheit in einem Ruderboot am Ufer des Sees beobachtet, und zwar genau an jener Stelle, die Sie eben aus dem Fenster heraus gut sehen können. Was wollten Sie da unten?»

«Ich bin magenkrank», beharrte Friedhelm, «und es

kann sein, dass ich mich übergeben muss, und ich möchte das nicht auf dem historischen Parkett tun, auf dem die Füße von Maxie Wander wandelten. Sie werden mich also, wenn mir so ist, aufs Klo hinauslassen müssen. Dennoch beantworte ich mit Vergnügen alle Ihre Fragen, mein Herr. Zur ersten: Für den gestrigen Abend besitze ich ein stichhaltiges Alibi. Wer soll mich denn hier und dazu noch in einem Ruderboot gesehen haben? Verraten Sie mir doch bloß einmal den Namen dieser hellsichtigen Person.»

«Ihr Alibi, bitte!», forderte Merks. Ein herrliches Gefühl stieg in ihm auf, und das war nichts weiter als die phantastische Empfindung, die jeden ankommt, wenn er spürt, dass die Wirklichkeit langsam die Form der subjektiven Wahrheit annimmt. Wenn der Mensch also, wie es Friedrich Engels so treffend als den eigentlichen Unterschied zwischen Mensch und Tier formulierte, seine vorgedachten Gebäude zu fassbarer Realität aufwachsen sieht. Denn wie kunstvoll die Wabenhäuser der Bienen auch immer sein mochten, sie vorher ausdenken konnte die einzelne Biene nie. Ja, ja, genau den, dachte Merks. Genau so habe ich mir den Täter vorgestellt.

Friedhelm berichtete, dass der «Seeblick» ihn gestern bis Ausschankschluss, also bis neunzehn Uhr, in Beschlag genommen hatte. Danach folgte die Abrechnung bis etwa Viertel vor acht. Nachdem er sich in seinem Zimmerchen unter dem Dach frisch gemacht und umgezogen habe, hätte er gerade noch den Bus nach Potsdam erreicht, sechzehn Minuten vor zehn ab Ferch, und habe die Nacht mit Freunden in der Bar des Interhotels verbracht. Der Barmixer, ein sehr guter Kumpel von ihm, heiße Hans Blischke, und auch die Chefin vom «Seeblick» oder die anderen Servierer könne der Herr gern befragen.

Zwischen drei viertel acht und drei viertel neun, reagierte Merks prompt, bliebe eine Stunde. In dieser Stunde konnte selbst ein unerfahrener Ruderer die kurze Strecke zwischen Ferch und Petzerow zweimal zurücklegen. Was er dazu zu entgegnen habe?

Friedhelm, der inzwischen auf der Liege Platz genommen hatte, wich auf eine unerwartete Weise aus. «Ich mache Sie auf einen Umstand aufmerksam. Mein Antrag auf Ausreise aus der DDR läuft. Alles, womit Sie mich also erpressen, wird nach meiner Ankunft im Westen für die Republik und ihre Ermittlungsorgane von Schaden sein. Zum Beispiel, dass Sie mich als Schwulen demütigen.»

Merks hielt an sich. «Noch sind Sie Bürger unseres Staates, Herr Felgentreu. Aber natürlich begreife ich gerade durch diese für die Wahrheitsfindung eigentlich unwichtige Drohung, die Sie mir eben zuckersüß unter die Weste jubeln, worin das Motiv Ihrer Tat bestand. Sie hatten Angst, nicht wahr?»

«Wovor, wenn ich fragen darf?»

«Na, einfach, dass Sie mit einem Mord in Verbindung gebracht werden. Sehen Sie, Herr Felgentreu, wenn ich zum Beispiel den Ausreiseantrag stellen würde ...»

Friedhelm grinste süffisant.

«... würde ich dann nicht alles tun, um nicht in ein Ermittlungsverfahren gegen meine Person hineinzugeraten? Selbst als Zeuge würde ich mich verleugnen. Lieber vor einem Toten, den ich nachts auf der Straße liegen sehe, die Augen zudrücken und weiterlaufen. Denn ich weiß als gesetzeskundiger Bürger natürlich, dass so ein Verhalten nicht einmal unter unterlassene Hilfeleistung fällt. Niemand könnte mir im Nachhinein einen Strick daraus drehen. Wie dumm aber wäre ich, als Ausreisekandidat den

Fund einer Leiche zu melden? Woher weiß ich denn, wie lange es dauert, bis es der Volkspolizei gelingt, den Mörder zu finden? Und so lange müsste ich warten, auch als Zeuge. Denn vor Abschluss der Ermittlungen kann ich meine Ausreise in den Schornstein schreiben. Ich meine Folgendes, Herr Felgentreu: Sie fanden den toten jungen Mann, und ich sagte Ihnen bereits, dass Sie dabei beobachtet wurden. Da packte Sie die Furcht. Sie schoben ihn tiefer ins Schilf. Damit ihn wenigstens so lange keiner entdeckte, bis Sie in Ihrem Boot wieder nach Ferch zurückgerudert waren.»

«Solche Märchen!», lächelte Friedhelm. Er blickte den Hauptmann nicht an. Versuchte mechanisch, sein Haar mit einer Hand zu einem Pferdeschwanz zu drehen.

«Hier!», sagte Merks und bot dem Kellner einen Schnipsgummi.

Zauberhaft geriet Friedhelms Lächeln. «Oh, vielen Dank, der Herr!»

Merks sprach eine fast unerträgliche Weile lang kein Wort. Dann, als der Kellner schon unruhig wurde: «Wir kennen die Täter, Herr Felgentreu. Es handelt sich um ausländische Bürger, genauer gesagt: um deutschsprachige Ausländer, vermutlich aus Westberlin. Noch ist da einiges unklar. Wenn Sie also den Toten gestern Abend gefunden haben, so teilen Sie mir bitte alle näheren Umstände mit. Es könnte zur rascheren Überführung der Schuldigen führen, was Ihnen vielleicht sogar Vorteile für die Bearbeitung Ihres Antrags bringt. Wenn Sie jedoch weiterhin stur auf Ihrem wackligen Alibi in der Nachtbar beharren, nehme ich Sie einfach fest, wegen der Verschleierung oder, wie Sie wollen, Verdunkelung einer Straftat.»

Friedhelm sah den Hauptmann aus großen Augen an.

Diese Augen weiteten sich immer mehr. Dann hielt er die Hand vor den Mund. «Pardon, ich muss kotzen!», brachte er gerade noch zustande. Dann sprang er schon hoch.

«Bitte sehr», sagte Merks mit einladender Geste zur Tür. «Sie wissen ja sicherlich, wo sich im Schriftstellerheim die Toiletten befinden.»

Sekunden später – Merks verfolgte das alles durch die auffliegenden Türen – trat ein seltsames Gespann ein: Hausmeister Paul Zeiske, Hemdsärmel und Schulter mit Erbrochenem verschandelt, hielt den Kellner Friedhelm wie eine Karnickelmutter ihr Junges am Kragen.

«Der wollte abhauen, Genosse Merks!», sprudelte Zeiske stolz hervor. «Aber ich habe ihn erwischt.»

«Bitte säubern Sie sich, und lassen Sie uns wieder allein!», empfahl Merks und hatte Mühe, nicht geradeheraus zu lachen.

Nun gab der Kellner endlich einen Bericht.

Dass es sich dabei noch nicht um die ganze Wahrheit handelte, war Merks von vornherein klar.

Also, er hätte sich mit einem kleinen, süßen Bundi, der zu Mittag sein Gast im «Seeblick» gewesen war, für 21 Uhr am Ufer des Schwielow in Höhe des Schriftstellerheims verabredet. Nico hieß der.

Merks zeigte ein Foto des Toten.

Friedhelm bestätigte die Identität.

Als er jedoch, per Ruderboot, kurz vor dem verabredeten Zeitpunkt anlangte, fand er den Nico blutig und tot im Schilf liegen. Außerdem nackt. Er sei davon so konsterniert gewesen, dass ihm in blinder Eile nur eines eingefallen sei: den Toten weiter zum Wasser hin zu bugsieren. Dazu hätte er auch eine Astgabel abgebrochen. Das wäre gegen halb zehn, als die Sonne gerade unterging, gewesen.

Denken könne er sich nur, dass ihn irgendein Westberliner, mit dem sich Nico offenbar nicht vertrug, getötet habe.

Merks fragte nach dem Namen.

«Ach, einer mit Halskettchen», antwortete Friedhelm. «Ein alter Playboy.» Denn auf einmal begriff er, welches Pfund sich ihm anbot, wenn er irgendwann in den Westen gelangte. Die Volkspolizei wusste nur, dass es sich um Westberliner handelte. Er jedoch erinnerte sich der Miniaturschnörkel auf dem silbernen Mercedes: *Günther Goyatz Berlin*. Das musste er den Bullen, wenn es irgendwie ging, verschweigen. Natürlich hatte jener Goyatz oder vielleicht sein kerniger Sohn, typischer Postenjäger mit unterdrücktem Saubermannsex, den süßen Nico gekillt. Wenn er also den seltenen Namen Goyatz hierzulande für sich behielt, dann würde ihm drüben ein einziger Blick ins Westberliner Telefonbuch zu Gold gerinnen. O ja, ein Tagescafé am Kudamm würden ihm die Goyatzens schon kaufen müssen.

«Beschreiben Sie mir den Mann mit dem Halskettchen!», forderte Merks. «Fuhr er vielleicht einen Mercedes?»

«Klar, in Silbermetallic!», posaunte Friedhelm. Seine Freude, die Ostpolizei, wie er die Kollegen von Klaus Merks jetzt in Gedanken nannte, auf eine falsche Fährte gelockt zu haben, war erheblich. Friedhelm schilderte den Typen, mit dem er für harte Währung gern ins Bett gegangen wäre, hätte die Chefin ihn nicht zu einer Geburtstagsfeier ins Séparée beordert.

Es schien Merks sicher, dass der Kellner nur die halbe Wahrheit sagte. Irgendwie schwante ihm auch, dass sich der gerissene Typ in einigen entscheidenden Fakten irrte, was den tatsächlichen Ablauf des Verbrechens betraf.

Hauptmann Klaus Merks beschloss, seinen Gesprächspartner in einen wichtigen Teil des Tatvorgangs einzuweihen. «Nico», sagte Merks, «war noch nicht tot, als Sie ihn vorfanden. Unsere Untersuchungen haben ergeben, dass man einen Lebenden ins Wasser gestoßen hat. Das aber, Herr Felgentreu, wirft für mich die entscheidende Frage auf: Waren Sie sicher, dass da im Schilf eine Leiche lag? Oder bloß ein Halbtoter? Wir haben klare Beweise dafür, dass Ihr Bekannter noch lebte, als Sie ihn tiefer in den Schwielow stießen. In Nicos Lungenpresssaft waren Algen, das heißt, er hat unter Wasser instinktiv versucht zu atmen. Ein Toter aber atmet nicht.»

«Das heißt, Sie beschuldigen mich eines Mordes?» Friedhelm stand auf und fuchtelte tänzerisch mit den Armen.

«Nein, ich verdächtige Sie lediglich. Es wäre nicht schlecht, wenn Sie mir etwas mehr über den möglichen Täter verraten würden.»

«Herrgott, ich kenne den Namen des Playboys mit dem Halskettchen nicht!»

«Ich glaube dennoch, dass Sie mir eine Menge verheimlichen. Darum erkläre ich Sie hiermit, Herr Felgentreu, zunächst einmal wegen des Verdachtes der Mithilfe an einem Tötungsverbrechen für festgenommen.»

Als die Mannschaft der MUK ihre Zelte im Schriftstellerheim «Theodor Fontane» abbrach, folgte ihr, von der Werderschen VP angefordert, eine kleine grüne Minna. Im Halbdunkel des Personenladeraums biss sich der Ganymed vom «Seeblick» auf die Fingernägel. Zu dem VP-Meister, der ihm gleichmütig auf der Holzbank gegenübersaß, sagte Friedhelm leise: «Das werdet ihr noch bereuen!»

«Das wird er noch bereuen!», rief an diesem Abend, Tränen in den Augen, Anett. Wütend fegte sie den Sommermantel zu Boden, den sie eben vor dem Flurspiegel übergezogen hatte.

Ulla Kernhof, die neben ihr in den Spiegel blickte, um mit dem Eyeliner noch einige kleine Retuschen an ihren Augenlidern vorzunehmen, versuchte, die Freundin zu besänftigen. «Wenn du noch lauter machst, weckst du Lisa wieder auf.»

«Da wartet man», schrie Anett, «achtzehn Monate lang, bis man endlich die bestellten Karten für das Kabarett erhält – und wer ist am fraglichen Abend nicht zur Stelle? Der liebe, treue Lebenskamerad! Und warum, Ulla? Weil der Genosse Sheriff alles ordentlich und gewissenhaft erledigt und ihm keine Überstunde zu viel erscheint. Bloß an seine Familie denkt er nie.»

Als Anetts Ausbruch eben nicht mehr zu bremsen war, öffnete sich leise die Tür und fiel ebenso leise ins Schloss. Klaus versuchte, die Tobende zu umarmen, doch sie stieß ihn weg. «Mit dem Wagen», sagte er, «schaffen wir es noch, Anett.» Aber er fügte leider, ohne sich dabei etwas zu denken, hinzu: «Obwohl mir heute nach allem anderen zumute ist als nach Kabarett. «

«Klaus!», zischte Ulla leise.

«Es ist eine internationale Verwicklung, Ulla, weißt du ...» Hätte er lieber den Mund gehalten!

Denn nun platzte Anett Bartuck, wie man so schön sagt, der Kragen. «Weißt du, in welche Verwicklungen die normale Durchschnittsbürgerin in unserem Lande verstrickt ist? Weißt du das eigentlich noch auf deinem hohen Sockel? Im Geschäft sind uns die Lehrbücher fürs neue Schuljahr ausgegangen, Nachlieferung unbestimmt.

Jede zweite Kundin aber quäkt dich an: ‹Haben Sie die Schulbücher schon?› Das jedoch ist nur *eine* Verwicklung, mein Lieber. Die nächste folgt, wenn du dein Kind aus der Vorschuleinrichtung abholst und es ist über und über mit Schlamm verdreckt. Eierpampe hätten sie gemacht, erzählt mir Lisa mit strahlenden Augen. Nun nimm die Beine unter den Arm, Durchschnittsbürgerin, und versuche, das Waschmittel zu kaufen, das, wie meist, wieder mal nicht am Lager ist! Dann steh in der Schlange am Fleischstand, ein dreckiges, plärrendes Kind an der Hand, und wenn du dran bist, ist der Schinkenspeck gerade ausverkauft! Frische Brötchen kriegst du auch nicht mehr, und im Bad läuft der Spülkasten seit Wochen, bloß weil man keinen Klempner zum Mann hat, sondern einen ... einen ...»

Klaus Merks ließ das Mädchen, das er liebte, eine Weile lang an Ullas Brust heulen. Erwartungsgemäß wandte sie sich plötzlich von selbst um und presste die restlichen Tränen auf sein Hemd. Wie durch ein Wunder schlief Lisa im Kinderzimmer ruhig weiter.

«Kommt», sagte Merks dann. «Wollen wir doch mal sehen, ob das Kabarett uns über die Dinge zum Lachen bringt, über die wir eigentlich heulen müssten.»

FÜNF

«DU BIST IRGENDWIE so komisch heute.»

«Warum 'n nicht?» Julian presste das Gesicht noch fester in die sorgsam ausgebreitete Decke, suchte nach einer schützenden Kuhle zwischen den eher stachligen als matratzenweichen Grasbüscheln, konnte das Heile-Welt-Gesicht Heikes keine Sekunde länger ertragen. «Wirfst du mir ja ständig vor, dass ich so 'n ernster Mensch geworden bin.»

Sie lagen auf einer kleinen Badewiese am Quastenhorn in Kladow, am frühen Dienstagnachmittag ziemlich allein, hatten, so sie ihn genießen wollten, einen herrlich weiten Blick über die mit weißen Segeln vollgetupfte Havel, hin zu ihrem Wannseebauch («Pack die Badehose ein!»), vor allem aber, ein wenig weiter links, auf die legendäre Pfaueninsel und einen bläulichgrauen Buckel aus Kiefernwipfeln daneben und dahinter, die Kulissen fürs Auge untrennbar ineinandergeschoben, den Schäferberg mit seinem Fernmeldeturm, obendrauf Antennen und Schüsseln. Und immer wieder *crash*-nahe darüber die Maschinen im Anflug auf Tegel, wenn der Windrichtung wegen nach einer weiten Schleife über Kudamm, Zoo, Alexanderplatz hinweg von Osten her zu landen war. Heike konzentrierte sich auf sie, kniff die Augen zusammen. Mit dunkelblauem Bauch, guppyklein, gedrungen, zog eine

Boeing 737 der British Airways vorbei, folgte unbegreiflich langsam schwebend ein schwerer Menschentransporter, mit himmelblauen Riesenlettern auf seinem weißen Walfischleib als Airbus der PAN AM allen kenntlich gemacht, dann ein müder Charterjet, grau mit roten Streifen, Boeing 727, älteres Modell, wahrscheinlich die Dan Air, von Palma de Mallorca her. Doch einen Ausruf wert war ihr erst der Anblick eines Motorschiffes, das gerade gegenüber am Tiefenhorn erschienen war, einem Mississippidampfer nachempfunden, mit zwei hochaufragenden Schornsteinen und schönen Schaufelrädern.

«Die *Havelqueen*, guck mal!»

Julian wälzte sich herum und brachte, klüger war es schon, ein knappes «Ah ja!» zustande, ehe er wieder in seinen alten Zustand verfiel, in Lethargie, Lähmung, Larmoyanz. Da lag er neben der Freundin, der Frau, mit der er, sie galten quasi als verlobt, durch ein langes Leben gehen wollte, hatte Hautkontakt mit ihr und war ihr dennoch so unendlich fern, hatte nicht Kraft, ihr von Nico zu erzählen, ihr zu sagen: Du, ich hab da was gemacht, das ... Es bedrückt mich fürchterlich. War es ein Mord, war es Totschlag? Hilf mir bitte!

«Wollen wir nicht mal mit der fahren?»

Gott, hör doch endlich auf zu quatschen! Da studierte sie Psychologie, sechs Semester schon, und verstand doch nichts von ihm, von seinen Gefühlen, ahnte nicht im mindesten, worum es hier ging. Dass er ganz anderes im Kopf hatte, haben musste. Ob er nicht morgen schon in der U-Haft saß, in Moabit, mit sich und seiner Schuld Tag für Tag 23 Stunden in einer kahlen Zelle allein? Ob die Idee seines Vaters wirklich so gut gewesen war, den Mercedes, die Tatwaffe, wenn man so wollte, über Nacht an einer Stelle der

Stadt stehenzulassen, wo er hundertprozentig von den bekannten nahöstlichen Interessenten geklaut werden musste? War er auch. Aber wenn sie die Profis doch erwischten, bevor sie ihre Beute in Beirut abgeliefert hatten? Das geht doch gar nicht anders, 'n bisschen eingebeult ist er nun mal, und die Spezialisten heute finden ganz sicher Fasern von Nicos Sachen irgendwo am Blech beziehungsweise Lackspuren an der Kleidung bei ihm. Indizien sind das dann, gegen die du nicht mehr ankannst. Ist der Wagen aber weg und als geklaut gemeldet worden, kann uns keiner mehr was. Sicher, schon ... Aber der Weg war lang, und irgendwo gab es sicher einen Polizisten oder verdeckten Ermittler, der mit geschärften Sinnen auf Terroristenjagd war und bei diesem Wagen sofort etwas zu wittern begann.

Julian fuhr hoch, zornig, dachte, Heike würde ihm einen feuchten Lappen über Kopf und Ohren ziehen, doch es war ein Rauhaardackel, der mit wassernassem Bauch auf ihn zugesprungen war und mit seiner Schlapperzunge gerade ansetzte, ihm das Gesicht sauberzulecken.

«Willi, pfui!» Ein älterer Herr mühte sich, den Hund wieder zur Räson zu bringen, und seine Begleiterin, ebenso im Rentneralter Ende siebzig, Anfang achtzig und genauso gut in Schuss wie er, erhob mahnend ihre Stimme: «Max, nimm den Hund auf den Arm!»

«Der tut doch nichts, Hilde.»

Heike, die hier nahebei am Teltmeweg wohnte, kannte Herr und Hund und wusste auch, dass er irgendwo in der Innenstadt ein Geschäft gehabt hatte, Büromöbel wohl, war ihm früher immer ausgewichen, weil sein Dobermann, Bronco mit Namen, Willis Vorgänger, mitunter schon mal zugebissen hatte, besonders «tückisch» gewesen war auf Engländer, Soldaten aus den nahen Kasernen.

«Entschuldigung, der Hund spielt ’n bisschen verrückt heute, weil sie vorhin am Anlegesteg hinten ’ne Wasserleiche rausgefischt haben und er dabei ...»

Julian fühlte sich von einer Riesenfaust gepackt und auf den Fernmeldeturm gehoben, zu seinen Füßen das Havelland ringsum, das Band der Seen von Spandau im Norden über Gatow und Kladow, Potsdam und Werder nach Ferch hinunter, sah Nicos Körper, groß wie die *Havelqueen*, vom Schwielowsee herangetrieben kommen, schrie auf.

«Was ist denn, was hast du denn?» Heike war hochgeschnellt.

Er schlug sich auf den Oberschenkel. «Eine Wespe! Oder ’ne Bremse!» War zurückgefallen in die Wirklichkeit und wollte seinen Ausbruch vertuschen, war aber in der Tat zugleich gestochen worden.

«Schnell ins Wasser rein zum Kühlen!»

Nein, um Gottes willen, bloß nicht! «Nicht so schlimm! Geht schon mit Spucke.» Rieb damit die Stelle ein, die sich, Glück für ihn, nun in der Tat langsam zu röten begann.

Gänzlich ausgeschlossen, dass Nico mit der Strömung hier nach Kladow ... Die ging ja andersrum. Nur tote Fische schwimmen mit dem Strom. Seine Assoziationen glichen Folterschocks. Möglich aber, dass einer der Schleppzüge, der Frachtschiffe ... dass sich der Leichnam da irgendwo festgeklemmt hatte. Kam gerade eine Schubschiffeinheit, das Zollboot schon längs, aus den DDR-Gewässern in den Westen gestampft.

Julian fror. Bis Sonntag hatte er gedacht, ein harter Mann zu sein, smart, clever und cool, durch nichts zu erschüttern, und erlebte sich nun als weich und sensibel, einer Belastungsprobe wie dieser schwerlich gewachsen. Reiß dich zusammen!

Heike nahm die Decke vom Boden auf und legte sie zusammen. «Kommst du noch mit hoch?»

«Tut mir leid, du, aber ...» Wo war die Ausrede, die so überzeugend klang, dass es nicht zu misstrauischen Nachfragen ihrerseits kam? «Ich muss noch mit, 'n neues Auto aussuchen. Das ist 'n Befehl, da kann ich nichts machen.»

So, wie sie seinen Vater kannte, glaubte sie es, und sie gingen beide den Gößweinsteiner Gang hinauf, wo er seinen Landrover abgestellt hatte, gerade heute Morgen aus der Werkstatt zurück, wüstenfest gemacht, denn nach Abgabe seiner Diplomarbeit und bevor das Pauken für die mündliche Prüfung begann, wollte er mit guten Freunden das Training für die Rallye Paris-Dakar aufnehmen, wusste, dass die Leute, wenn er später nach einem Parlamentsmandat strebte, diese Durchhalteleistung hoch honorierten, Wüstenkampf, das erinnerte immer noch an Rommel, und überhaupt: Mit solch einem Wagen durch die Stadt zu fahren und ab und an von *BZ* und *Morgenpost* dabei geknipst zu werden, das brachte Imagepunkte, demonstrierte, wie sehr er Weltmann war, stark und autonom, auch Robert Redford glich, *Jenseits von Afrika*.

Doch jetzt empfand er sein Supergefährt eher als Hohn: aus und vorbei, Schmierentheater. Kein Held stieg ein, sondern ein Totschläger, ein Mörder, einer, der feige einen absolut Wehrlosen plattgemacht hatte.

Sein Kuss war vom selben Feuer wie der letzten Freitag, als sie ihre Putzfrau in den Altersruhestand verabschiedet hatten, und auch Heike gab sich reichlich unterkühlt, vom Gefühl erfasst, eben mit einem Fremden gesprochen zu haben, wünschte ihm aber dennoch einen schönen restlichen Nachmittag und Abend «mit vielen Höhepunkten».

«Danke!» So doppelbödig hatte er sie selten erlebt, sie

schien ganz schön gefrustet zu sein, aber das, auf das sie da anspielte, hätte er in seinem heutigen Zustand nie und nimmer gebracht.

Zu Hause in Lübars fand er eine Stimmung vor, die halb psychiatrische Klinik, halb Trauerhaus war und den Wunsch in ihm erweckte, sich vom Hausarzt eine Spritze geben zu lassen, die ihn vierzehn Tage schlafen ließ, so lange, bis alles in Vergessenheit geraten war, zumindest nicht mehr derart an den Nerven zerrte, Psychoterror, vom eigenen Gewissen über sie gebracht. Den Vater einmal ausgenommen, im Gegensatz zu ihnen in diesem Punkte glücklich dran.

Nina hatte sich in ihrem Zimmer oben eingeschlossen, war früher aus der Schule gekommen, aß nichts, trank nichts, sondern saß nur da wie ein autistisches Kind und starrte aus dem Fenster, die Wiesen und Koppelzäune vor Augen, das Tegeler Fließ, dessen freies Mäandermuster im Kontrast zur nahen Grenze stand, dem toten Gleichmaß eines viele Meter hohen Gitterrostes, schnurgerade gezogen, errichtet vor den ersten Häusern Glienickes, Kreis Oranienburg, und natürlich DDR.

Inge Goyatz stand vor ihrer Staffelei und malte, versuchte sich an ihrem Lieblingsmotiv: Ferch vom Dampfer aus, hatte es ihrem Onkel während der Feier versprochen, nachträglich noch das schönste Geschenk. Wahnsinn, die Sache mit Nico auf diese Weise verarbeiten zu wollen, aber richtig, wie sie fand, aggressiv die dunklen Schwaden aus der Seele zu treiben. Alles kommt, wie es kommen muss, und was können wir Menschen dafür, dass wir gezwungen sind, dem Willen dessen zu entsprechen, der uns alle lenkt. Wenn er es gewollt hat, dass Nico nicht mehr nach Kreuzberg heimkehren kann, dann wird es seine Richtigkeit haben. Vielleicht wäre er am Leben geblieben, Attentäter geworden, Geiselnehmer, Terrorist, hätte womöglich Hunderten von unschuldigen Menschen, Frauen und Kinder dabei, Tod und Verderben gebracht. So zu denken wirkte sedativ, ganz sicher, doch zugleich war sie selbstkritisch genug, sich weiter furchtbar elend zu fühlen, wohl um ihre Schuld zu wissen: Wir hätten mit ihm auf alle Fälle ins nächste Krankenhaus fahren müssen, alles melden, geradestehen dafür. Ihr Sohn hatte ihr erzählt, dass sie heute Vormittag in Kladow am Steg ... Und seitdem sah sie Nico im Leichenschauhaus liegen und aus seinem Mund Wasserblasen sprudeln, die beim Zerplatzen, wie im Comic, die ganze Wahrheit enthüllten: Julian Goyatz – mein Mörder! Um sich zu betäuben, vollzudröhnen, hatte sie an ihrem Plattenspieler den Regler bis fast zum Ende aufgedreht.

Und so kam es, dass es Julian, der im Stockwerk darüber an seiner Diplomarbeit saß, kaum gelingen mochte, einen klaren Gedanken zu fassen.

Kapitel 5: Die Vernehmungsmethoden der Gestapo

Auf seiner Karteikarte 33 schrieb er dazu: *Ausgangspunkt der hierzu anzustellenden Überlegungen ist die schriftliche Weisung des Chefs der Sicherheitspolizei und des SD, Müller, vom 12. Juni 1942, in der es unter anderem heißt, dass die «verschärfte Vernehmung» nur angewendet werden darf «gegen Kommunisten, Marxisten, Bibelforscher, Saboteure, Terroristen, Angehörige der Widerstandsbewegungen, Fallschirmagenten, Asoziale, polnische oder sowjetrussische Arbeitsverweigerer oder Bummelanten ...»*

Weiter kam er nicht, warf den Kugelschreiber wütend hin, stampfte mit den Füßen auf den Boden, denn unten tönte nun die Rökk mit ihrer manirierten UFA-Stimme, dass es kaum gedämpft durch alle Deckenelemente drang:

Sing mit mir, lach mit mir, tanz mit mir um die Welt, / warte nicht, zögere nicht, wenn mein Lied dir gefällt, / der richtige Augenblick, / der kommt doch nie mehr zurück ...

Er stopfte sich zwei Pfropfen, schnell aus den Ecken eines Tempo-Taschentuchs zusammengezwirbelt, in die Ohren, um auch noch den nächsten Satz formulieren zu können: *Dem «Prozess gegen die Hauptkriegsverbrecher» (Nürnberg – 81948/49, Bd. 27, S. 326 f.) zufolge konnte die Verschärfung je nach Sachlage u.a. bestehen in: einfachster Verpflegung (Wasser und Brot), hartem Lager, Dunkelzelle, Schlafentzug, Ermüdungsübungen, aber auch in der Verabreichung von Stockhieben, wobei nach mehr als 20 Stockhieben ein Arzt hinzugezogen werden musste ...*

Als er nun den Kopf etwas herumwarf, um eine heranschwirrende Mücke abzuwehren, auch nach ihr schlug, fielen ihm die beiden Pfropfen wieder aus den Ohren, und erneut war er Marika Rökk schutzlos ausgeliefert.

... willst du gerne wissen, was die Zukunft dir noch bringt, / dort steht in den Sternen, dass das Glück uns beiden singt: / drum sing mit mir, lach mit mir, tanz mit mir in das Glück!

«Ruhe da unten, verdammt noch mal!» Er war zur Tür gestürzt, hatte sie bis zum Anschlag aufgerissen und wie sein Vater gebrüllt.

Wir pfeifen auf die Welt, pfeifen auf das Geld ...

Ein explosionsartiges Krachen und Ende, dann aber stand seine Mutter an der Treppe unten und schrie auch nicht schlechter als er: «In meinem Zimmer kann ich machen, was ich will! Zieh doch aus, wenn's dir nicht passt bei uns!»

Aber wenigstens hatte er nun so lange Ruhe, wie sie in der Küche brauchte, um ihrer Kaffeemaschine einen neuen Becher heißer brauner Brühe zu entlocken.

Er beeilte sich, den nächsten Satz zu Papier zu bringen: *Die Formulierung «Verschärfung je nach Sachlage», unter anderem wie sie in der schriftlichen Weisung vom 12. Juni 1942 zu finden ist, kommentieren Budde & Lütsches (1952, S. 33ff.) wie folgt: «Diese Bestimmung öffnete der Willkür und dem Sadismus der Gestapo-Vernehmungsspezialisten Tür und Tor. Zum Schlafentzug gehörten z. B. die unaufhörlichen Vernehmungen besonders in der Nacht ... Der Vernehmungsbeamte saß, der Häftling musste stehen bleiben, bis er zusammenbrach. Nach kurzer Pause und einem Guss mit kaltem Wasser wurde die Vernehmung fortgesetzt ...»*

Schau nicht hin, schau nicht her, schau nur geradeaus – / und was dann noch kommt, mach dir nichts daraus ...

Wieder seine Mutter mit ihrem Lieblingsschlager: *Irgendwo hat jedes Ding seinen Grund und seinen Sinn ...*

Er stürzte ins Bad, drehte die Dusche auf, hielt den Kopf darunter, hörte nichts mehr, begriff nun aber, dass es auch damals so gewesen war: Während die einen verzückt vom Rökk-Gesang im trauten Heim gesessen hatten, waren die anderen in den Kellern der Gestapo entwürdigt und gefoltert worden, gleichzeitig, alles in derselben Sekunde. Hier war anzusetzen, wenn er die Zeit der Nationalsozialisten, nicht nur die, verstehen wollte: Jeder Mensch war eine Welt für sich, wohl zu bestimmten Zeiten und Gelegenheiten auch mit anderen verbunden, doch letztlich war es so, wie Fallada es sagte: *Jeder stirbt für sich allein.* So Nico, während sie in Ferch neuen Krimsekt aufgefahren hatten, während seine Freunde in der Waldbühne saßen, von irgendeiner Band in Ekstase versetzt.

Seine Freunde! Julian sprang zum Bademantel, sich die Haare wieder trockenzureiben. Und Freundinnen! Ob sie ihn bereits vermisst hatten, auf der Suche nach ihm waren? War es in seinen «Kreisen» üblich, sich bei den anderen abzumelden, ihnen genau zu sagen, wohin man ging und wann sie einen zurückerwarten konnten? Wusste er nicht. Wahrscheinlich nicht bei ihrer Abneigung gegen alles Kleinbürgerlich-Spießige. Andererseits sprachen sie ja immer davon, sich dem anderen zu «öffnen», legten viel Wert auf Nähe, Enge, Herzlichkeit. Wie auch immer, eines war ganz sicher auszuschließen: dass sie bei ihrem Bullenhass, ihrer Allergie gegen jede Art von Polizei zur nächsten Meldestelle gingen, um nach Nico zu fragen. Das war beruhigend für ihn. Und sicherlich, die Eigenbestimmung als Autonome legte das nahe, war es doch bei ihnen gang und gäbe zu kommen und zu gehen, wie immer der Impuls es gerade wollte.

Er turnte nach unten, um sich ein Glas neuer Coca zu holen, und traf in der Küche mit seinem Vater zusammen, der heute schon viel früher als sonst die Firmentore zugeschlossen hatte.

«Meine Kopfschmerzen, Mann!» Er fiel auf einen der rotgepolsterten Hocker und gähnte laut und anhaltend. «Keine Lust mehr gehabt. Was gibt's denn Neues?»

Julian erzählte ihm, dass man in Kladow eine Wasserleiche geborgen hätte. «Und auszuschließen ist ja nicht, dass sich Nico da irgendwie in 'ner Schiffsschraube verfangen hat und dann ...»

Goyatz, der sich gerade ein Schultheiss eingegossen hatte («Wenn alles getan ist ...»), knallte die Flasche auf die Tischplatte. «Was hab ich euch gesagt? Dass es idiotisch ist, ihn ins Wasser zu werfen bei dieser Rökk-Villa da!»

«Wie hätten wir ihn denn vergraben sollen ohne Spaten und alles, und dazu noch am Sonntag, wo es überall von Menschen gewimmelt hat?»

Inge Goyatz war in der Küchentür erschienen. «Das Schriftstellerheim, das war doch der einzige Platz weit und breit, wo keine Menschenseele war. Der Hausmeister weg ...»

«Und außerdem sind wir nur da ans Wasser rangekommen», fügte Julian hinzu.

«Ich war von Anfang an dagegen.» Goyatz leerte sein Glas, ohne einmal abzusetzen. «Bis 24 Uhr hatten wir ja Zeit. Da hätten wir noch durch die halbe DDR fahren können und ihn irgendwo verbuddeln.»

Julian hatte Mühe, sich nicht ostentativ an die Stirn zu tippen. «Du weißt doch genau, dass westliche Autos alle naselang angehalten werden: ‹Die Reisedokumente bitte!›» Er sächselte dabei.

«Meinste nicht, dass der Hausmeister sich ganz genau an uns erinnern kann?»

«Lass ihn doch!», widersprach ihm seine Frau. «So genau wird er sich Nico bestimmt nicht gemerkt haben.»

«Zumal wir ihm ja alle Sachen ausgezogen haben.» Julian fühlte sich nun wieder besser. «Und außerdem, warum sollte er ausgerechnet uns die Leiche zuordnen, wenn sie wirklich da gefunden werden sollte?»

«Ihr habt ihr doch extra noch 'nen Stoß gegeben, dass sie ...»

«Bis nach Kladow, ja!», höhnte Goyatz, gekränkt darüber, dass man ihn so einfach überstimmt hatte, und er setzte gerade an, noch ein paar passende Bemerkungen über den Geisteszustand seiner Familie nachfolgen zu lassen, als die Türglocke zu lärmen anfing, draußen Sturm geklingelt wurde.

Die Polizei!

Alle dachten es. War das also in Kladow doch Nico gewesen, und irgendwie hatten sie ihn identifizieren können und die Spur hierher gefunden. Eine Bemerkung bei sich in der WG über die Familienfeier in Ferch, und nun wurden alle Verwandten abgeklappert, die er hatte.

The time stood still ... Aus einer rätselhaften Assoziationsschaltung seines Gehirns heraus hatte Julian plötzlich diesen Fats-Domino-Titel im Ohr, als sie regungslos verharrten, wie in Kunstharz gegossen.

Draußen wieherte ein Pferd, Ninas *Torro* wahrscheinlich. Eine grün schillernde Fliege versuchte, das Fensterglas zu durchbohren, machte, als sie immer mehr in Panik geriet, fast Bohrmaschinengeräusche. Nebenan ballerten die Jungen mit ihren Knallplätzchenpistolen herum. Ihr Schäferhund, King, war zum Gartentor gesprungen und verbellte diejenigen, die dort immer wieder auf den Klingelknopf drückten.

Goyatz hatte sich als Erster gefangen, war böse darüber, wie waschlappenschlapp und lächerlich sie in dieser Szene alle wirkten, stand auf und ging hinüber zur Gegensprechanlage. «Scheiße, dass wir noch keine Kamera draußen zu hängen haben und hier drin inner Küche 'nen Bildschirm!» Damit griff er sich einen weißen Telefonhörer und schnauzte ein unfreundliches «Ja, bitte?» hinein.

«Hallo, ihr Süßen, hier sind Onkel Arnold und Tante Manda!»

Was ansonsten gelinden Schrecken ausgelöst hätte, ließ sie jetzt erleichtert aufatmen. Kein Grund zur Panik, wieder mal Gespenster gesehen.

«Na, das ist ja 'ne Überraschung! Wir kommen.»

Sie eilten nach vorne, und sogar Nina kam herunter, um sich umarmen zu lassen, alle froh, durch die beiden,

Tante Manda immer überdreht und irre, aus ihrem Stimmungstief herausgerissen zu werden.

«Wir wollten ja zu Arnies Bruder nach Stuttgart rüber, aber nun haben wir in unseren Pässen auch eure Adresse angegeben und dachten, dass wir da vorher noch nach Westberlin können, mal wieder so richtig durchs KaDeWe schlendern.» Da hatte sie, geborene Berlinerin, als junges Mädchen Hüte verkauft. «Die Hutschachteln damals, Kinder, riesig, aber nun bin ich ja selber 'ne alte Schachtel geworden.» Dies alles, leicht sächsisch gefärbt, herausgesprudelt, ohne auch nur einmal Atem zu holen. «Platz habt ihr ja für uns beiden Hübschen in eurer Villa hier. Viel Mühe machen wir nicht, wir sind ja noch ganz ab von Arnies Geburtstagsfeier. Na, der Stani macht in Ferch im Häuschen alles sauber, schön, wenn man da einen hat, der ... Ewig hat das ja mit der Bahn gedauert bis raus zu euch.»

«Nun kommt doch erst mal rein!»

«Habt ihr nicht 'nen Kognak für mich? Wie heißt der, den ich so gerne trinke? Osborne, ja, den spanischen. Macht euch bloß keine Umstände unsertwegen! Wir lassen uns nachher auch gerne zum Essen einladen. Arnie hat es letztes Jahr beim Franzosen ganz wunderbar geschmeckt.»

Dazu kläffte King wie von Sinnen und konnte auch durch mehrere Pfiffe, Kommandos und Klapse nicht beruhigt werden, musste schließlich im Heizungskeller eingesperrt werden.

Onkel Arnold war, nachdem er seiner Nichte, ganz Charmeur wie Maurice Chevalier, mit Handkuss und Verbeugung einen Strauß märkischer Feld- und Bauernblumen übergeben hatte, kurz vor dem Grenzübertritt am Bahnhof Friedrichstraße bei einem privaten Händler gekauft, längst ausgeschert und schon auf der Suche nach den letzten technischen Errungenschaften seiner westlichen Verwandten, dem mit infraroten Strahlen zu öffnenden Garagentor, Julians Bildschirmschreibmaschine, von der ihm in Ferch berichtet worden war, oder ihren Fernsehern mit den über zwanzig Kabelprogrammen, hatte auf der vergleichsweise langen Reise, einmal südsüdöstlich um Berlin herum, auch wenig Alkoholisches zu trinken bekommen.

Tante Manda, eigentlich ja Amanda, aber das hatte sie sich verbeten, als in den siebziger Jahren die Schlagersängerin Amanda Lear ihr sehr maskulines *Follow me* gehaucht hatte und gelästert worden war, sie sei in Wahrheit ein Er, dem man etwas wegoperiert habe. Tante Manda, stolz auf ihr Weibsein und ihre Kunst, alle Männer zu betören, auch mit beinah siebzig Jahren noch, hatte ihrer Nichte ein Geschenk mitgebracht, das diese in den höchsten Tönen aufjauchzen ließ: das Programmheft eines der bekanntesten Marika-Rökk-Filme – *Die Frau meiner Träume.*

«Du, da könnt ich dich stundenlang umarmen für.»

Sie tat es, um dann so intensiv an dem bräunlich-vergilbten schulheftgroßen Doppelbogen, dem *Illustrierten Film-Kurier* Nummer 15 F, zu schnuppern, dass Goyatz nicht umhinkonnte zu murmeln: «Wie King, wenn der 'ne Spur einer heißen Hündin hat.»

«Guck bloß mal, mit Wolfgang Lukschy, Walter Müller, Grete Weiser!» Schon verlas sie die Schmonze, hatte plötzlich eine hysterische Stimme: «Hört, was ich euch nun verkündigen werde! Julia Köster – also, das ist die, die die Marika Rökk hier spielt –, die, die, die ... *Julia Köster, der Revuestar, ist theatermüde. Sie hat nur einen Wunsch: ohne neues Engagement in die Ferien! Fluchtartig verlässt sie ihre Garderobe, entflieht ihrem Direktor mit seinem neuen Kontrakt und befindet sich nun auf der Fahrt nach Tirol. Allerdings nur mit dem Pelzmantel über leichter Unterwäsche und ohne Gepäck.»*

«Huch!», machte Julian. «Diese Verruchte!» Hatte aber beim Blick auf das Programmheft statt erotischer Gefühle eher den Eindruck, versehentlich in eine Schirmbild-Reihenuntersuchung älterer Mitbürgerinnen geraten zu sein. «Ich vergess mich heute noch!» Dies mit Blick auf Tante Manda.

Inge Goyatz ließ sich nicht beirren. «*Ein neues Missgeschick: Beim Umsteigen in ihr richtiges Abteil bleibt sie in der Dunkelheit auf freier Strecke zurück, wo der Zug wegen Bauarbeiten gehalten hatte ... Verliebt sich hier in den einfachen, aber gradlinigen Oberingenieur Peter Groll (Wolfgang Lukschy), der sich aber betrogen fühlt, als der eintreffende Theaterdirektor Julias Inkognito lüftet ... Julia reist enttäuscht sofort ab. Bei der neuen Premiere ist Peter Groll in ihrer Garderobe. Sein Vorurteil ist dahin, die Sehnsucht war stärker. Noch lässt Julia ihn zappeln. Aber nach einer hitzigen Auseinandersetzung, flüchtend und verfolgend, Seite an Seite in Motorrad und Auto, folgt die erwartete Versöhnung.*»

«Bravo!» Alle klatschten in die Hände.

So war denn alles wunderbar, und sie wurden auf nie erhoffte Weise abgelenkt von ihren Sorgen und Problemen, saßen dann am Abend mit ihren Leipziger Verwandten im La Rochelle am Hermsdorfer Damm, ließen sich die Fischsuppe, einzigartig, die Lammkeule «Provençal», die Crêpes «Normandes» mit Calvados und all die anderen Köstlichkeiten schmecken, wobei es sich Günther Goyatz nicht verkneifen konnte, nach jedem Gang immer mal wieder mit seinem unnachahmlichen Ätsch-das-habt-ihr-nicht-Blick zum hochdekorierten DDR-Onkel hinüberzublinzeln.

Den aber störte das wenig, war er doch im selben Altersjumm wie Ronald Reagan, und für Tante Manda zählte immer nur das Hier und Heute, ganz abgesehen davon, dass sie aufgrund ihrer Westgeldkonten und sonstigen Privilegien zu Hause auch keinen Mangel leiden mussten, was die Luxusgüter des Lebens betraf. Dennoch beklagte sie sich jetzt, dass von den Lübarsern in letzter Zeit kaum noch Pakete angekommen seien und sie deshalb auch morgen früh gleich ins Rathaus nach Reinickendorf wollten, ihr Begrüßungsgeld abzuholen.

«Jeder hundert Mark. Warum sollen wir euerm Staat das schenken?»

«Unsere Sozialhilfeempfänger haben knapp über vierhundert Mark im Monat», sagte Nina. «Musst du mal hören, was die dazu ...»

«Komm!» Ihre Mutter stieß sie an. «Keine Misstöne jetzt! Konzentrier dich lieber auf das schöne Essen!»

«Das schöne Essen, ja!» Onkel Arnold hob sein Glas mit dem roten Vin d'Alsac. «Wir danken herzlich und denken an die, die nicht mehr unter uns sein dürfen.» Meinte ihre gemeinsamen Stammväter und -mütter, wollte damit aber auch sicherstellen, dass man sich nach seinem Abgang, balde, bald ruhest auch du, dann ebenso seiner erinnern würde, «denn wie anders leben wir denn fort als in der Erinnerung der Unseren», und fand keine Erklärung dafür, dass die vier Westberliner Verwandten bei diesen so gut gemeinten Worten zusammenzuckten und erschrocken guckten, setzte sich abrupt.

Nina war sensibel genug, ihn sofort zu trösten. «Dein Name steht sogar bei uns in einem Fachbuch drin, mein Physiklehrer hat es im Regal stehen.»

Dies war damit überstanden, und Inge Goyatz lenkte das Gespräch auf ein Thema, das ihr gänzlich unverfänglich schien: die für den Herbst geplante Ausstellung von DDR-Malern in Westberlin, *Zeitvergleiche*.

«Ja», fügte Nina hinzu, «und sozusagen im Austausch dafür fährt dann unser Grips-Theater mit der *Linie 1* nach Karl-Marx-Stadt, Dresden und Halle, glaub ich. Irre, die Typen, die sie da ...»

«Ja», rief Tante Manda, «wie der Nico einer ist! Ich hab ja ein Faible für solche Leute. Kannst du dir gar nicht vorstellen!»

Julian trat seiner Schwester unterm Tisch gegen das Schienbein und versuchte, Tante Manda dadurch zu bremsen, dass er einfach dazwischenging. «Dennoch schlage ich vor, dass wir morgen Abend doch lieber ins Schiller-Theater ... Mehr einen klassischen Stoff.» Und hielt einen längeren Vortrag über das momentane Elend der Westberliner Theater, die Schaubühne auch nicht mehr das, was sie einstmalen gewesen, und das Staatstheater: Heribert Sasse, o Gott!

«Ja, ja, du, aber den Nico, den müssen wir unbedingt besuchen. Hab ich ihm doch in Ferch versprochen. Mal Kreuzberg richtig kennenlernen. Nicht wahr, Arnie, du kommst doch mit?»

Panik war in Inge Goyatz' Stimme. «O Gott, nein! Das ist doch alles viel zu anstrengend für euch.»

«Und gefährlich!» Goyatz war fast aufgesprungen, und sein Gesicht hatte, da er eh unter Bluthochdruck litt, die Farbe tagealten Schabefleisches angenommen. «Die Chaoten da, dauernd Straßenschlachten, Polizei und Tränengas. Alles brennt!»

Tante Manda sah ihn verwundert an. «Aber jetzt doch nicht. Wir haben doch gestern erst Westfernsehen geguckt, eure *Abendschau*, da war doch gar nichts.»

«Es kann aber jederzeit wieder losgehen.» Julian war bemüht, als Wissenschaftler zu wirken.

«Uns tun sie schon nichts», lachte Tante Manda. «Wir sind ja als Ausländer hier.»

Und Arnie, mit derselben Lache, nur im reinsten Insider-Sächsisch, dröhnte: «Nu, wenn dos geen'r middgrischd, muss'r Madsch of'n Ohrn hom. Heje?»

Tante Manda zog nun einen Zettel mit Nicos Adresse hervor, eine abgerissene Ecke aus dem *Sächsischen Tageblatt*. «Hier, gucke mal!»

«1000 Berlin 36, Köpenicker Straße ... Das finden wir doch nie und nimmer», sagte Julian. «Und wenn er da man überhaupt noch wohnt. Der wollte nämlich umziehen, ja.» Dass ihm das noch eingefallen war! Er legte den Zettel unauffällig beiseite.

Onkel Arnold, dessen Kurzzeitgedächtnis ansonsten seine große Schwäche war, hatte ausgerechnet diesen Fakt lückenlos gespeichert. «Aber ihr habt ihn doch beim Geburtstag im Wagen mit nach Hause genommen.»

«Aber nur bis zur Grenze!», betonte Goyatz, obwohl es abgesprochen war, allen zu erzählen, sie hätten ihn schon in Petzerow aussteigen lassen, weil ihm da plötzlich eingefallen sei, dass er noch einen alten Freund besuchen müsse. Das war ihnen als die logischste Antwort erschienen, ohne dass sie ja von Nicos Verabredung mit Friedhelm etwas ahnen konnten. Dass Nico in Drewitz die Grenze passiert hatte, ließ sich ja beim besten Willen nicht behaupten: Es wäre dann ja im Zweifelsfalle seine grüne Ausreisekarte dort zu finden gewesen.

«Nicht bis zur Grenze, sondern nur bis ...»

Julian fuhr seiner Mutter ins Wort. «Das ist ja auch egal jetzt.» Das mit Petzerow brauchte man den beiden ja nicht unbedingt auf die Nase zu binden, auch wenn sie in Leipzig weit weg waren vom Schuss. Außerdem war es sicher klüger, jetzt erst einmal einzulenken, um die Verwandten nicht misstrauisch werden zu lassen. «Natürlich bring ich euch da gerne hin zu Nico, aber das ist doch kein Milieu für euch.»

«Das lass mal meine Sorge sein!» Tante Manda funkelte ihn an. «Was meinst du, damals in den zwanziger Jahren, was da ... *Cabaret*, mehr sag ich nicht. Also, beschlossen und verkündet! Punkt zehn geht's los hier. Und wenn ihr nicht wollt, fahren wir beide alleine.»

Großer Gott, dachte Goyatz.

Ich schütt ihnen was in den Kaffee morgen früh. Inge Goyatz hielt es für tödlich, wenn da einer von Nicos Genossen mitbekam, dass es eine Verbindung zwischen ihnen gab, aufgehängt auch noch an ihren Verwandten und Ferch, dem Schwielowsee.

«Bloß keinen Verdacht weiter erregen», flüsterte Julian ihr zu, als Tante Manda zur Toilette strebte.

«Da hilft nur noch beten.»

«Mit den Betten, da macht euch mal keine Sorgen», sagte Onkel Arnie, schon ein wenig an der Grenze zur Schwerhörigkeit. «Wir schlafen überall bestens.» Und zu seiner besseren Hälfte gewandt, fügte er schmunzelnd hinzu. «Ne wohr, mei Zuggrbibbschn?»

Am nächsten Vormittag standen sie dann, nachdem sie das Begrüßungsgeld dankend eingesackt hatten, pünktlich um elf am grauen Ufer der Spree, Gröbenufer/Bevernstraße, hinter sich die Hochbahn, Schlesisches Tor, Endstation der Linie 1, vor sich, jenseits des hier an die 150 Meter breiten Flusses, die hässlich zerhackte Kulisse der

«Hauptstadt Berlin», mehlstaubblasse Häuserfronten, abgeknickte Hälse müder Kräne, Speicher und Fabriken, Termitenhügel, versteinert alles, ferner Planet, längst von jedem Lebewesen verlassen. Das Wasser nur noch wie stark verdünnter Beton. Die Kaimauer auf westlicher Seite steil und sicherer Tod für alle kleineren Kinder, wenn sie abrutschten beim Spielen, Notrufmelder wie auch Schilder in deutscher und türkischer Sprache machten allen, die hier gingen, Angst. Nicht anders die kriegsgrauen Kontrollboote drüben am anderen Ufer, nordwärts, kurz vor der Mühlenstraße, Friedrichshain, DDR-1017 Berlin. Auch keine Züge mehr, eidottergelbe Würmer hoch auf der Oberbaumbrücke, rechts von ihnen, Richtung Osten, wo sich über der Fahrbahn bombenversehrte Backsteintürme erhoben, märkische Wehrgänge, Bögen und Gewölbe, Bernau zum Beispiel, Wittstock oder Angermünde, als Viadukt für die Hochbahn gebaut, ihr die Fahrt von der Warschauer Brücke und dem Stralauer Tor zum Zoo und Knie möglich zu machen, damals im Jahre 1902. Heute stillgelegt. *You are leaving the American sector.* Geblieben war ein Grenzübergang, für Fußgänger, *pedestrians only.*

Dıkkat. Su kazalarında derhal yardım.

«Die I's sind ja meist ohne Punkt!», staunte Manda.

Kam zum Türkischen noch das Jugoslawische hinzu: *Pažnja!*

Las dann richtig erleichtert vom rotumrandeten Schild: «*Achtung! Bei Wasserunfall sofort Rufsäule betätigen!*»

In der nahen Pfuelstraße gab es viel Aufgesprühtes zu lesen:

US-Freiheit = Völkermord

Und direkt darunter: *Karin, ich liebe dich!*

Dann weiter: *Laugh, it's a pain!*

Krieg dem imperialistischen Kriege
Mietstreik organisieren, Zwangsräumungen verhindern
Schluss mit dem Bullenterror am Kubat-Dreieck
Drinnen und draußen ein Kampf – RAF

«Narrenhände», meinte Tante Manda. «Gibt's bei uns Gott sei Dank nicht.»

Julian murmelte nur etwas von «Ventilen».

Die Köpenicker Straße, parallel zur Spree, einstmals Magistrale und zu benutzen von jedem, der von Treptow zur alten Innenstadt wollte, zum Märkischen Museum, zur Fischerinsel, machte nur noch auf *dirty old town*, starb so langsam vor sich hin, von der Grenze mittendurch zerschnitten, wollte allen zeigen, dass Berlin, das westliche, nicht nur in vielem New York zu ähneln begann, sondern auch an Liverpool erinnern konnte. Gründerzeithäuser, mit Stuck und Backsteinornamenten einst reichlich gesegnet, standen leer und abgewrackt herum und warteten auf ihre letzten Kunden, Abrissunternehmer. Lagerplätze kamen dazu, kleine Firmen, Klitschen füllten die Lücken. Da blieb dem legendären Himmel über Berlin im Augenblick nichts weiter, als Nieselregen zu weinen und Julian sagen zu lassen, dass jemand, der wissen wollte, wie es am Arsch der Welt aussehe, an dieser Stelle nachschauen müsse.

Es war eine Stimmung, als spielten sie aus allen Lautsprechern *Don't cry for me, Argentina*, was allerdings Onkel Arnold wenig scherte, da er sich bereits am Frühstückstisch mit spanischem Osborne frustrationssicher aufgefüllt hatte, Tante Manda aber unablässig schnattern, sie versuchen ließ, mit Worten alles zuzudecken. «Hinten in der Cuvrystraße haben wir ja mal 'ne Zeitlang gewohnt, fünf muss ich da gewesen sein, wo wir noch 'nen Kaiser hatten. Und immer die schicken Offiziere in der Gegend hier. Obwohl ja meine Großmutter noch viel mehr geschwärmt hat, weil früher in der Köpenicker Straße die Gardeschützen 'ne Kaserne hatten, die *Neffschandeller*.»

«Wie?», fragte Julian.

«Keenen blassen Schimmer, woher das ...»

Onkel Arnie tauchte aus den Tiefen seines Jumms nach oben und half aus. «Das kommt von Neufchâtel in der französischsprachigen Schweiz. Hat auch mal zu Preußen gehört, so etwa zu Napoleons Zeiten, und ein Truppenkontingent gestellt: die *Neufchâteller Chasseurs*. Und untergebracht waren die hier in der Kaserne vom Pfuelschen Regiment.»

Tante Manda staunte. «Mensch, Arnie, woher weeßten diss alles?»

«Durch mein geliebtes Ferch natürlich.»

«Was hat denn das eine mit dem andern zu tun?», fragte Julian, an jeder Zeitverzögerung äußerst interessiert.

«Na, Fontane doch! Ohne Ferch und unser schönes Häuschen da wär ich nie auf den gekommen. Und bei Fontane, da ist die Köpenicker Straße ein wichtiger Ort: *Frau Jenny Treibel* spielt doch hier, der Herr Kommerzienrat hatte an dieser Stelle etwa seine Villa und seinen parkartigen Garten.»

«Ist ja nicht zu fassen!» Tante Manda blieb stehen. «Und ich bin da früher immer mit der 87 vorbeigefahren, ohne das zu wissen, mit der Straßenbahn, der ‹Elektrischen›, wie wir damals immer gesagt haben, zum Dönhoffplatz, da, wo die ganzen großen Konfektionshäuser waren.»

«Bei uns zu Hause willst du nie mit der Straßenbahn fahren», warf Onkel Arnold ein und gab, als ihn Julian danach fragte, bereitwillig und langatmig Auskunft über die

Leipziger Verkehrsbetriebe. «28 reguläre Linien haben wir heute und zur Messe noch einige mehr. Also, die Linie 1 von Thekla nach Grünau-Süd ...»

«Grünau, das gibt's bei uns auch.» Julian freute sich. «Was heißt *bei uns*? In Ostberlin drüben, die olympische Regattastrecke von 1936 ist da, am Fuß der Müggelberge ...»

«Ja, die Linie 2 geht von Paunsdorf nach Plagwitz, die 4 von Stötteritz nach Knautkleeberg.»

«Ich kenn in Leipzig nur Gohlis», sagte Julian, «weil da Hansjörg Martin herkommt, unser großer alter Krimischreiber, *Einer fehlt beim Kurkonzert*.»

«Nach Gohlis fährt die 6, Gohlis-Paunsdorf.»

«Arnie, du langweilst wieder alle.» Tante Manda beugte sich zu Julian. «Er will dir bloß beweisen, dass sein Gedächtnis noch in Ordnung ist.»

«Nein, Straßenbahn ist meine Leidenschaft, zumal wir auch viel geliefert haben für die. Aber jetzt kommen ja die Triebwagen alle aus der Tschechoslowakei, die Tatra-Großzüge - oder, wie d'r Volksmund liebevoll soocht: de Dubtschek-Schleud'rn! Heje?»

Nun wurde Tante Manda energisch. «Schluss jetzt damit! Jetzt gehen wir endlich unsern Nico suchen!» Sie klappte ihre Handtasche auf und suchte nach der Zeitungsecke, auf die Nico in Ferch seine Anschrift hingekritzelt hatte, wühlte alles um und um, wurde immer nervöser, verstreute Lippenstift, Kamm und Taschenkalender ringsum auf dem Straßenpflaster, so dass ihr Mann und Neffe regelrecht zu Füßen lagen, fand aber nichts.

«Schade!», sagte Julian. «Und im Telefonbuch wird er auch nicht drinstehen.»

«Macht nichts, ich hab ja die Hausnummer noch von gestern im Kopf: 154 A!»

Julian schaffte es, gelassen zu wirken. «Na, dann setzt euch mal in den Wagen, das ist ja doch 'n ganzes Stückchen weiter oben.» Damit lotste er sie zum Wagen seiner Mutter, einem silberblanken Golf, hatte seinen eigenen Landrover nicht anspannen wollen, weil sich an den im Falle eines Falles viel zu viel Volks erinnert hätte. Los ging es.

Als sie dann die von Tante Manda angegebene Hausnummer erreicht hatten, war die Überraschung groß. «Nein, das gibt's doch nicht!»

Köpenicker Straße 154 A war eine Autoreparaturwerkstatt. «AKA» W. Jäkel, Kraftfahrzeugmeister.

«Gott, da hat der euch aber ganz schön reingelegt», rief Julian. «Wie soll 'n der hier wohnen?»

«Vielleicht ist er da beschäftigt?» Tante Manda, die vorn auf dem Beifahrersitz Platz genommen hatte, stieß die Tür so weit und kräftig auf, dass die Scharniere in Gefahr gerieten, und schwang sich auf den Bürgersteig hinaus. «Ich frag mal nach.» Und schon hatte sie einen jungen Blaukittel am Wickel, einen Auszubildenden, Azubi wohl, der gerade unter der aufgeklappten Motorhaube eines Uralt-Mercedes hing. «Ich suche einen Neffen von uns, den Nico.»

«Wen?», kam es zurück, ohne dass der junge Mann irgendwelche Notiz von ihr genommen hätte.

«Nico Goretzki.»

«Nie gehört, nie gesehen.»

Julian faltete die Hände und drückte die Nase hinein, strich sich mit den hochfahrenden Fingerkuppen über die Augen, atmete auf: Gott sei Dank, geschafft! Alles andere wäre auch ein zu großer Zufall gewesen. Er formulierte lautlos Sätze wie: Die Situation gemeistert, Tante Manda ausgetrickst, keinem einen Hinweis auf Nico gegeben. Erst hatte er gestern Abend die Hausnummer auf Tante Mandas Zeitungsfetzen gefälscht, in Nicos Schrift und Kugelschreiberfarbe eine Ziffer und das A hinzugefügt, dann heute Morgen, nachdem sie sich die Adresse nochmals angesehen hatte, den Zettel unauffällig aus ihrer Handtasche gezogen und verschwinden lassen. In dieser Werkstatt in der Köpenicker Straße hatten sie einmal, das war ihm mit Hilfe des gelben Branchen-Fernsprechbuches wieder eingefallen, nach einem Ersatzteil für seinen Landrover gesucht.

Doch so schnell mochte seine Leipziger Tante nicht aufgeben. «Was ich mir mal in den Kopf gesetzt habe, das ... Fahr mal zurück zum Schlesischen Tor!» Ein Befehl war das, wie ihn nicht einmal sein Vater fertigbrachte. «Ich hör mich da mal um.»

«Gerne, aber wird es nicht ein bisschen spät, wenn du noch ins KaDeWe willst und Onkel Arnold ins Museum für Verkehr und Technik?»

«Ich will mal wissen, wie ein Mensch wie der Nico so lebt. Meine Freundinnen in Leipzig, die interessiert das mächtig.»

Sie ließ nicht locker, und Julian begann, nun doch noch zu schwitzen, denn bei ihrem Redefluss war zu befürchten, dass sie die ganze Geschichte erzählte, wenn sie jemanden traf, der Nico kannte: Also, der war doch in Ferch bei uns zum 75. Geburtstag meines Mannes und ist dann im Mercedes meiner Nichte mit zur Grenze gefahren. Da muss er doch gegen sieben schon wieder hier gewesen sein, am frühen Sonntagabend.

So hörte er sie tönen, und wenn dann später einer von der Kripo auftauchen sollte, bekam der das alles wortwörtlich wiedergegeben. Was blieb ihm aber übrig, als sein

«Okay» zu murmeln und den Wagen wieder zu wenden? Wie groß die Gefahr jetzt wirklich war, hing davon ab, ob Nico im Kiez bekannt war wie ein bunter Hund oder nicht. War er aber wahrscheinlich, hatte sich immer «öffnen» und «einbringen» wollen.

«Halt mal hier!»

«It doch Parkverbot überall!»

Sie schlug ihm auf das rechte Knie. «Nun mach mal keine Sperenzien! Ich will ja nur mal aussteigen und da am Imbissstand nach Nico fragen.»

Er musste sie gewähren lassen, hielt es aber für besser mitzugehen, um so die Sache wenigstens etwas unter Kontrolle zu haben.

Um ein wenig das Tempo aus dem Spiel zu nehmen, setzte er an, ihr die bauliche Schönheit des Hochbahnhofs Schlesisches Tor vor Augen zu führen. «Sieht der nicht malerisch aus! Diese Arkaden, Türmchen und Treppen – wie in Rothenburg ob der Tauber!»

«Ja, du, ich frag mal die Kleene da, die mit der Bierpulle in der Hand, die kennt den Nico sicher.» Damit stürmte sie über die Straße und auf eine Imbissbude zu, Julian im Schlepptau, der zu retten suchte, was zu retten war.

«Die redet doch bestimmt nicht mit uns.» Sah aus wie die Maria aus dem Musical, aus der *Linie 1*, in das sie Julian gegen seinen Willen mitgeschleppt hatten, westdeutsche Freunde, und es war ihm, als hörte er ihr Lied: *Ick war schon immer so 'n Warzenschwein / voll Pickel und schwitzig, zu fett, zu klein. / Een Trampel ...*

Von solcher Art war das Mädchen auch, das da ihr Kindl-Bierchen schlürfte, nur hieß sie Irina, wie er, als sie näher kamen, einem Zuruf des Budenbesitzers entnahm.

«Sag mal, Kind, den Nico, den kennste doch sicher.»

«Wieso 'n dette?»

«Ich bin seine Tante, ich hätt ihn gerne gesprochen.»

«Pech jehabt! Der is jrade mit die Hochbahn ebent weg inne Stadt rinne. Vor 'n paar Minuten. Hier steht noch seine Pulle.»

Wie in Trance, vom erbarmungslosen Über-Ich («Ein Mann hält durch!») vorangepeitscht, lenkte Julian den Wagen seiner Mutter, das Silberfischchen, nun in Richtung Innenstadt, brauchte immer nur dem Hochbahnviadukt zu folgen, konnte sich gar nicht verfahren, passierte, als säße er im Zug, die einzelnen Stationen.

Görlitzer Bahnhof ... Der Bauwagen, die Flammen. Der Unimog und Nico davor, die Arme ausgebreitet wie ein Engel, wie der weiße Engel auf den runden blauen Feldern, wenn die Farben umweltfreundlich waren. Julian sah ihn vom Schwielowsee aufsteigen und himmelwärts fliegen.

«Ist dir nicht gut?», fragte die Großtante hinten.

«Doch, doch.»

Sollte er wirklich noch gelebt haben? War er aus dem Schwielowsee herausgekrochen und hatte die Grenze doch noch irgendwie passiert? Wie denn aber ohne Sachen und Papiere? War er zur Vopo gelaufen? Hatte er einen Bekannten aus der Ostberliner Szene getroffen? *Solo Sunny*, Prenzlauer Berg, und sich irgendwie helfen und zurückbefördern lassen? Quatsch! Undenkbar doch ohne Personalausweis und grüne Ausreisekarte.

Kottbusser Tor, nüchtern-funktionaler Bahnhof, und am NKZ, dem Neuen Kottbusser Zentrum, sah er die Punker auf den Treppenstufen sitzen, saufen und die Bürger schrecken und die Berliner türkischer Nation herumwuseln wie am Eingang des Istanbuler Basars, die

Kulissen alle aufgestellt, die Leute *in action*, Künstler, Berber, Rentner und all das jeansjunge Volk, das nichts tun wollte, durfte oder konnte, mittenmang: Berlin–New York, die 99., Kamera läuft, Ton ab! Eine ehemalige Berlinerin, Amanda Roddahn, heute Leipzig, erzählt, *oral history* war in: «Hier hat mal das schwarze Schaf unserer Familie gewohnt, unser Onkel Paul, Brechstangen-Paule. Der konnte Telefonbücher zerreißen, Brechstangen zu Brezeln verbiegen und alles so was. Im Ringverein ‹Immertreu› ist er drin gewesen. Ringverein wirklich, weil die mal alle als Sportler angefangen haben, so richtig: Die Ringer reichen sich die Finger. Dann ist das alles Berliner Unterwelt gewesen: Ganoven, Zuhälter und so. Ganz bürgerlich aber. Als Onkel Paul im Knast gewesen ist, haben sie seine Familie unterstützt, und 'ne Beerdigung erster Klasse hatte er auch.»

Julian stöhnte auf. Schwarzes Schaf, Knast, Beerdigung. Wenn doch die alte Schreckschraube hinter ihm bloß mal das Maul halten würde!

Prinzen- und Gitschiner Straße («Hier ist früher mal 'ne Gasanstalt gewesen»), Hallesches Tor («Belle-Alliance-Platz hat das früher mal geheißen, mit 'nem Rondell in der Mitte. Die Straßenbahnen sind da immer rumgefahren, die 96») und Möckernbrücke («Hier musste man dann rechts abbiegen zum Anhalter Bahnhof. Gott, dass sie den auch noch abgerissen haben! Aber bei uns in Leipzig, der Bayerische Bahnhof, der steht noch, den musst du dir mal ansehen!»).

Ob die DDR seine Auslieferung verlangen würde, weil die Tat ja auf ihrem Territorium geschehen war?

«Links rüber, zum Gleisdreieck, he!» Tante Manda hieb ihm auf die Schulter. «Der Onkel will doch das Museum sehen.» Und stupste ihren seit einiger Zeit eingenickten Gatten in die Seite, dass der hochfuhr, doch sogleich grinste und im gemütlichsten sächsischen Platt gähnte: «Bin 'ch woh' eingedusseld, mei Mäusl. Nee, aber ooch!» Er gähnte und reckte sich, so gut das für einen Mann von Arnolds Statur im Wagen eben ging und ohne dass die arthritischen Gelenke zu hörbar knackten. «Wo simm 'r denn nu? Nu, Schulian, wolldse mich nich im Musäum absätzn?» War sich der Doppeldeutigkeit seiner Frage gar nicht bewusst.

«Ja, ja.» Julian wäre bis sonst wohin im Wagenstrom langgetrieben.

«Gleisdreieck, da ist ja das schlimme Unglück damals passiert. Da bin ich noch nicht auf der Welt gewesen, aber meine Mutter hat immer erzählt davon. Muss so 1907 oder 1908 gewesen sein. Ein Zug in den andern rein, und dann 'n paar Wagen von oben auf die Straße runter.»

Julian setzte Onkel Arnold ab und schaffte es auch, Tante Manda bis zum KaDeWe zu fahren, ohne dabei auszurasten.

«Um drei Uhr an der Gedächtniskirche! Da hol ich euch dann wieder ab. Viel Spaß bis dahin und ...»

«Julian, du bist ein Schatz.» Sie drückte ihn an sich, und er hatte das Gefühl, in eine große Puddingschüssel zu stürzen, konnte gerade noch den Kopf zur Seite reißen, um zu verhindern, dass ihn ihre fettverschmierten Lippen wieder voll erwischten, der Damenbart ihn piekte.

Er stürzte aus dem Parkhaus und auf die Tauentzienstraße hinunter, fragte sich noch immer, ob er Nico wirklich suchen sollte oder nicht. Wahnsinn alles! Diese Irina musste sich ganz einfach geirrt haben. Vielleicht gab es in ihrem Dunstkreis mehrere, die Nico hießen oder Nikolaus, vielleicht war sie auch zu besoffen gewesen, um die Tage noch auseinanderhalten zu können, oder aber gerade ohne Stoff respektive auf Entzug.

Und dennoch, er wusste, dass es ihn ganz gewaltig beruhigen würde, wenn er sich jetzt auf die Suche machte und nirgendwo eine Spur von Nico fand, seine These also empirisch abzusichern vermochte. Zwei Stunden Zeit hatte er ja, schaffte es auch so, das zu tun, was er den Leipziger Verwandten gegenüber als Entschuldigung vorgebracht hatte: «Ich muss unbedingt noch zur Fachhochschule für Verwaltung hin, ins Kudamm-Karree, in der Bibliothek was für meine Diplomarbeit abholen.» Natürlich hatte er keine Lust, mit dieser überdrehten Wachtel von Tante durch Berlin zu latschen, und auch den lieb-senilen Onkel konnte er in seiner derzeitigen Verfassung nicht länger ertragen.

Also: Wo, wenn überhaupt, konnte Nico hier gelandet sein? Er ging die Möglichkeiten durch: Nollendorfplatz, Gedächtniskirche, Bahnhof Zoo. Dann mal los!

Julians erster Blick aber galt dem Wittenbergplatz, seiner Mittelinsel, straßenumflossen, auf der wie ein Tempel, neoklassizistisch und monumental, innen aber Jugendstil, Berlins zweitschönster U-Bahnhof stand. Auch an einem Wochentage wie diesem schwärmte es vor den Ein- und Ausfluglöchern, so dass es schwer war, einen Einzelnen in der Menge zu finden, doch wenn Nico wirklich mit der Linie 1 hier angekommen war, dann schon vor etwa einer halben Stunde. Konnte höchstens sein, dass er vor einem der beiden Bronzebrunnen hockte, die seit einigen Sommern die sicher fußballplatzgroßen Flächen zwischen dem Bahnhofsgebäude und den zurückgesetzten Häuserfronten zierten, nachdem die Autos allesamt vertrieben worden waren.

Aber von Nico keine Spur.

So ging er die Kleiststraße hinauf, vorbei an einigen Kasinos, denen man nachsagte, Treffpunkt gutbetuchter Homos zu sein, und Atzert, einer Kultstätte der vielen Westberliner Hobbyelektroniker, sah linker Hand die U-Bahn-Trasse aus dem Tunnel kommen und sich auf steiler Rampe zum nächsten Bahnhof ziehen, Nollendorfplatz. Stillgelegt war dessen Hochbahnteil für den Personennahverkehr, wenn man von der Museumsstraßenbahn absah, einem Solowagen der Typenreihe TM36, der hoch über den Fahrbahnen zwischen den Stationen Bülowstraße und Nollendorfplatz Touristen pendeln lassen sollte, vom Türkischen Basar zum Flohmarkt und zur «Nolle», doch selten einen Fahrgast fand.

Unter den grauen Quadern der Hochbahnrampe hatten sich in einem grün weißen Wägelchen Polizisten auf die Lauer gelegt, denn auch in diesem Gebiet, südlich die Maaßenstraße hinunter zum Winterfeldplatz und nach Osten auf die Potsdamer zu, hatten sich junge Menschen massiert, die ihren Staat viel weniger mochten, als sich dessen Vertreter und Gewinnler dies mit ihren reinen Herzen immer wünschten, und zudem begannen sich hier des Öfteren die Demonstranten zu City-Randalen zu sammeln.

Im Wartehäuschen des 19er Busses saßen, die Bierdosen schwenkend, vier Desperados der Nicoschen Art, doch auf seine schnelle Frage («Habt ihr Nico gesehen?») bekam er nur zwei laute Rülpser und ein harsches «Verpiss dich!» zu hören, wurde offenbar für einen Zivilfahnder oder anderen Amtsarsch gehalten.

Es war nicht seine Welt, hier war er der Ausgestoßene, hier bedrohte man ihn, und so machte er, dass er ins U-Bahn-Tor kam, geschützt von dem jungen Polizisten, der hinter seiner vergitterten Frontscheibe hockte und döste, von den blauberockten BVG-Bediensteten auf den Bahnsteigen unten, wo sich die Linien 1 (Ruhleben–Schlesisches Tor) und 4 (Nollendorf- und Innsbrucker Platz), grün und gelb, begegneten, fuhr für 2,70 Mark die beiden kurzen Stationen zum Zoo und durchstreifte dort in ziemlicher Eile («Ist doch idiotisch, dass ich den suche!») die eben renovierten Bahnhofshallen, lief dann auf die Joachimstaler Straße hinaus, Richtung Kurfürstendamm, konnte sich am Ausgeflippten-Treff unter der Gedächtniskirche später noch umsehen, wenn er die Leipziger traf, wollte erst wieder etwas Sinnvolles tun, nämlich einen Katalog aus der FHSVR abholen, der Fachhochschule für Verwaltung und Rechtspflege im Kudamm-Karree.

Kotzübel war ihm, fremd kam er sich vor, ausgestoßen, *stranger in the night*, ein Mörder, gejagt von tausend unsichtbaren Augen. Alle wussten ja, dass er es war. Dabei war er doch eben noch, wenige Atemzüge zuvor, mit Heike Arm in Arm denselben Weg entlanggegangen, schmetterlingsglücklich, frei und relaxed, Fanfan, der Husar, der sich die Welt erobern wollte und die besten Chancen dazu hatte. Letzten Freitag erst, und so schnell konnte doch ein Leben niemals umschlagen, aus Höhe Tiefe, aus Sonne Schatten werden. Es ist nicht wahr, es ist alles nicht wahr, es ist nur ein schrecklicher Traum. Ich will raus aus ihm, wiederauftauchen!

Bilka, über die Kantstraße rüber, lauf, Julian, lauf, ums Kranzler-Eck herum, den Kudamm lang in Richtung Grunewald! Ein Spießrutenlaufen an allem vorbei, was einstmals seines gewesen war. Jetzt verhöhnte es ihn: Nicht mehr für dich, nicht mehr für dich, nicht für einen Mörder!

Das Astor und die Filmbühne Wien: Kein Kino mehr,

nur noch ein bisschen Fernsehen im Tegeler Knast, wenn du lieb und artig warst.

Das Kempinski: Kein Hotelzimmer mehr mit Dusche und Balkon, nur noch eine kleine Zelle mit dem Klo neben deinem Tisch und Essen.

Das Lufthansa-Büro: Keine Flüge mehr nach Los Angeles und Kenia, aber die startenden Maschinen siehst du Tag für Tag vom Zellenfenster aus.

Das Maison de France an der Ecke Uhlandstraße: Wie Gott in Frankreich, denkste, aus der Traum. Keine Liebe mehr, keine Küche.

Die Komödie: Statt im Boulevardtheater zu sitzen, wirst du dreckige Flure schrubben und vollgeschissene Betten waschen.

Mit letzter Kraft erreichte er das Kudamm-Karree, ließ sich willenlos in den Passagentunnel hineinsaugen, ein Café, eine Disco und ein Kino, Kioske: Zeitungen und Zeitschriften, Zigaretten und Andenken, Schmuck und Baguettes, stürzte durch wabernde Farbnebel hindurch einem schwarzen Loch entgegen, Herzinfarkt und *crash*, hörte es in seinen Ohren mit Heavy-metal-Klängen dröhnen, ein Wahnsinnsvideo. Kam erst im Fahrstuhl wieder zu sich, als er zur Bibliothek nach oben fuhr, siebente Etage, Fachhochschule für Verwaltung und so weiter, wo sie zur 750-Jahr-Feier Berlins zum Thema *Verwaltungsstadt Berlin* viel Sehenswertes ausgestellt hatten, komprimiert in einem Katalog, von dem er sich auch einige neue Erkenntnisse im Hinblick auf seine Gestapo-Arbeit versprach.

«Ich hätte gerne ...» Er war sehr verwundert darüber, noch eine Stimme zu haben, sprechen zu können. «... den bestellten Katalog ... Goyatz mein Name.»

Die Dame hinterm Ausleihtresen war überaus nett,

doch was sie ihm nun zureichte, war eine der amtsüblichen himbeerroten Umlaufmappen, *Eilt*, mit 6 × 22 schwarzen Rasterfeldern und zwei Gucklöchern zur «leer»- beziehungsweise «voll»-Prüfung darinnen, nur in diesem Falle um die Hälfte, auf ein DIN-A4-Format, verkleinert.

«Zehn Mark bekomme ich von Ihnen.»

Doch nicht für diese halbe Umlaufmappe! «Entschuldigung, den Katalog zur Ausstellung *Verwaltungsstadt Berlin* hätt ich gerne, nicht diese ...»

«Das ist er doch.»

«Ach so!» Erst jetzt checkte er, dass das ein Gag sein sollte, und lachte eine Spur zu laut darüber.

Nachdem er gedankt und seinen Zehnmarkschein hingelegt hatte, warf er noch gewohnheitsmäßig einen Blick auf die vielen Fachzeitschriften, deren jeweils letzte Nummer man auf speziellen Regalen und Rinnen so aufgereiht hatte, dass sie ihr Deckblatt, ihr Cover, in aller Gänze zeigten, sich präsentierten wie fromme *Wachtturm*-Hefte. Da Verwaltungswissenschaft ein Zehnkampf war, gab es neben viel Juristischem auch Periodika aus der Sozio-, der Psycho- und der Politologie, aus Betriebs- und Volkswirtschaftslehre, dazu etliches, was zur Ausbildung der Kommissare und der gehobenen Finanzbeamten unentbehrlich und vonnöten war.

Als Julian schon weitergehen wollte, blieben seine Augen an einem roten Umschlag hängen, flammte der so auf, als hätte eben jemand ein bengalisches Zündholz loszischen lassen: *Die Kriminalistik. Zeitschrift für die gesamte kriminalistische Wissenschaft und Praxis.* Kein Wunder, wo sein ganzes Fühlen und Denken nur noch um Nico kreiste. Werden sie ihn finden, und wenn ja, dann auch noch dahinterkommen, wer er ist und durch wen er wann ...

Die große Frage war, wie die DDR generell in solch einem Fall verfuhr und ob eine Kooperation mit der «besonderen politischen Einheit Westberlin» anzunehmen, zu befürchten war. Wie sah das aus, ging das vonstatten? Es war auf alle Fälle gut, dieses Wissen zu haben, und wie anders als mit dieser Zeitschrift hier konnte man sich kundig machen, ohne womöglich schlafende Hunde zu wecken.

Im wissenschaftlichen Arbeiten seit vielen Semestern geübt, nahm er sich die Register der schon gebundenen Jahrgänge zur Hand und sah dort zuerst einmal nach, ob sich unter DDR etwas zu seinem Thema fand.

Ja, schon einiges. Jahrgang 1986 / S. 442 – *Jugendkriminalität*; Jahrgang 1985 / S. 181 – *Umweltkriminalität und Alkoholismus*; Jahrgang 1984 / S. 350 und S. 540 – wieder *Jugendkriminalität* ... Und, oha: *Tötungsdelikte*! Schnell schlug er nach: *Bei den in der DDR begangenen Tötungsdelikten handelt es sich überwiegend um sogenannte Konflikttaten ... Das Opfer ist überwiegend die Frau ... Wie aus der DDR-Kriminalstatistik hervorgeht* ... Und so weiter, und so weiter.

1981 hatten sie 175 vorsätzliche Tötungsfälle gehabt. In der Bundesrepublik waren es seines Wissen immer knapp an die dreitausend Fälle von Mord und Totschlag pro Jahr. Bei so wenigen Opfern würden die DDR-Leute sicherlich viel Zeit haben, sich eingehend mit Nico zu befassen. Mist, verdammter!

Nach einigen Irrwegen war er dann über das Stichwort *Leichenfunde* mit Heft 10/82 ans Ziel gekommen, hatte einen Artikel von Prof. Dr. med. Volkmar Schneider gefunden, einem Rechtsmediziner an der FU Berlin: *Transitleichen – eine besondere Form der Leichenbeseitigung*. Musste mehrmals schlucken, als er eine «vorsezierte Leiche» aus der DDR erblickte, den verwesten Kopf auf einem Extrafoto neben dem Rumpf, las dann die Zusammenfassung: *In Westberlin ist manches anders als im Bundesgebiet. Diese Andersartigkeit wird bekanntermaßen nicht selten missbraucht. Ein besonderer Missbrauch liegt darin, dass Leichen im Rahmen von Tötungshandlungen dadurch zu beseitigen versucht werden …* Auch nicht gerade eine Eins in Deutsch, dachte er … *dass man sie auf den Transitwegen zwischen Westberlin und dem Bundesgebiet bzw. in ihrer Nähe ablegt …* Nun, nicht ganz so wie bei ihnen, aber immerhin lag ja Petzerow auch in der Nähe eines Transitweges: Der Berliner Ring, die Autobahn, war keine fünf Kilometer entfernt.

Von zwei Fällen war die Rede.

Fall eins: *In den Morgenstunden des 5. 12. 1975 wurde neben der befestigten Fahrbahn eines Parkplatzes der Autobahn Berliner Ring in Richtung Magdeburg eine kopflose unbekleidete weibliche Leiche in Bauchlage aufgefunden …* Auch die hatten also angenommen, dass die Identifizierung ohne Kleidungsstücke schwerer werden würde. Aber Nico den Kopf ab, das hätten sie niemals geschafft, obwohl das sicher … Aha, Obduktionsgutachten des Instituts für Gerichtliche Medizin der Humboldt-Universität zu Berlin. Ob sie Nico da auch schon … *In der Folgezeit konnte ermittelt werden, dass es sich bei der kopflosen Leiche um die fünfzig Jahre alte Hausfrau N. K. aus Westberlin handelte …* Julian fror, obwohl er schweißnass war. Nachobduktion an der Freien Universität. *Der fehlende Kopf ist fast 5 Monate später, eingepackt in mehrere Plastiktüten, in dem Ofen einer Laube auf Westberliner Gebiet gefunden worden.* Der Täter, ein 43 Jahre alter Monteur, wird auf den Kanarischen Inseln verhaftet … *wegen Totschlags zu einer Freiheitsstrafe von 11 Jahren verurteilt …*

Julian sah aus dem Fenster, weit im Gebiet der DDR, Müggelberge und Fläming als riesige Flutwellen aus einem diesig-grauen Meere ragen, fast froh, den Blick nach Potsdam, auf die Fercher Berge von einer Wand versperrt zu finden. Er hatte ihre Chancen weitaus höher eingeschätzt, als sie real zu sein schienen. War er verloren, war es besser, sich gleich hier aus dem Fenster zu stürzen? Oder half es ihnen wirklich, wenn sie sich vor Gericht gegenseitig beschuldigten, hinter dem Steuer gesessen zu haben? Brauchte es nur einen einzigen Augenzeugen geben, diesen Radfahrer beispielsweise, der ...

Noch ist alles offen, noch ist Polen nicht verloren!

Fall zwei: *Am Morgen des 24. 11. 1979 wurde in einem Waldgebiet im Bereich der Autobahnausfahrt Bad Klosterlausnitz, Bezirk Gera, eine hochgradig verbrannte männliche Leiche aufgefunden ...* Gerichtliche Obduktion an der Friedrich-Schiller-Universität in Jena, später auch wieder an der FU Berlin. *In der Folgezeit gelang es, die Leiche zu identifizieren. Es handelte sich um den 46-jährigen Rentner H.-W. Sch. aus Westberlin ...* Ha, Ex-DDR-Bürger hatten die Leiche in die alte Heimat gebracht, ein junges Ehepaar hatte den Mann wegen eines ungedeckten Schecks in Höhe von 25 000 D-Mark erschlagen. Sechseinhalb und eineinhalb Jahre Freiheitsentzug.

Julian sah sich im Gerichtssaal sitzen, Eltern und Schwester eng an seiner Seite, hörte die gottsonore Stimme des Richters: «Dies ist auch das Urteil, das ich über euch fälle, und ohne jede Bewährung ...»

Herr, lass mich alles ungeschehen machen, gib mir die Chance, alles wiedergutzumachen. Ich will alles tun, wenn ich nur nicht ins Gefängnis muss!

... wurde in beiden Fällen durch besondere Maßnahmen versucht, die Identifizierung zu erschweren. Die rasche Klärung zeigt aber, dass die gegenseitigen Kontakte im Rahmen der Verbrechensbekämpfung durchaus zu funktionieren scheinen ...

Das hatte Schneider 1982 zu Papier gebracht, und seither war die Zusammenarbeit wahrscheinlich noch besser geworden.

Wir hätten ihn auf alle Fälle doch vergraben sollen. Irgendwo in irgendeinem Wald hätte es ganz sicher eine Stelle gegeben, wo man Nico nie und nimmer … Idiotische Idee, das mit der Rökk-Villa! Wenn doch bloß seine Mutter nicht diese verdammte Macke gehabt hätte! Dadurch waren sie ja geradezu zwanghaft auf das Schriftstellerheim gekommen und … *Schau nicht hin, schau nicht her, schau nur geradeaus …*

Ob sich die Urlauber am Schwielowsee wirklich an dieses Motto hielten?

Wenn sie Nico wenigstens noch mit Steinen beschwert hätten!

… und was dann noch kommt, mach dir nichts daraus! …

Ja, Scheiße!

… irgendwo hat jedes Ding seinen Grund und seinen Sinn …

Mein Hass. Nur, weil er dabei war, als sie den Bauwagen angesteckt haben. Millionäre sind wir doch. Was macht das schon? Mein Erbe!

Alles verspielt. Dieser eine Moment, dieser archaische Impuls zum Töten.

Das war der Grund – und wo lag der Sinn?

Jemand legte ihm, ohne dass er die Annäherung bemerkt hätte, die Hand auf die Schulter und sagte mit amtlich-kühler Stimme: «Sie sind verhaftet! Machen Sie kein Aufhebens, und folgen Sie mir unauffällig!»

Stillstand, Herzschlag, aus!

Erst als der Mann hinter ihm laut und spöttisch lachte («'n alter Test von mir, wer wirklich was …»), setzten seine Reaktionen wieder ein, schoss er in die Höhe, spielte freudige Überraschung in Knallchargenmanier. «Der Corzelius, nein, dass ich das noch erleben darf! Und mitten auf'm Kurfürstendamm!»

Eigentlich hasste er den Knaben geradezu, seit der im *S-F-beat* ihn und seinen Vater gehörig attackiert hatte, doch zugleich war er sich auch stets im Klaren darüber, dass man die Journaille zum Aufstieg dringend brauchte. Also *cheese* und Toleranz, auch wenn die Schreiberlinge Bart und Brille trugen, Jeans und eine rot-grün-naive Gesinnung. Ihn hatte Carsten Corzelius im Visier gehabt wegen einiger Vorfälle bei Feiern und Reisen der Jungen Union: Deutschlandlied, erste Strophe, Auschwitz-Lüge und dergleichen, seinen Vater im Verlaufe der Berliner Bauskandale (zwei Baustadträte, beide CDU, ein Staatssekretär und mehrere Unternehmer, darunter auch ein Bordellbetreiber mit dem wunderschönen Namen Otto Schwanz, im Knast; zwei Senatoren, einer CDU und einer FDP, sowie ein Bezirksbürgermeister, auch er der CDU entwachsen, aus dem Amte geschieden). Das war eben Lebensart, sich trotz dieser Geschichten als Freunde fürs Leben zu geben, seinen Smalltalk so zu tanzen, als entstammte man einem Drehbuch bundesdeutscher Reichsverblödungssender.

Auch C. C. machte da mit. «Oh, die *Kriminalistik* vor Augen, keine Springer-Zeitung, *Bild* oder *BZ*? Wolln Sie 'n *Tatort* schreiben?»

«Ja, ich such 'nen Fall, wo 'n Journalist der Mörder ist.»

«Nicht der Gärtner?»

«Meinetwegen auch ein Journalist namens Gärtner, Carsten Gärtner.» Julian war geradezu entzückt über sich, dass er trotz all seiner Probleme noch so locker wirken konnte. Das brauchte man, das machte ihm Mut. «Und was treiben Sie in diesen Hallen hier?»

«Hier hab ich's noch nie getrieben», lachte Corzelius. «Obwohl bei manchen Studentinnen, da ...»

«Was denn, Sie studieren auf gehobenen Beamten? Unsere klammheimlichen Sympathisanten als Oberamtsräte!» Julian gab sich entsetzt.

«Noch schlimmer, mein Lieber, ich bin Dozent hier geworden, ich hab 'n Projekt übernommen.»

«Was denn, *Die großen Retter der Demokratie*?»

«Nein, *Die Pressearbeit der Behörden*.»

«Arbeiten die denn?» So blöd das auch war, es gab Julian Zeit, über das nachzudenken, was ihn eigentlich beschäftigte: Wie konnte er diesen Corzelius für seine Zwecke nutzen, durch ihn herausbekommen, was die Kripo hier in Westberlin schon über Nico wusste, über ihn wie auch über die Wasserleiche, die in Kladow angetrieben worden war. Denn direkt dort anzurufen, auch mit verstellter Stimme, schien ihm ein viel zu großes Risiko zu bergen. Wenn man bei jedem Anruf ein Tonband mitlaufen ließ und dann später seine Stimme ... Die sollte ja noch unverwechselbarer sein als Fingerabdrücke. Überhaupt, er hätte sich mit jeder Frage irgendwie verdächtig gemacht. Sein Vater ebenso. Warum wollen die das wissen? Bei Corzelius jedoch wäre jede Nachfrage selbstverständlich gewesen. Wie aber den zum Instrument machen, ohne dass er selber was roch und sie mit einer tollen Story an den Galgen brachte?

C. C. – an sich ein Geschenk des Himmels, nur: Wie war es zu nutzen? Sosehr er sich auch mühte, eine Antwort fand er nicht.

«Ob die Behörden arbeiten?» Corzelius spann den Faden weiter. «Ja, aber nur, wenn die Presse Pressing macht.»

«Wie?»

«Pressing! Kenn Sie nicht? Fußballdeutsch, drittes

Semester: den Gegner schon im Mittelfeld angreifen, pausenlos Druck machen.»

«Oha!», staunte Julian.

«Nicht OH, sondern HO!», pingpongte der *SFB*-Mann zurück. «Gucken Sie nicht so, die DDR ist in bei uns. Das ist der politische Mainstream, mein Lieber, da müssen Sie jetzt am Ball bleiben: mit Ihrer Jungen Union hin zu Union Oberschöneweide, auf den Fußballplatz, zur Alten Försterei in der Wuhlheide, gleich noch den Pionierpark ‹Ernst Thälmann› besuchen! Action in dieser Richtung ist angesagt.» Er machte eine kleine Pause. «Sie staunen so? Läuft denn da schon was in Richtung DDR?»

«Nein, nein ...» Julian flüchtete sich in einen Hustenanfall. «Nur ...» Ein schneller Blick auf seine Uhr. «Kurz vor drei! Mensch, ich bin da an der Gedächtniskirche mit unsern Leipziger Verwandten verabredet, und als Sie jetzt DDR gesagt haben, da ...» Er wandte sich zur Tür.

«Na dann, schönes Allerlei, und die Leipziger sind ja immer eine Messe wert! Aber gibt's denn in der Gedächtniskirche so was? Da sind doch die Evangelen drin.» C.C. folgte ihm, musste in den Hörsaal zurück.

So ging es noch bis zum Fahrstuhl hin, und als sie sich verabschiedeten, hatte Julian das ungewisse Gefühl, dass dieses Zusammentreffen noch ein Nachspiel haben würde. Aber welches?

Er eilte den Kudamm hinunter, überquerte, teils sogar bei roten Ampeln, Uhland-, Fasanen- und Meineckestraße, war fast so schnell wie die immer wieder festgestauten Doppeldeckerbusse, glaubte, Großtante und -onkel bei Wertheim vor der Wand mit den zwei Dutzend synchron geschalteten Fernsehern stehen zu sehen, nein, auch im Café Möhring saßen sie nicht, obwohl die goldenen Zeiger der Gedächtniskirchenuhr schon fast 15.15 Uhr zeigten. Peinlich, aber ... Zwischen Gloria Palast und Marmorhaus überquerte er den hier Chichi-schönen Boulevard, um die letzten Meter hin zum Ziel, zum neuen Campanile, bläulich schimmernd, zum Europacenter, Mövenpick und Wasserklops, also Weltenbrunnen, fast im Joggertempo anzugehen.

Aber nicht die Tante Manda mit ihrem Arnie entdeckte er im Gestöber der Bummler und Gammler, sondern seine Mutter. «Hallo!»

Als sie ihn erkannte, lief sie ihm entgegen.

Noch ehe sie das erste Wort gesprochen hatte, wusste er, dass etwas Schreckliches geschehen sein musste. Ihr Gesicht war verquollen-wulstig und von so scharlachroter Farbe, als hätten viele Wespen sie gestochen, als sei es erstarrt mitten im furchtbaren Schrei, Filmende, Bild friert ein.

«Mutti, was ist denn los mit dir?»

Sie stürzte in seine ausgebreiteten Arme, schluchzte auf, hysterisch, wie ihm schien. «Nina ist verschwunden! Nicht in der Schule gewesen, bei keiner Freundin, nirgends.» Sie rang nach Luft, würgte alle ihre Ängste heraus. «Sie ist entführt worden, sie ist in die DDR gefahren, Nico suchen, sie wird uns alle anzeigen! Sie wird sich das Leben nehmen!»

«Nicht doch, sie wird ...»

«Nein, nein, ich hab doch überall schon angerufen, alles abgeklappert. Sie ist weg, fort! Meine Tochter ist verschwunden!»

SECHS

AUF EINMAL kam Raskolnikoff ins Spiel. Plötzlich und unerwartet.

In der Programmpause fiel ihm der blasse Bursche auf. Er stand vor Ulla in der Schlange nach Drinks und belegten Brötchen an. Merks entdeckte ihn von dem kleinen Tisch aus im Hintergrund des Kabarettfoyers, an dem er mit Anett die Plätze ergattert hatte und nun auf Ulla wartete.

Irgendwo hatte er den Milchbart schon gesehen. Er erinnerte sich jedoch nicht, wo. Es handelte sich um einen Kerl von seiner Größe, aber spillrig und mit gekrümmtem Rücken. Die Opajacke von feinstem altem Tuch und eine verwaschene weiße Tolstoi Bluse schlackerten dem Lulatsch nur so um die Rippen, und mit beinah skelettiert wirkenden Fingern strich er sich laufend die Jesuslocken aus der Stirn. Man konnte nicht behaupten, dass er abstach von den meisten fein bis lässig-smart gekleideten Kabarettbesuchern. Andererseits hob er sich auch nicht von der Gruppe jeansbetuchter Studenten ab, die an einem Stehtisch vor dem Tresen vier Gläser Wermut auf sieben Personen verteilten und gleichermaßen ängstlich wie spöttisch die ihnen viel zu bieder erscheinende übrige Menschheit belauerten. Dieses lange Gespenst war eher ein Zwischentyp, auffällig bei genauerer Betrachtung, flüchtig besehen jedoch nur ein Teil der sich nach Drinks und Brötchen drängelnden Masse. Obwohl der Bursche schon wirkte wie dreißig, gab ihm Merks nur etwa die Hälfte seines eigenen Alters. «Raskolnikoff», meinte er.

«Was hast du gesagt, Liebling?»

«Schau mal, der Dünne, der zwei, vier, sechs Mann vor Ulla steht! Könnte der nicht den Raskolnikoff spielen im Film?»

Jetzt erblickte ihn auch Anett.

Sie zögerte die Antwort einen winzigen Augenblick zu lange hinaus. Auch schien ihm, dass in die hübsche Bräune ihres schmalen Gesichts ein heller Schatten flog, als ob sie erschrak.

Dann aber lachte sie laut. «Du hast recht, vorausgesetzt, er kann spielen.»

Raskolnikoff nannte Merks ihn in Gedanken. Auch später noch, als er seinen richtigen Namen herausbekam.

Die dicke Ulla segelte mit einem Berg Sandwiches heran, dazu drei Gläser auf dem Tablett. «Nehmt mir was ab! Um Himmels willen, nehmt mir was ab!»

Nach der Pause gab es zwei Szenen, in denen Polizei und Zoll auf den Mops genommen wurden. Klaus lachte, wie alle anderen, über die Sturheit und das mangelnde Denkvermögen der vorgestellten Männer in Grün. Er schluckte jedoch, als er mitkriegte, dass Anett sich geradezu schüttelte vor Gelächter. Auch ihr Beifall kam ihm etwas zu frenetisch vor. Sie klatschte noch als Letzte.

In solchen Momenten bedauerte er immer, dass sie zwar zusammenlebten, sich aber doch nicht über alles austauschen konnten, was sie bewegte. Natürlich gab es keine klare Dienstvorschrift darüber, dass ein Kriminalpolizist etwa vor seiner Frau Stillschweigen über eine schwebende Ermittlung halten solle. Aber war sie denn seine Frau?

Und selbst wenn er, nachdem sie es nun fünf Jahre miteinander ausgehalten hatten, mit Anett einen familiengesetzlich rechtmäßigen Bund eingegangen wäre, hätte er über Dinge geschwiegen, die nur ihn und die Opfer, Täter und Zeugen angingen. Er war nun einmal so gebaut und empfand Scheu davor, jemand anderen als seine engsten Mitarbeiter ins Vertrauen zu ziehen. Im «Vorgang Schwielowsee» war es freilich nicht zu vermeiden, ein paar Leute mehr oder weniger in seine Ermittlungen einzuweihen, wie heute Nachmittag am Grenzkontrollpunkt. Im Innersten aber fühlte er sich bei solchen Gesprächen wie der Verräter eines wertvollen Geheimnisses.

Seine Schweigsamkeit hatte Anett anfangs fasziniert, das wusste Klaus. Irgendwann, in den ersten Wochen ihres Kennenlernens, hatte er sich dafür entschuldigen wollen. Er hatte Anett scherzhaft angeboten: «Wenn du aus mir herauskriegst, was ich über den Autoknacker denke, sollst du der bessere Kriminalist sein.» Doch da hatte sie ihm die Hand auf den Mund gelegt und behauptet, gerade seine Verschlossenheit wirke auf jede Frau schrecklich anziehend. Kurz danach wurde sie schwanger mit Lisa.

Jetzt, wie sie neben ihm saß und über gutgemimte, doch oberflächliche Polizistenwitze lachte, hatte Klaus das Gefühl, sie lache ihn aus.

Denn wenn man es nur kurz einmal logisch von der anderen – eben der grünen – Seite her betrachtete: Was sollten denn die Späßchen über die Pedanterie der Grenzkontrollen? Ohne die Sorgfalt der Genossen am Übergang Drewitz hätte er nicht das gewusst, was ihn ein ganzes Stück weitergebracht hatte heute Nachmittag. Auf zehn Personen verengte sich jetzt der Kreis der Täter, die einen gewissen Nico mit ihrem Kraftfahrzeug angefahren und dann am Seeufer des Schriftstellerheims abgelegt hatten. Die zehn verteilten sich auf drei Mercedes, die den Grenzübergang in der fraglichen Zeit passiert hatten, Richtung Berlin-West.

Zehn Ausreisekarten, acht grüne (für Bürger von Westberlin) und zwei weiße (für Bürger der BRD), hatten ihm, dem Hauptmann der K, klar Auskunft gegeben über die folgenden Personen.

Erster Mercedes: Professor Stefan Ratzlaff, 51 Jahre alt, Hochschullehrer aus Westberlin, mit Frau Irene, 43.

Zweiter Mercedes: Günther Goyatz, 54, Industriekaufmann und Bauunternehmer, mit Frau Inge, 45, Krankenschwester und jetzt Hausfrau, Sohn Julian, 24, Student, Tochter Nina, 19, Schülerin. Alle aus Berlin-W.

Dritter Mercedes: Norbert Scholz, Studienrat, 36, in Flensburg (BRD, weiße Karte), seine Frau Britta, Referendarin, 28 (ebenfalls Flensburg und weiße Karte), dazu die Eltern der Frau: Leo Gurok, 56, Tischler und Musikant, und Frau Marga, 47, Hausfrau, gelernte Opernsängerin, bis 1953 wohnhaft in der DDR.

Am verdächtigsten erschien Merks das letzte Quartett. Einmal vom Tick her für die Musik und damit vielleicht für Marika Rökk und somit für die Villa in Petzerow. Zum anderen deutete der frühere Wohnsitz von Marga Gurok in Potsdam auf eine bei der Tat vielleicht vorteilhafte Ortskenntnis. Dagegen stand, dass einer der Grenzer behauptete, der Mercedes der Scholz-Guroks sei ein feuerrotes Fahrzeug gewesen. Über die Farbe der Kraftfahrzeuge vermerkten die Ausreisekarten nichts.

Scheinbar schieden der Professor und seine Frau aus. Doch nur scheinbar. Was sprach denn dagegen, dass die von verschiedenen Zeugen beobachtete Viererbesatzung sich nach der Tat getrennt hatte und ein Teil mit öffentlichen Verkehrsmitteln, beispielsweise per S-Bahn, zurück nach Westberlin gefahren war?

Dann, als die Schauspieler zum musikalischen Finale antraten, dachte Klaus Merks: Wenn sie zu viert ein schreckliches Erlebnis hatten, also das Überfahren eines unschuldigen jungen Menschen, und sie sind nicht die abgefeimten Killer, trennen sie sich auch nicht. Einer ihrer Verwandten ist über die Stränge geschlagen und hat ein Menschenleben bedroht oder ausgelöscht. Das Schlimmste mussten sie annehmen, denn sonst hätten sie Nico nicht nackt ausgezogen. So ein Erlebnis schweißte auf Gedeih und Verderb zusammen, zwang sie, geschlossen heimzufahren. Schon, um sich gegenseitig die Angst vor den peniblen Kontrollen zu nehmen. So gedacht, waren natürlich die beiden Quartetts am verdächtigsten.

Eben das alles konnte Klaus nicht mit Anett bereden. Manchmal wünschte er sich einen Beruf mit offenen Geheimnissen. Etwa so, dass er als Mann nach Hause kam und knurrte: «Weißte, was wir für Mist projektieren in unserem Konstruktionsbüro?» Und dann würde Frauchen ihm zuhören und nicken und ihn bedauern und Spiegeleier braten, für jeden nachfolgenden Geschlechtsakt zwei, insgesamt also vier. Ein unkomplizierter Ingenieur war immer ein besserer Betthase als ein nachdenklicher Kriminalist. Er vernachlässigte sie.

Klaus liebte seinen Beruf, aber er liebte auch Anett, wie sie jetzt in ihren Sommermantel huschte vor der Kabarettgarderobe mit vielerlei überflüssigen Bewegungen. Aber er schenkte Anetts Lebensdurst manchmal wochenlang keine Beachtung.

Die Kabarettleitung bot ihnen beim Anziehen noch

Musik. Modulationen des Finales. Klavier, Trompete und Bass. Fidibummtscha-tscha! Das schallte gedämpft über Lautsprecher in den spiegelbestückten Säulensaal, während Krethi und Plethi noch pflichtschuldigst Lacher austauschten, um morgen wieder genauso bürokratisch und eng zu leben wie vor dem Kabarettbesuch.

Klaus sagte: «Gehen wir noch für 'n Stündchen in die Interhotel-Bar.» In das noble Etablissement im siebzehnten Stockwerk also, das Friedhelm Felgentreu für die Zeit der Entdeckung des im Sterben liegenden Nico als Alibi vorgeschützt hatte.

«Du bist herrlich», seufzte Anett. Das war, als sie sich an ihn schmiegte im vorwiegend blaugetönten Licht und sie dicht aneinander tanzten bei *Vogel der Nacht*, Hit des Jahres 1988.

Ulla hatte einen Orientalen abgekriegt. Die Bar war, wie ihr Name schon sagte, international besucht. Zwei höhere Offiziere der Sowjetischen Armee stießen mit zwei schwedischen Weltenbummlern an. «*Na sdrowje* – auf *Perestroika*! Nieder mit dem Alkohol!»

«*Skol!*», lallten die Schweden und schüttelten sich.

Hier spielte die Weltpolitik nicht die Rolle, die sie sonst einnahm in den Zeitungsspalten. Hier wurde einfach getrunken, geschmust und getanzt.

Friedhelms Alibimann, also der weltläufige Mixer Blischke, brachte ihnen vier Drinks, die Ullas Libyer spendierte.

«Zum Wohl!» Er küsste Anett so gut und lange wie nie.

Mitten hinein prasselte die Frage eines Menschen: «Gestatten Sie, dass ich mit Ihrer Frau tanze?» Es war der Typ im Tolstoi-Hemd.

Anett, schon etwas beschwipst, lachte. «Sag nein, Klaus, sag nein!»

«Warum nicht?», fragte Klaus Merks.

Darauf hatte der Mensch mit der Heilandsfrisur bloß gewartet. Er zerrte Anett geradezu vom Hocker.

Merks verstand nicht, warum sie sich sträubte, mit dem Gespenst zu tanzen. Schon gar nicht begriff er, dass beide sofort eng aneinander tanzten. Die Jesuslocken und Anetts schönes langes Haar verflochten ineinander.

Er hatte den Hocker zur Tanzfläche gedreht. Stieß in Gedanken versunken mit Ulla und dem Libyer an. Den Lada würde er wohl stehenlassen müssen und morgen früh erst hier abholen.

«Achmed, Achmed!», rief ihm der Libyer zu, um sich vorzustellen.

Ulla gurrte zufrieden, als sie der Wüstenfürst ins runde Armfleisch kniff.

Wo hatte er Raskolnikoff bloß schon einmal gesehen?

Und dann fiel es ihm ein: vor zwei Jahren, es war Winter. Ein frisch gefallener grauer Schnee lag auf den Straßen. Die K in Leipzig hatte Ermittlungshilfe angefordert. Vor einer Kirche im Zentrum, hieß es, stünden Abend für Abend ein Haufen Jugendlicher mit brennenden Kerzen in den Händen. Keine Transparente, keine Volksreden, nur eben schweigende Burschen und Mädchen mit Kerzen.

Wenn man sie fragte, gaben die in ihren dünnen Kutten frierenden Jugendlichen bereitwillig Antwort. Ob das eine Demonstration sei? – Nein. – Marschierten sie etwa in geordneten Reihen? Warum sie dann hier herumständen? – Ja, dürfe man das denn nicht? – Aber mit brennenden Kerzen! – Nanu, in welchem Gesetz sei denn geschrieben, dass man nicht mit einer brennenden Kerze vor der Nikolaikirche warten darf? – Sie sollten sich doch nicht blöder stellen, als sie aussähen, die Kerzen symbolisierten doch irgendwas! – Natürlich seien die Kerzen Symbole. – Und wofür? – Für Frieden, Gerechtigkeit und Bewahrung der Schöpfung.

Sie wären also offensichtlich der Meinung, Frieden, Gerechtigkeit und Bewahrung der Schöpfung seien in der DDR nicht gewährleistet?

«Wenn *Sie* es sagen.»

Das kam renitent als Antwort, wieder und wieder. Und er, Klaus Merks, hatte die Befragungen führen müssen. Ihm war nicht wohl dabei. Schon deshalb, weil diese jungen Hüpfer von völlig anderem Zuschnitt waren als die Straftäter, die er kannte. Nachdem ein Kommando der BePo die Straße abgeräumt hatte, musste er sich mit drei Handvoll Leutchen im überheizten Keller der Bezirksbehörde Leipzig herumquälen.

Er hatte die Nase noch heute voll, wenn er an die Stunden zurückdachte. Aber er hatte den Befehl ausführen müssen: «... weil wir einen Ermittlungsführer nicht aus Leipzig, sondern aus einem anderen Bezirk für günstig erachten, am besten jedoch einen Genossen, der mit den Leipziger Verhältnissen ausreichend vertraut ist.» Merks war in Leipzig geboren und groß geworden.

Die Aktion ging aus wie das Hornberger Schießen. Nach vier Stunden wurden alle diese braven Lichterträger verwarnt und in ihre Wohnungen entlassen. Es blieb ihnen sogar Zeit, in einer Kneipe, Ratskeller oder Thüringer Hof, noch ein letztes Bier zu bestellen.

Eine Ausnahme hatte es bei den Befragungen gegeben: diesen dürren Lulatsch.

Jetzt erinnerte Klaus sich wieder, wie er geschwankt

hatte, diesen einen, weit bissigeren, viel aggressiveren Jugendlichen länger festzuhalten. Wegen Widerstands gegen die Staatsgewalt beispielsweise, das wäre aufgegangen.

Denn Raskolnikoff, wie er ihn seit heute nannte, war im Rededuell hochgesprungen. Überhaupt neigte er dazu, auffällig gestisch zu reden. Der hatte ihn unerwartet beim Arm gepackt und geschüttelt und seine Heilandslocken gegen sein Gesicht gewedelt und gesagt: «Mensch, *Sie* sind doch intelligent. *Sie* sind doch klüger als viele Bullen, das sieht doch jedes Schwein im Dunkeln. *Sie* müssen unsere Ziele doch verstehen!» Hatte ihn losgelassen und sich beide Knochenhände auf die Brust gelegt und intensiv gehaucht: «Hier drin muss die Menschheit sich ändern. Die Gefühle dürfen dem Menschen doch nicht verkümmern oder von Staats wegen gar verboten werden.»

Die Gefühle ... die Gefühle, diese unsichtbaren Fäden ... zwischen dir und mir ... Schlagertext. Von wem bloß? Viel zu gutes Lied für eine zickige Bar-Combo.

Als Anett zurückgebracht wurde, fragte er sie: «Kennst du den schon länger?»

Anett sah ihn aus leicht glasigen Augen an. «Wie würdest du weiterfragen, wenn ich gestehe: Schon lange?»

«Ein Kunde in der Buchhandlung also.»

«Getroffen!», lachte Anett. «Ein Kunde!»

«Achmed, Achmed!», drängelte der Bürger der Sozialistischen Libyschen Arabischen Volksjamahiriya seinen Namen auf.

Ulla genoss die schöne braune Hand auf ihrem Knie.

Am Dienstag, dem 5. Juli, erwachte Hauptmann Merks in aller Frühe vom monotonen Trommeln des Regens. Wie immer als Erster und heute gar eine halbe Stunde früher als sonst. Der Wagen war noch vom Parkplatz Interhotel abzuholen.

Als er geduscht und Kaffee getrunken und über den hellen Sommeranzug eines dieser uniformen blauen Regencapes gezogen hatte, so dass er heute den Polizisten bei Sjöwall/Wahlöö annähernd glich, glitt er noch einmal lautlos ins Schlafzimmer. Erst küsste er Anett auf die Stirn und dann das Kind, das an Wochentagen frühmorgens schlief wie ein Stein, auf ein locker herunterhängendes Händchen. Lisa dauerte ihn. War die Kleine nicht elend dran mit diesem allmorgendlichen Verjagen in den Kindergarten?

Am Magnus-Zeller-Platz erwischte er eine vom Stern herkommende Linie 6 und verärgerte die in den Anhänger eingepferchten Menschen mit seinem tropfensprühenden blauen Cape. Nachdem die Bahn die Havel überquert hatte, stieg er am Karl-Liebknecht-Forum aus und rannte die paar Meter Richtung Ernst-Thälmann-Stadion bis zum Hotel. Unter dem Scheibenwischer des Lada klemmte ein fast zu Zellulosebrei aufgeweichter Strafzettel. Er hatte gestern demnach den nur für Hotelgäste reservierten Parkplatz missbraucht. Merks riss den Zettel in Stücke, als er einsah, dass es ihm nicht mehr gelingen würde, die Unterschrift des grünen Kollegen zu identifizieren.

Während der Fahrt zur Untersuchungshaftanstalt nahm der Regen an Intensität zu. Kaum schafften die Scheibenwischer ihre Arbeit. Der Hauptmann murmelte: «Petrus stößt die Überplanbestände aus dem zweiten Quartal ab.»

Von den Geräuschen der Regentropfen war wenig in dem Verwahrraum zu hören, in dem Friedhelm Felgentreu einsaß. Dicke Glassteine ersetzten das Fenster. Sie schotteten Licht und Ton fast absolut ab. Noch gestern hatte Merks den vom Richter unterschriebenen roten Haftbefehl Friedhelm präsentiert.

«Haben Sie sich Ihre Aussagen noch mal überlegt?», eröffnete Klaus Merks das Verhör, als der Wachtmeister die Stahltür geschlossen und ihn mit dem Häftling allein gelassen hatte.

Friedhelm blickte gar nicht auf. In der Kleidung, in der man ihn eingeliefert hatte, saß er auf dem Hocker vor der herausgeklappten Tischplatte. Mit versonnenem Blick rührte er in einer großen dampfenden Tasse Malzkaffee. Endlos. So vergingen Minuten.

Aber auch Merks konnte warten. Setzte sich weder auf die Pritsche noch auf den Klosettdeckel, sondern blieb an der Tür stehen und fixierte den Jungen.

Das schwarze Haar, das nun ein bisschen fettiger glänzte als gestern, hatte er sich zu vielen Zöpfchen gedreht. Wahrscheinlich wollte er das Wachpersonal damit provozieren oder hatte einfach bloß Langeweile verspürt.

Endlich – es war so still in der Zelle, dass man nun doch das entfernte Aufklatschen der Tropfen im Innenhof vernahm – bequemte sich Felgentreu zu einer Antwort. «Ich bleibe bei dem, was ich Ihnen schon mehrmals ausführlich geschildert habe.»

«Sie glaubten, einen bereits Toten vor sich liegen zu haben, und schoben ihn nur ein Stück weiter ins Schilf, aus Furcht, als Zeuge in Erscheinung treten zu müssen?»

«Ich wiederhole mich ungern», entgegnete Friedhelm keck.

«Sie haben sich mit Ihrem Nico also am Sonntagnachmittag im ‹Seeblick› verabredet?»

Friedhelm schwieg.

«Nach Ihren Angaben befand sich der junge Mann, von dem Sie nur den Vornamen gekannt haben wollen, in Begleitung eines älteren Playboys. Wissen Sie dessen Namen? Oder nur Vornamen?»

Friedhelm setzte die Steinguttasse mit abgespreiztem kleinem Finger an und trank ordinär laut einen Schluck. «Brrr!», schüttelte er sich.

«Na schön, mein Freund!» Klaus Merks machte einen raschen Schritt auf die Pritsche zu und platzierte sich dicht hinter Friedhelms Rücken. «Dann erkläre mir doch mal, wann ihr zwei Gschpusis Zeit hattet, euch für den Abend zu verabreden! Da saß der Kerl mit dem Halskettchen wohl gerade auf'm Klo?»

Friedhelm drehte sein Gesicht weg. «Wenn Sie zufällig noch einmal im ‹Seeblick› vorbeikommen, Herr Hauptmann, dann bringen Sie mir doch bitte eins der großen *Reserviert*-Schilder mit. Ich würde es gern auf meiner Pritsche aufstellen. Im Übrigen erwarte ich heute Vormittag noch den Besuch von Doktor Friedrich, und dann dürften Sie wohl diesen Platz räumen.»

Rechtsanwalt Doktor Paul Friedrich aus Altenburg also. Nach dem hatte Friedhelm gleich nach seiner Verhaftung ausdrücklich verlangt. Friedrich war ihm einmal bei der Verteidigung eines geradezu aussichtslosen Mandanten – nachgewiesener Mord an der Ehefrau durch Kreissäge – am Bezirksgericht begegnet. Ein kluger, besonders auf medizinischen Feldern außerordentlich bewanderter Kopf. Und blitzschnell zur Stelle, wie man feststellen konnte. Kaum von einem Klienten angefordert, setzte der sich schon in den Wagen und fuhr in das von seinem Heimatort 250 Kilometer entfernte Potsdam. Vielleicht zahlte Friedhelm in West.

Merks bedachte sekundenlang, den Kellner noch zu fragen: Hieß der Begleiter von Nico vielleicht Gurok? Oder Goyatz? Oder Scholz? Ließ es jedoch bleiben und klopfte dreimal an die Tür, um schnell wieder hier hinauszukommen. Die Rumpelstilzchen-Methode versprach bei einem Aal wie Friedhelm Felgentreu kaum Erfolg.

Oben, in seinem Büro, spielte ihm Hauptwachtmeister Baberina Müller den Mitschnitt eines Telefonats vor, das heute sieben Uhr in der Behörde angekommen war. Doktor Friedrich aus dem sächsisch-thüringischen Altenburg erbat in aller Höflichkeit einen Termin beim Untersuchungshaftrichter. Er betonte, dass ihm darüber hinaus an einem Gespräch mit dem Untersuchungsführer der K, Hauptmann Merks, besonders gelegen sei, da er dessen berühmten Vater noch persönlich habe kennenlernen dürfen. Darum sei er neugierig, «ob der Herr Sohn die kriminalistischen Qualitäten seines Vaters geerbt habe».

Baberina blickte empört.

Klaus lachte. «Der Rechtsverdreher kämpft eben von vornherein mit offenem Visier.»

«Offen nennen Sie das? Ich weiß ja nicht. Jedenfalls habe ich dem guten Mann, nachdem ich mich mit dem Staatsanwalt, Genossen Beran, abgestimmt habe, eine Audienz für morgen früh acht Uhr zugestanden. Ihr Terminkalender sprach nicht dagegen, und der Herr Rechtsanwalt war einverstanden, da er sowieso hier ein paar Bekannte besuchen und in Babelsberg übernachten wolle.»

«Ein paar Bekannte, so, so. Er wird mir doch nicht schon vor unserer freundlichen Aussprache irgendwo begegnen?»

«Wie meinen Sie das: *irgendwo*?»

«Na, beispielsweise im ‹Seeblick›, den ich nachher gleich anpeilen will.»

«Ich glaube nicht, dass so ein Fuchs, wie es dieser Friedrich angeblich sein soll, seine Kompetenzen überschreitet und in die laufenden Ermittlungen eingreift», meinte Baberina Müller.

«Als Fuchs wird er sich zumindest vor dem Schweißhund hüten müssen. Stelle ich Friedrich, kann sich unser Friedhelm gleich einen anderen Anwalt suchen.»

Es gab nicht nur den «Vorgang Seeblick». Es gab auch den Fall dieses offenbar geistesgestörten Messerstechers, der Frauen nachts in den Parkanlagen erschreckte und höchstens mittelschwer verletzte und den sie noch nicht gefasst hatten. Er nannte ihn den «Ritzer». Und es gab eine freundliche Bitte der Fachzeitschrift *Kriminalistik und forensische Wissenschaften*, vom Redaktionssekretär persönlich unterschrieben, etwas über Cheiloskopie zu verfassen. Außerdem öffnete der «Seeblick» erst um zehn seine Türen. Vor neun würde er die Objektleiterin der Freigaststätte kaum antreffen.

Klaus schloss die Tür zu Baberina und ergab sich, den aufs Gemüt drückenden Regen, so gut es ging, mit leisen Radiotönen überspielend, dem Alltag eines Kriminalpolizisten. Sender Potsdam brachte Urlaubstipps. Er dachte daran, dass sie im August zu dritt nach Sosopol fahren wollten. Schwarzes Meer, Privatquartier bei alten bulgarischen Freunden, Lisa erstmalig mit dabei.

Wie würde das Kind über die im Dorf nistenden Störche staunen! Oder im Niederwald, wenn sie den drei Kilometer langen Pfad zum Strand entlangpilgern würden jeden Morgen, von den freilebenden Schildkröten begeistert sein! Er wollte ihr vorsichtig eine fangen und auf die Hand heben und ihr etwas von Freiheit des Lebens und Bewahrung der Natur erzählen. Dazu die Schiffe, die Wellen. Die mussten dem Kind einfach den Atem verschlagen.

Er hatte die Fakten für den Zeitschriftenartikel eben geordnet, auch dem «Vorgang Liersch-Bühlig» einen gebührenden Platz eingeräumt. Sah auf die Uhr und entschloss sich, so langsam, aber sicher nach Petzerow zu fahren. Da pfiff die Gesprächsmühle. Nicht der rote Apparat mit der schwarzen Hörergabel, sondern der innerbetriebliche Quasselkasten, der ihn immer an schmutzige rosa Unterwäsche erinnerte. Klaus drückte die Taste.

Oberleutnant Kadnijewskis raue Stimme. Überlaut, als ob er sich vor seinem Schreibtisch aufgebaut hätte und da in seiner nuschligen Art herumbrüllte. Dabei brüllte Mischa eigentlich nie. «Du willst doch sicher um zehn in Petzerow sein, Klaus?»

Er drückte die Taste. «Um neun.»

«Warte so lange, bis ich eine Fahrradspur verifiziert habe, dann nimm mich mit!»

Eine Spannung durchlief ihn, ein Prickeln geradezu vom Kopf bis zu den Zehen. Er beugte sich vor und drückte wieder. Nun war er es, der brüllte: «Was für ’ne Fahrradspur denn? Ich denke, die trassologischen Ermittlungen sind abgeschlossen?»

«Bleib ganz ruhig, Klaus! Wir haben durch spezielle Vergrößerungstechniken noch Abdrücke von Fahrradreifen am Ereignisort entdeckt. Vielleicht ergibt das einen Zeugen der Tat – einen Radfahrer.»

«Warum hat sich der noch nicht bei uns gemeldet?»

«Dreimal darfst du raten, Klaus. Um ganz klar durchzublicken, brauche ich noch ’ne halbe Stunde. Dann segeln wir beide nach Petzerow zum Radfahrer.»

Er sah, dass seine Finger, bevor sie die Taste berührten, zitterten. «Rufst du vom Fotolabor aus an?»

«Komm ja nicht her!»

Klaus lächelte. «Nee, ich versaue dir deine Entwicklung nicht.»

«Wie meinst du das?»

«Fotografisch, Genosse Oberleutnant. Brauchst du wirklich noch dreißig Minuten? Hör mal, dann rutsche ich bloß mal rasch ins Zentrum, zur Buchhandlung. In einer halben Stunde dann bei dir, klar?»

«Klar.»

Die Volksbuchhandlung öffnete um neun. Er suchte auf der Fahrt nach dem Grund für seinen spontanen Entschluss, Anett auf ihrer Arbeitsstelle zu besuchen. Doch sosehr er sich anstrengte, ihm fiel kein richtiges Motiv dafür ein.

Natürlich war es nicht das erste Mal, dass er unverhofft zwischen den bunten Bücherregalen auftauchte. Sein erster Auftritt kam ihm in den Sinn. Da hatten sie sich vielleicht drei Wochen gekannt. Kurz vor Mittag war das gewesen. Vorn steckte eine Kollegin Anetts bereits den Schlüssel in die Tür und ließ bloß noch hinaus, nicht mehr herein.

Er war hinter sie getreten, hatte vorher gut aufgepasst, dass sie ihn unter den Käufern nicht früher entdeckte. Plötzlich, dicht hinter ihr – oh, der unverwechselbare Duft ihrer Haare! – geflüstert: «Folgen Sie mir unauffällig, schöne Frau!»

Mit den Jahren waren solche unerwarteten Besuche ausgeblieben. Heute würden ihre Augen vielleicht wieder dunkel werden vor Erstaunen. Wirklich? Woher nahm er seine Überzeugung, dass eine unerwartete Stippvisite Anett erfreute?

Nun ja, es gab keinen *guten* Grund, dass er sie plötzlich aufsuchte. Einen *schlechten* vielleicht? Den angeborenen oder vererbten Instinkt, überlieferte Genstruktur seines Vaters? Eher so etwas, wurde er sich plötzlich bewusst. Denn die Zeit - 9.17 Uhr - war ja wohl nicht dazu geeignet, Anett, wie beim ersten Mal, in der Mittagspause dazu zu verführen, statt zu essen mit ihm zu schlafen.

Als Klaus sein Auto am Eingang des Boulevards geparkt hatte und, Kopf eingezogen und Kragen hochgeschlagen gegen die Nässe, mit langen Schritten zur Buchhandlung hinunterlief, war er sicher, dass er nur einen schlechten Grund haben konnte. Man konnte auch sagen: einen schlichten Grund. Einen, den ihm seine Berufserfahrung empfahl. Hunden ist der Geruchssinn angeboren. Menschen erwerben die Fähigkeit, etwas zu wittern, das sie sich weder vorher noch nachher erklären können, schlichtweg durch die Erfahrung mit dem Bösen.

Vor dem Schaufenster, immer noch mit eingezogenem Kopf, blieb er stehen. Fast prallte er zurück vor dem, was er erblickte. Trat auch instinktiv einen Schritt nach hinten, um nicht gesehen zu werden, einer Frau oder einem Pudel dabei auf den Fuß.

Beide bellten.

Hinter den Auslagen, einen Meter von ihm entfernt, waren zwei Personen in eine ungeheuer interessante Unterhaltung vertieft. Wenigstens Raskolnikoff besaß so viel Schamgefühl, dabei ein Buch in der Hand zu halten, es zwischen den Fingern zu drehen und flüchtig in den Seiten zu blättern.

Er las durch die Scheibe hindurch Verfasser und Titel

des Werkes: *Gunther von Gynz-Rekowski, Entwicklung und Untersuchung eines Gerätes zur Herstellung tiefer Erdschlitze mit dynamisch aktivierten Gewinnungswerkzeugen.*

Aha, Erdschlitze, sagte sich Klaus. Ihm fielen die vom Westfernsehen bis an die Grenze zur Unerträglichkeit ausgeweideten Reportagen vom Erdbeben in einem südamerikanischen Land ein. Von jenem unter Hausbalken eingeklemmten Kind, das keiner herausholen konnte, aber den Journalisten mit wimmernder Stimme Rede und Antwort geben musste und das schließlich vor den Kameras starb.

Aber hier, verdammt noch mal, war doch nicht Kolumbien oder Venezuela! Hier stand er auf dem Boulevard von Potsdam. Vor sich sah er die Volksbuchhandlung, seine Anett.

Die freilich hielt es nicht einmal für nötig, ihren Flirt in der Arbeitszeit mit einem Buch zu beschönigen. Drehte die Hände im Rücken und reckte Raskolnikoff ihre hübsche Figur entgegen. Sie trug die durchsichtige Wickelbluse, zu der sie beim Kauf im Exquisit verschämt kommentiert hatte: «Die ziehe ich aber erst am Schwarzen Meer an.» Einen Büstenhalter hatte sie nicht an. Anett brauchte nie einen Büstenhalter.

Klaus betrachtete sie, wie man einen schlimmen Traum betrachtet, wenn er noch andauert, und man glaubt nur, ihn bloß als Film zu erleben. Dann stürzte er zurück zu seinem Lada.

Mischa hatte die schwarzen Rollos vor den Laborfenstern heruntergezogen. Auf den langen Tischen an der Fensterseite lag ein Großfoto neben dem anderen. Auf einigen glänzten im Licht der Neonröhren noch Tropfen der Entwicklerflüssigkeit.

Der für einen Polizisten ein wenig zu unrasierte Oberleutnant winkte Klaus mit einer ungeduldigen Geste heran.

«Erst mich warten lassen und dann selbst den Hektiker imitieren», knurrte Merks. Dann durchschritt er den breiten Raum, der mit fotografischem Gerät bis zur Decke vollgestopft war, bis zu den Fenstertischen.

Mischa Kadnijewski, den das vertraute Jagdfieber gepackt hatte, reagierte nicht auf den halben Scherz seines Vorgesetzten. «Sieh dir das an!»

Auf den ersten Bildern, die ganz links lagen, erkannte Klaus den Ereignisort wieder, wo sie den Autounfall rekonstruiert hatten. Zunächst einige Aufnahmen in der Totalen, auf denen der schmale Erdweg zwischen den Gartenzäunen zu sehen war, von der Hauptstraße an bis zum Kieshaufen, dann der den Pfad versperrende Kieshaufen selbst und danach Stück für Stück der Rest des Weges, wie er an drei Datschengrundstücken vorbei bis zur parallelen Landstraße führte. Wegabschnitt um Wegabschnitt lagen passgerecht nebeneinander, so dass die beiden ersten Tische eine langgestreckte Fotografie ergaben, für die selbst das *ND*, wahrhaft größte Zeitung der Republik, Abdruckprobleme gehabt hätte.

Auf den mittleren Tischen hatte Mischa von jedem Teilstück des Weges Ausschnitte aufgelegt, die in starker Vergrößerung nur den Pfad zeigten, bis zu den Gräsern am Rand und den untersten Zaunspitzen oder Maschendrahtsäumen. Auf diesen Nahaufnahmen konnte man deutlich die Fahrt des Mercedes verfolgen, das Abbremsen, das Wendemanöver. Man erkannte tief eingestemmte Schuheindrücke an dem offenbar von Nico aufgesperrten Datschentor, das von zahlreichen Füßen niedergetretene

Gras am rostigen Zaun und schließlich die Rückfahrtspur des Kraftfahrzeugs.

«Na, fällt dir bereits was auf?»

Klaus nahm die Brille ab, beugte sich tief, um über das Bekannte hinaus noch Details zu entdecken. Aber er sah nichts Auffälliges.

«Dann komm hierher zu den Großaufnahmen! Schau dir mal dieses Wegstück an, etwa zehn Meter vorm Kieshaufen! Was könnte die kleine Rinne wohl bedeuten?»

«Wenn du mich so fragst, dann sage ich dir: Hier ist irgendwann ein Rad langgefahren.»

Mischa schüttelte heftig den Kopf. «Nicht irgendwann, Klaus, sondern zur Zeit des Ereignisses wahrscheinlich. Thoralf hat uns wieder Schützenhilfe geleistet. Er hat die Bodenproben des Seitenweges noch mal genauer analysiert. Die Fahrradspur besitzt etwa das gleiche Alter wie die des Mercedes. Du weißt ja, gerade auf solchen Gartenwegen gibt es ständige Veränderungen im Mikrokosmos der Erdkrumen. Und die dienen unseren Chemiküssen als ziemlich exakter Zeitmesser. Thoralf meinte, dass der Radfahrer mit 99-prozentiger Sicherheit den Weg zur selben Stunde passiert haben muss wie der Westwagen.»

«Zur selben Stunde?»

Mischa riss ärgerlich die Arme hoch. «Nun, auf die Minute genau können es nicht mal die Japaner bestimmen! Außerdem hatten wir Glück, dass in der Nacht vom Sonntag zu gestern kein Regen fiel und der Montagvormittag wiederum nicht so heiß war, dass es stiebte. Die ideale Spurensicherungslage war das, sag ich dir.»

«Warum eigentlich nicht?», sinnierte Merks gedankenvoll und bekaute einen Brillenbügel. Ihm war gerade der Gedanke gekommen: Warum sollte ich Anett nicht einen kleinen Flirt gönnen? Sie ist jung, will begehrt und bestätigt werden.

«Was meinst du mit: Warum eigentlich nicht?» Mischa riss ihn wieder in die Wirklichkeit des Labors zurück. Sein stachliges Gesicht, die rotunterlaufenen Augen sahen ihn freundschaftlich fragend an.

Klaus Merks senkte den Blick rasch, als ob ihm der Freund – Wer eigentlich war ein Freund? Der Kollege? Der Skatbruder? Die Lebensgefährtin? – mit einem ekligen Dummejungenpfeil oder mit Hasenschrot oder einer Fotosäure in die Augen geschossen hätte.

«Warum», türkte Merks seinen angefangenen Satz schnell um, «hat der Radfahrer eigentlich nicht Anzeige erstattet? Allgemeine Antwort: Er besitzt Gründe, anonym zu bleiben. Also ein Bübchen ...»

«... oder Mädchen ...», spielte Mischa mit.

«... das selbst Dreck am Stecken hat. Das wissen wir jetzt. Aber wie heißt der vielleicht wichtigste und einzige Zeuge der Tat? Welchen Beruf übt er aus? Ist er männlich oder weiblich? Wie alt ist er? Vielleicht handelt es sich bloß um ein Kind, das mit seinem Rad von der Hauptstraße abbog, um ungesehen in den Busch zu pinkeln.»

Mischa grinste, dass seine Bartstoppeln raschelten. «Es war kein Kind, Klaus.»

«Jetzt mach aber 'nen Punkt! Du wirst mir doch nicht einreden, dass dir die Radspur das Alter des Fahrers verraten hat.»

«Warum nicht? Zumindest handelt es sich um eine Person im Alter von 15 Jahren an aufwärts. Die Laufradgröße beträgt nämlich 24 Zoll. Das ist die Zollnorm für sogenannte Jugendfahrräder. Für normal gewachsene Kinder sind sie zu hoch gebaut, und so werden solche Räder in der Regel von Jugendlichen oder Erwachsenen gefahren. Beweg dich mal ein Stück hier herüber! Da siehst du die Mikroaufnahmen der Spur. Aus ihnen kann so ’n kleiner Techniker wie ich die Art des Rades bestimmen. Hier, in der oberen Reihe, liegen Vergleichsbilder für die verschiedenen Fahrradtypen. Habe ich aus unserem Archiv. Kinderfahrrad und Klappmodell, die nur zwanzig Zoll messen, scheiden aus. Aber auch die größeren Modelle wie 26er und 28er. Das Rad des Zeugen war außerdem ein Touren- oder Sportrad. Bei der Rennsportausführung wäre die Bereifung schmaler. Außerdem scheint es ein ziemlich ladenfrisches Vehikelchen zu sein. Nicht mal die Andeutung von Beulen im Reifen oder Geweberissen.»

Geweberissen, dachte Merks, sinnloserweise das Wort auskostend. Die Gefühle ... diese unsichtbaren Fäden ... Er riss sich zusammen.

«Also ein geradezu gestochenes Zackenbandprofil. Rundlauffehler, die wir volkstümlich eine Acht nennen, weist das Schmuckstück erst recht nicht auf.»

Es gab nur eines: seinen Dienst tun. Leistung und Erfolge bringen. Ein Mann, der um des Arbeitsrausches willen seine Frau vernachlässigt hatte, sollte in seinem Zustand nicht noch auf dieses einzige ihm verbliebene Vergnügen verzichten. Frauen verlangten seit der Urgesellschaft leistungsstarke Männer. Nie würde Anett einen Mann akzeptieren, der mit gleicher Berechtigung wie sie auf Launen, Tränen, geistiger Abwesenheit oder gar untätig depressiven Phasen bestand.

«Das hieße», sagte Merks, «dass wir uns in Petzerow und Umgebung nach jemand erkundigen sollten, der sich vor kurzem ein Jugendfahrrad mit 24 Zoll Laufradgröße gekauft hat.»

Mischa rieb sich die Hände. «Können wir uns ersparen.» Damit stieß er Klaus Merks vergnügt in die Rippen und zog ihn an einen der mittleren Tische zurück. «Wir haben nämlich zum zweiten Mal Glück. *Siehst du den Mond von Soho?*»

«Was ist los?»

Mischa kicherte und winkte ab. «Kleiner Gag! Du müsstest jetzt antworten: *‹O ja, ich seh ihn!›* Bert Brecht, *Dreigroschenoper*. Weißte doch, dass ich meine Freizeit für Theaterfotografie verschwende. Zur Sache: Hier, an diesem Gebüsch, 1024 Zentimeter vor dem Kieshaufen, hat er angehalten. Bremsspur, offenbar Felgenbremse. Bei einer primitiven Reifenbremse wäre der Rutschweg länger.»

«Er oder sie könnte, hinter dem Strauch verborgen, alles aus zehn Meter Entfernung gesehen und gehört haben. Vielleicht Namen, Zusammenhänge.»

«Das hatten wir schon, Klaus. Worauf es mir ankommt, ist die Spur dahinten, siehe Bild 28 bis 36, die sich nach dem Kieshaufen abzeichnet. Sie endet vor dem mittleren der drei Grundstücke, die am rechten Wegrand liegen, und führt exakt dorthinein.»

«Also nichts wie ab nach Petzerow!», meinte der Hauptmann. «Besuchen wir den Fahrradschuppen des Jugendfreundes!»

Kaum Betrieb herrschte auf der Fernverkehrsstraße nach Werder. Aber vor ihnen tuckerte mindestens eine halbe Stunde lang ein Quartett von Nutzfahrzeugen, bestehend aus zwei mit Getreide überladenen Kombines, einem Trecker mit Baumaterial und einem anderen voller Säcke undefinierbaren Inhalts. Produktion ging vor, auch wenn sie langsam fuhr. Warte also, du nutzloser Kriminalpolizist!

Natürlich nahmen sie den Umweg über Werder, um in den Seitenpfad jenseits des Kieshaufens einzubiegen.

«Geht eigentlich alles gut mit deiner Frau?», fragte Klaus Merks Mischa, der jetzt den Wagen fuhr, aus heiterem Himmel. Tatsächlich hatte das Wetter sich plötzlich aufgeheitert. Gleich hinter Geltow schien die Sonne.

«Natürlich, Klaus. Warum nicht? Obwohl ich manchmal ihre Überstunden im Tierpark hasse. Zum Beispiel, wenn ein Löwenbaby geboren wird. Dann ist Babs manchmal nächtelang weg.»

O ja, Pardon! Warum hatte er eigentlich gefragt? Bei Mischa lagen die Dinge wahrscheinlich genau umgekehrt. Er hatte eine berufsgeile Frau. Raubtierpflegerin. Wahrhaftig ein Beruf, der seine Frau forderte.

«Grüß Babs mal von mir!»

Mischa grinste wieder, dass seine Bartstoppeln rasselten. «Richte ich gern aus, Klaus. Wann besucht ihr uns eigentlich wieder in Karlshorst? Na ja, ist ja auch ’n beschissener Rückweg rund um Berlin.»

«Wenn’s nur der Rückweg wäre», sagte Merks. Und dann: «Mal sehen, Mischa.»

Da hielten sie vor dem mittleren Grundstück. Kein Mensch weit und breit. Finken, Amseln und Elstern gaben sich in dem vorwiegend von Nadelbäumchen bestandenen Vorgarten ein Stelldichein. Auf dem nur angelehnten niedrigen Lattentor kopulierte ein Paar Tagpfauenaugen, direkt zum Wegfangen und Aufspießen präsentiert. Die Fensterläden des kleinen einstöckigen Gebäudes waren geschlossen. Aus den Zweigen der das Häuschen hoch überragenden Birke floh mit gravitätischem Flügelschlag der Pirol. Alles in allem vermittelte das Anwesen den Eindruck einer kleinen Naturschutzinsel.

Über der Klingel prangte ein messingner Regenschutz und ein auf dasselbe kostbare Buntmetall geprägter Namenszug: *Szabo*.

Das Klingeln hätten sie sich sparen können. Offenbar war der Besitzer verreist. Nicht nur die zugesperrten Fensterläden, auch die verwilderten Blumenbeete deuteten darauf hin. Im Bretterverschlag hinter dem Haus stand ein neues Fahrrad. Es entsprach in jedem Detail der Modellvorstellung in Mischas Labor.

Das idyllische Gelände gehörte der Witwe Maria Szabo. Lässiges Stöbern im Büfett der Küche brachte sie zu dieser Ansicht. Danach weilte die Besitzerin des Hauses, eine Deutsch-Ungarin, für den ganzen langen Sommer in ihrer alten Heimat. Zahlreiche Bier- und Rotweinflaschen im Küchenbereich deuteten jedoch auf einen Schwarzmieter hin. Das roch alles frisch und war vor kurzem ausgetrunken worden.

Die Besichtigung der übrigen Räumlichkeiten, Schlaf- und Wohnzimmer, Flurkammer und Keller, förderte ebenfalls allerhand frische Ware zutage: Farbfernseher (2), Hi-Fi-Anlagen (2), Kofferfernsehgeräte Marke Junost (5), Kassettenrekorder Geracord (12), Radios Typ Stralsund (16), Uhren (27), Fotoapparate (14), ein nachempfundener Elfenreigen, gemalt 1987, Preis 828 Mark, wie das Preisschild auf der Rückseite auswies.

Über Funk verlangte Klaus einen Observationsposten. «Sei mal 'n netter Kollege», sagte er, «und versteck dich hier, bis unser Mann kommt! Leg ihm am besten ein Sofakissen in den Fahrradschuppen!»

Mischa feixte. «Ich wärme ihm den Diwan in der Wohnstube an.»

Die Zeiger der Uhren standen auf zehn vor zehn. «Ich

hole dich ab, wenn ich von Ferch zurück bin», versprach Klaus noch, während er den Lada startete und auf dem Feldweg zurückstieß.

Die erste routinemäßig gestellte Frage nach ihrem Aufenthalt am gestrigen Ruhetag beantwortete Thea Kuplun, die resolute Objektleiterin im «Seeblick», wie aus der Pistole geschossen. Verwandte hätte sie besucht in Kaulitz, Kreis Salzwedel, Sperrzone an der grünen Grenze zur BRD. Für die Beantwortung der nächsten Fragen benötigte sie mehr Zeit.

Sie blickten aus dem Fenster ihres Büros auf die langen Tische der Terrasse, auf deren braungelbem Lack noch vereinzelte Regenlachen glänzten. Möwen stürzten mit gierigem Geschrei auf den Speisenabfall, den ein blaubekittelter Rentner vom Bootssteg aus in die Luft warf. Der Name des Lokals zog sich in hässlich roter Schmierschrift quer über den Kübel, in den der Alte ohne Ekel mit bloßen Händen hineinlangte. Über dem Schwielow hing ein glasigblauer Dunst, als ob sich der See einen Trauerflor zugelegt und bloß in der Farbe vergriffen hatte.

Die Festnahme Friedhelms erschütterte Thea Kuplun nur insofern, als sie stöhnte: «Und das in d'r Saison! Woher soll ich denn so schnell Ersatz nehmen? Wir lebn doch nich im Westen, Herr Polizeimeester, wo de Arbeitskräfte off d'r Straße rumliegen.»

Dreh- und Angelpunkt der Befragung war der Dienstplan des Kellners. Wen er bedient habe und wann?

Nach einem anfänglichen Protest («Ich guck meinen Kellnern doch nich laufend off de Finger!») überlegte die Leiterin angestrengt. Ja, einen auffällig gekleideten Bundi mit Halskettchen glaubte sie, zusammen mit einem jungen Burschen in Friedhelms Revier gesehen zu haben. Aber beschwören könnte sie es nicht.

«Sonst irgendwelche Bundesbürger oder Westberliner, Frau Kuplun? Vielleicht Herrschaften, die Ihnen bereits bekannt sind, weil sie schon früher zu Gast waren? Überlegen Sie bitte genau!»

Der Rentner, offenbar Hausfaktotum, trottete, den leeren Eimer nachlässig schwenkend, wieder zurück zum Lokal. Mit seinem kahlen Haupt, dem arteriosklerotisch verkrümmten Rücken und dem senilen Watschelgang bot er das totale Gegenstück zu Paul Zeiske, seinem Kollegen vom Schriftstellerheim. Im Gehen knabberte er eine Möhre. Ob er die aus dem Kübel gerettet hatte?

Die Gefühle, die unsichtbaren ... Was hatte eine Möhre mit Gefühlen zu tun? Was ein wackliger Rentner mit Raskolnikoff?

Auf einmal schlug sich die Kuplun mit der flachen Hand gegen die Stirn. «Klar hat der Friedhelm Gelegenheit zu einer Menge Westkontakten gehabt – bei der Geburtstagsfeier des alten Roddahn! Habe ihn doch selbst dahin delegiert.»

Obwohl Thea Kuplun keinen von Roddahns Westverwandten namentlich kannte, war doch der Name des Verdienten Erfinders gefallen, und die Objektleiterin brachte Klaus anschließend persönlich an die zum Ort führende Hintertür. Von da aus wies sie ihm mit einer Hand, mit der anderen die Revers des Kostüms vor ihren Hals ziehend, den Weg zu Arnold Roddahns Datsche.

Kieferduft wehte über die heruntergekurbelte Scheibe ins Auto hinein. Mischte sich mit Pilzgerüchen, die aus den feuchten Gräsern emporstiegen. Er fuhr Schrittgeschwindigkeit zwischen den Urlaubern, denen die Fahrstraße wie selbstverständlich gehörte. Pfütze glänzte neben Pfütze. Nur langsam kroch der Regen in die Erde.

Mit dem Fahrrad kam man hier schneller vorwärts. Klaus dachte daran, dass die Frauen erst vor zwei Tagen dieselbe Strecke entlanggeradelt waren. Erdschlitze ... Ob sich etwas in dem Verhältnis zwischen Anett und ihm verbessert hätte, wenn er mit ihr am Sonntag hierhergefahren wäre? Wenn dieser verrückte Holzschnitzer nicht seinen Geist und seine noch verdrehtere Gattin keine Mordanzeige aufgegeben hätte?

Wenn und aber ... Nein, dieser Erdschlitz existierte schon länger. Raskolnikoff hatte seinem Mädchen garantiert nicht erst am Sonntag den Hof gemacht.

Er würde den richtigen Namen herausfischen. Gleich, wenn er zurückkehrte in die Dienststelle, wollte Klaus das als Erstes tun. Über den «Vorgang Leipzig-Nikolaikirche» gab es Unterlagen.

Die Vögel jubilierten und die Kinder der Urlauber nicht minder. Er musste abrupt bremsen. Steckte den Kopf aus dem Fenster und schrie eine etwa zwölfjährige Göre an: «Pass bloß auf, kleines Luder!»

«Reg dich ab, Opa!», rief das Kind und rannte davon.

Opa! Zu dem jungen Lulatsch, mit dem Anett sich traf, hätte die Göre das nicht gesagt.

Roddahns Ferienhaus dann, nahe dem Rat der Gemeinde in eine Schlucht gebaut, imposantes Gelände, fast ein privates Wäldchen für den Verdienten Erfinder, und auch nach dreimaligem Klingeln kein Gesicht. Vom Haus jedoch dröhnten muntere Radioklänge, und ein Mensch versuchte, die Blasmusikweisen mitzupfeifen.

Merks trat durchs Tor. Kam jedoch auf dem Steinplattenpfad zwischen Büffelgrasballen und edelweißartigen Gewächsen keine zehn Schritt weit, als schon die Ornamentglastür aufsprang und ein Filou erschien.

Malereimer in der linken, einen dicken Pinsel in der rechten Hand, lief das Kerlchen mit wütenden kurzen Sprüngen ihm entgegen. «Woas wojllen Sie hierr? Härr Rrroddahn ist nischt zu Chause!» Auffallend die rötliche Brauenwulst, darüber sogenannte Intelligenzhöcker, die sich bis in den mit Leimfarbe verkleckerten roten Haarschopf hineinzogen. Blau-weiß gewürfeltes Hemd. Unterhalb der hochgekrempelten Ärmel muskulöse Unterarme, dunkel wie altes Leder. Kurze Jeans, rotborstige Stachelbeerwaden, ganz unten barfuß und krallig verwachsene Zehen. Ein wenig zu sehr Affenmensch, bedauerte Klaus das auf seinen Fußballen auf und ab wippende Wesen, dessen temperamentvoller Augenaufschlag eine Antwort forderte.

In diesem Moment schoss ein ebenso kleines, jedoch blassfleischiges Frauchen mit einem geradezu rührend wehleidigen Muttergottesgesicht aus der Tür. Stellte sich vor ihren Mann und schrie: «Raus hier! Det is privat und nich für euch Urlauber da! Kehrtwendung und abbi!»

«*Spokojno*», beruhigte sie der Mann und dirigierte sie mit dem Pinsel hinter seinen Rücken. «*Spokojno*, Maria.» Dabei ließ er Merks nicht aus dem Auge. Sein natürlicher Instinkt verriet ihm, dass es sich bei dem großgewachsenen Herrn im hellen Anzug nicht um einen gewöhnlichen Erdbeerdieb handelte.

Der Hauptmann wies seinen Ausweis vor. Ins Haus gebeten, ließ er sich die Dokumente des Ehepaares zeigen. Stanislaw Wojtkiewicz also, in der DDR lebender Staatsbürger der Volksrepublik Polen, Mechaniker im Betrieb, besser gesagt: im ehemaligen Betrieb des Leitungsrentners Roddahn.

Sie zogen sich drei Hocker an den Tapetenklebtisch, der noch als einziges größeres Möbelstück das Wohnzimmer füllte.

«Iebrigens», lenkte Wojtkiewicz ein, «Sie können zu mirr auch sagen: Stani. So rruft mich Gott und alle Welt.»

Stani gab kund, dass der Verdiente Erfinder eine verdiente Reise in die BRD angetreten habe. Er bringe inzwischen auf Geheiß seines alten Chefs die Datsche hier wieder auf Hochglanz.

«Nehmen Sie beide denn auch Urlaub, Stani?»

Er druckste herum, und die kleine hübsche Muttergottes klagte: «Ick bin bloß Hausfrau.»

Stani sprang hoch, als ob ihn etwas gestochen hätte, und drehte das Radio ab. Die Nachrichtenansage des Deutschlandfunks war ihm in Gegenwart eines Volkspolizisten offenbar peinlich.

«Also sind Sie krankgeschrieben, Stani? Wo tut's denn weh?» Dabei sah er nicht den immer kleiner werdenden Polen an, sondern konzentrierte seine ganze Aufmerksamkeit auf die im Raum verstreuten Malerwerkzeuge.

«Rheimatismus habe ich, Herr. Wenn Sie gestatten ... *przepraszam.*»

«Aber die Leiter da stellt für Ihren Rheumatismus keine Hürde dar, wie?» Na schön, schlug Klaus Merks vor, er werde dem Herrn Roddahn und auch der jetzigen staatlichen Leitung des Betriebes keine Meldung erstatten. Dafür müsste ihm Stani jedoch einiges über die Geburtstagsgäste erzählen, besonders über die aus Westberlin angereisten Herrschaften.

Nach den Auskünften, die Stani nun, geradezu sprudelnd vor Mitteilungsbedürfnis, lieferte, konnte Merks die Namen Gurok, Scholz und Ratzlaff vergessen und auf einen Schlag drei neue Erkenntnisse gewinnen. Erstens die Bestätigung für den Besuch der Familie Goyatz. Zweitens der Familienname von Nico, also Goretzki, Wohnsitz Bremen oder Westberlin, was freilich Unsicherheitsfaktoren barg. Dritter und vielleicht interessantester Teil für die Ermittlung: Stani und Maria bestätigten, dass «dieserr Nico» im Fahrzeug der Goyatzens die Datsche verlassen hatte.

Überhaupt sprach Stani, wenn er von Nico redete, nur von «diesem Nico». Danach befragt, warf er sich in die Brust, setzte eine verächtliche Miene auf und meinte: «Dieserr Mensch ist eijn Schubiack, Herrr. Passt ieberhaupt nicht zurr Verrwandtschaft von Herrn Rrroddahn.» Dass die Scharniere knackten, stützte er bedeutungsvoll einen Arm auf den Tisch, streckte den weißbesprenkelten Zeigefinger in die Höhe und fuchtelte ihnen allen vor den Nasen herum: «Dieserr Nico, wissen Sie, nennt man bei uns in Polen einen *Huligän*! Wie cheißt auf Deutsch, Marria?»

Frau Wojtkiewicz, sehr wortkarg geworden in der ihr nun viel zu lang erscheinenden Unterhaltung, übersetzte knapp: «Halbstarker.»

Merks hakte nach. «Meinen Sie, dass dieser Nico ein Rowdy ...» *War*, hätte er fast gesagt. Doch seines Wissens brachte noch niemand in Ferch die Leiche des Burschen im Schwielow mit dem Namen Nico in Verbindung. «... dieser Nico ein Rowdy ist? So eine Art Rechtsradikalinski?»

«Nö», antwortete Maria Wojtkiewicz spontan. «Eher ’n Gammler. Also wenn Se et so wolln, ’ne linke Type.»

Klaus spukte für Sekunden eine Bilderfolge vor Augen. Eines Sonntagnachmittags ließ diese auf Ordnung und Anstand bedachte Familie Goyatz einen Gammler in ihr Auto einsteigen. Aus lauter Menschenliebe. Er dankte dafür mit aufsässigen Reden, stinkendem Haar. Brannte sich eine Karo an, extra in der DDR gekauft, wie die berühmte Knef sich ja auch diese stinkendste aller Zigaretten (Marke Bahndamm Pirna) extra aus der DDR kommen ließ. Griff dann, während der Familienvater die Straßenverhältnisse beachten musste, dessen Tochter oder gar der Hausfrau (Inge Goyatz, gelernte Krankenschwester) in die Bluse. Einfach so. Locker und frei. Hatte nicht Paul Zeiske bereits das brüskierende Nacktbaden dieses Nico geschildert? Und dann konnte alles nur so geschehen sein: Rausschmiss aus dem Fahrzeug und ... Alles zusammen ergab mehr als nur ein Motiv für Körperverletzung, Totschlag oder gar Mord.

Stani beteuerte lautstark: «Die konnten sich schon nicht politisch rriechen, derr Gjünter und derr Julian auf derr eijnen Seite und dieserr Nico auf derr anderren.»

«Wat is eijentlich passiert?», wurde Maria Wojtkiewicz wieder lebendig. «Hat der kleene Assi irjentwo einjebrochn? In de Koofhalle von Werder vielleicht? Ick hab da so was läuten hörn.»

Merks gab nur ein vieldeutiges Lächeln zur Antwort. Woraufhin sich Maria auf die Schenkel klatschte und ausrief: «Hab ick mir doch jleich jedacht, als ick den loddrigen Vachabunden anlatschn sah. Bei wem hatter denn jeklaut? Siehste, Stani, so kriegt Onkel Arnie noch Ärjer mit seine Jutmütigkeit. Nee, dieset arbeitsscheue Lumpenjesindel! Det is doch hüben wie drüben datselbe. Oder meenen Sie nich?»

«*Spokojno*, Maria!», brummte Stani. Der wütende

Blick, mit dem er seine Madonna bedachte, verriet, dass er sich selbst angegriffen fühlte.

Klaus lächelte die Frau an und wusste selbst nicht, warum er das so offen tat.

Der Vollständigkeit halber schrieb er sich noch die Namen und Adressen sämtlicher Geburtstagsgäste auf, eine leichte Arbeit unter Zuhilfenahme der Glückwunschkarten. Der Vollständigkeit halber ließ er sich bestätigen, dass weder Günther noch Julian Goyatz ein Kettchen um den Hals trugen. Und auch nur der Vollständigkeit halber fragte er Stani zum Schluss: «Haben Sie gesehen, wer am Steuer des Mercedes saß, als die Familie Goyatz abfuhr?»

«Das warr derr alte Herr», meinte Stani überzeugt. «*Absolutno!*»

Auf der Rücktour hielt Hauptmann Merks an der Szabo-Villa. Lud seinen Oberleutnant wieder ein. Der Schwarzmieter war noch nicht aufgetaucht. Ein Observationsposten, Leutnant Gabi Müller, verblieb im Objekt. Die Genossin war bewaffnet und mit Funk ausgerüstet.

Wie kuhn das makellose Antlitz des Gefühlskämpfers aus dem Lichtbild herausblickte! Gleich dreimal: von vorn, von links, von rechts. Sein Aussehen hatte sich kaum verändert. Die Gesichtszüge waren nur etwas weicher geworden.

Jens Oelschlägel, geboren am 13. Mai 1966 in Bernau. Damals, 1986, geführt als Student, erstes Studienjahr an der Pädagogischen Hochschule «Karl Liebknecht», Potsdam. Schwänzte die Vorlesungen wegen einer Flamme in Leipzig, die nach eigener Aussage nichts von seinen Gefühlen für brennende Kerzen wusste.

Klaus Merks rief die Lehrerbildungsschmiede am

Neuen Palais an, keine drei Kilometer Luftlinie von dem Tisch entfernt, von dem aus er telefonierte. Er musste längere Zeit warten, bis jemand den Hörer abnahm.

Es war kurz vor zwölf. Die Betriebskantine stellte den alltäglichen Kontakt mit seinem Magen her. Merks hörte das vielfache Türöffnen auf dem Etagenflur, die schweren Schritte der Kollegen, die leichten, kürzeren der Frauen. Für 13.30 Uhr hatte er ein Gespräch in der Generalstaatsanwaltschaft vereinbart.

Das Schrittorchester klang immer entfernter, beknallte und betrommelte jetzt die Stufen zu den unteren Stockwerken. Sein Magen trommelte schüchtern SOS. Quatsch und Ruhe! Vielleicht fand man einen Bratwurststand auf der Fahrt nach Berlin?

Da war er schon nicht echt mit Anett verheiratet, und nun erwies sich die Freundin gar als Kontaktperson zu dunklen Existenzen.

Endlich meldete sich am anderen Ende eine halb mit Reden, halb von einem wahrscheinlich steinharten Hamburger behinderte Stimme. «Karl Liebknecht» schrumpfte zusammen auf: «Ka...Lie...echt.»

Es dauerte wieder, bis er das Prorektorat für Studienangelegenheiten an die Strippe bekam. Dort wurde offenbar Suppe gelöffelt. Erst fiel ein Löffel, danach der Kugelschreiber in den Teller.

Fäkalische Flüche aus Lehrermund und dann: Nein, der Oelschlägel studiere längst nicht mehr. Immatrikuliert im September 1986. Wegen Verletzung der Studiendisziplin, sprich Faulheit, bereits am 3. Dezember desselben Jahres geext.

Nicht mal ein Semester hatte es Raskolnikoff ausgehalten.

Merks drückte auf die Taste der Hausanlage. In der Einwohnermeldekartei blieb immer einer über Mittag.

«Mittag!», schnurrte es beleidigt aus dem schmutzig rosa Kästchen.

«Genosse Mittag, hier ist die K 1, Hauptmann Merks. Ich benötige sofort nähere Angaben zur Wohnanschrift und Arbeitsstelle eines Bürgers, der vor zwei Jahren ...»

Das Lämpchen flackerte.

«Bitte um Entschuldigung, Genosse Hauptmann, aber hier spricht nicht Mittag, sondern Arnold. Wie heißt der gesuchte Bürger?»

Natürlich wohnte Oelschlägel noch bei Frau Wirtin. Welche Wirtin brachte es denn übers Herz, sich von einem derart gefühlvollen jungen Mann zu trennen? Spitzweggasse ... O ja, da stand das Prachtschloss der Filmhochschule. Ob die Dozenten dort nicht eines Tages einen kleinen Jesus oder Raskolnikoff benötigten? Dann brauchten sie nur über die Gasse zu laufen.

«Du hast recht», hatte Anett gesagt, «vorausgesetzt, er kann spielen.»

Die Arbeitsstelle Raskolnikoffs versetzte Merks in Aufregung. Er fühlte, wie ihm das Herz hart gegen den Brustkorb wummerte. Beschäftigt als Teilarbeitskraft bei VEB SERO. Also Lumpenmanns Gehilfe. Ein raffiniert getarnter Arbeitsbummler. Brauchte nur früh an seinen Flaschenschuppen zu gehen, direkt vom Bartresen weg und das Schild anzuhängen: *Wegen Überfüllung heute keine Annahme!*

Für solche Kavaliersdelikte entließ VEB SERO keinen.

«In was hast du dich da bloß eingelassen, Weib?», murmelte Merks vor sich hin. «Und Lisa? Denkst du denn nicht an unser Kind?»

Der Motor seines Wagens, schien es Merks, hauchte zwischen den einzelnen Verbrennungsvorgängen immer wieder: Danke, danke, danke! Eine lange Fahrt auf freier Strecke war schon etwas anderes, als in der verstopften Bezirksstadt herumzukutschen oder auf den aus Postmeisters Zeiten stammenden Landstraßen hinter einem Traktor herzufahren.

Rund um Berlin führte also die Tour, musste sie notgedrungen führen. Die kürzere Verbindung war wegen schon jahrzehntelang andauernder Baumaßnahmen gesperrt. Also durch verträumte Nadelholzschonungen, die ganze Strecke mal nahe, mal entfernter, immer an der Wand, sprich an der Staatsgrenze, lang, bei Waltersdorf von der Ringautobahn herunter und dann im weitgeschweiften Bogen dieselbe Richtung zurück, wieder bis zum Schutzwall, der ja inzwischen auch in der sozialistischen Presse mitunter als Mauer betitelt wurde. Nicht jedoch im Sprachgebrauch der Polizeiberichte!

Die Gefühle ... diese blassen Wasserzeichen ... zwischen dir und mir ...

Otto-Nuschke-Straße dann, das Gebäude mit der pompösen Außenfassade, markige Steinlöwen hielten links und rechts der massiven Eichenholztür die Wacht, Sitz der Generalstaatsanwaltschaft der DDR.

Die Staatsanwältin, mit der er am späten Vormittag von Potsdam aus telefoniert hatte, beschied ihm der Wachhabende, habe leider noch einen Termin. Ließe aber ausrichten, dass es sich höchstens um eine Verspätung von zehn bis zwanzig Minuten handeln könne. Ob der Genosse Hauptmann denn schon zu Mittag gegessen habe? Die Betriebsspeisung hier könne er jedem Besucher empfehlen.

Also schritt Merks die ausladenden Marmorstufen

hinauf und durch die kurz vor seinem Eintreten leise summende Sperrtür und links hinein in die freundliche Kantine. Eine Viertelstunde später saß er ein Stockwerk höher auf einem bequemen Sessel der kleinen alten Dame gegenüber, die sich am Telefon als die Genossin Woyke vorgestellt hatte.

Ihre sprudelnd herzliche Art der Begrüßung, als sie ihn durch einen Vorraum in ihr eigentliches Arbeitszimmer führte, sich entschuldigte, dass die Sekretärin leider in Schwangerschaftsurlaub sei und sie ihm also eigenhändig den Kaffee kochen müsse, war schlagartig einer betonten Disziplin und beinahe kalten Reserviertheit gewichen. Sie saßen sich in breiten gelben Schalensesseln gegenüber, und zu Beginn des Gesprächs brannte sich die Staatsanwältin eine Kenton an, die mit dem grünen Streifen und einzige Mentholzigarette des Inlands. Auch ihm bot sie wie selbstverständlich die Schachtel und zog sie nach seinem Kopfschütteln ebenso selbstverständlich wieder zurück.

Wer rauchte schon Pfefferminze? Und überhaupt, wie sollte sie wissen, dass er der reine Vergnugungsraucher war, nämlich dann, wenn er mit Anett ausging oder beim Polizeiball, wo es einen Schluck zu trinken gab dazu, und alle diese vier schönen Dinge des Lebens widerfuhren ihm selten.

Die Unterhaltung mit der Genossin Woyke fand vor einer seltsam bezüglichen Kulisse statt. Erst auf der Rückfahrt, als ihn bloß der Gedanke antrieb, endlich, und wenn auch nur kurz, mit Anett zu reden, wurde er sich dieser Hintergrunddekoration wieder bewusst.

Sie blickten in den Pausen zwischen den Sätzen öfters zu dem breiten Fenster hin, er noch häufiger als sie, die das Bild ja gewohnt war. Aussicht über die Mauer hinweg auf die Mondlandschaft der Grenzanlagen und dann weit in den Westen der Stadt. Stadtbezirk Tiergarten, nahm er an, wusste es aber nicht so genau. Die Sonne stand fast senkrecht über dem Niemandsland, und der Pfefferminzduft im Zimmer hätte auch von dem wildwachsenden Kraut stammen können, das zwischen den Furchen der ungenutzten Erde trotz Sprühgerät und Zinkenegge täglich neu emporkeimte.

Es sei schon eine kitzlige Angelegenheit, meinte die kleine strenge Frau, in die sie da hineingeraten wären. Natürlich stünde sie voll hinter seiner Auffassung, dass jedes Verbrechen der Sühne bedarf. Diesen Standpunkt verträte sie als Juristin wie als Frau, und besonders als Mutter und Großmutter. Auch dieser Getötete – sie blätterte den Namen in dem vor ihr liegenden Bericht nach –, also auch Nico wäre von einer Mutter geboren und in Liebe großgezogen worden. An diesem Punkt freilich erhöbe sich schon die erste Frage: Warum vermisse diese Mutter oder irgendjemand, dem Nico nahegestanden hatte, den Toten nicht?

Sie hatten, gleich nach der Meldung durch seine Dienststelle, die Anfrage nach einem bis auf seinen Vornamen unbekannten Getöteten nach *drüben* gerichtet, exakt an das Kammergericht Berlin-West, das dann ihrer Erfahrung nach sofort die Polizeidienststellen *drüben* unterrichtet. Auch fotografische Aufnahmen wurden *hinüber*gesandt, sowohl die von der Leiche pur als auch die des kosmetisch behandelten Gesichts, damit man ein Suchfoto hätte. Heute Mittag nun war der Bescheid gekommen von *drüben*, es werde kein junger Mann namens Nico und auch kein Mensch seines Aussehens vermisst.

Peinlich wäre es ihr freilich gewesen, meinte die Genossin Woyke und nahm dabei einen Lungenzug aus der

Zigarette, dass die Kollegen von *drüben,* so wörtlich, *einen detaillierteren Bericht erbitten als den, den wir von Ihnen sonst immer in Empfang nehmen durften.*

Er, der Genosse Merks, verstünde wohl, welch leiser Hohn sich hinter diesen Worten verberge. Ansonsten gebe es, alles in allem, bei der Verbrechensbekämpfung inzwischen eine gute Zusammenarbeit zwischen den deutschen Nachbarstaaten und zwischen der DDR und Westberlin. Schon manch strittiger Rechtsfall, auch Tötungsverbrechen, wurde in gemeinsamer Verantwortung für das Leben und den Schutz der Persönlichkeit geklärt. Zug um Zug bis zur erfolgreichen Ergreifung der Täter.

Stichwort Täter. Hier nun stünde der nächste Punkt zur Debatte: Ob er sich wirklich der Tätergruppe – von einer Familie Goyatz wäre nunmehr die Rede – sicher sei?

Denn genauso dubios wie die Herkunft des Toten war er nun Bremer, also Bürger der BRD, oder Westberliner Bürger? – musste den Stellen *drüben* die Angabe einer diffusen Tätergruppe erscheinen. Er möge schon entschuldigen, aber wenn Nico Goretzki BRD-Bürger wäre, so müssten ganz andere Institutionen informiert werden als das Kammergericht Berlin-West. Beispielsweise das Landesgericht Bremen, und dort wäre dann auch, unter bestimmten Voraussetzungen, falls eine Vermisstenanzeige fehlt, eine gezielte Suchmeldung abzustrahlen. Kurzum habe es wenig Sinn, ein halbfertiges Ermittlungsergebnis nach *drüben* zu geben. Was nicht hieße, dass sie seine genaue Arbeit nicht schätze und die Kitzligkeit des Falles etwa nicht erkenne.

Er wendete ein, sie selbst habe doch eben festgestellt, dass auch die Kollegen in Westberlin mit derselben Verantwortung für das Leben und den Schutz der Persönlichkeit ihre Arbeit verrichteten. Das vorausgesetzt, sei es doch in diesem Stadium der Ermittlung das Gescheiteste, die *dort* um Mitarbeit zu bitten. Außerdem habe er nie behauptet, dass seine Arbeit an diesem Vorgang fertig und zu Ende sei.

Klaus Merks trug diesen Vorschlag mit Nachdruck vor. Aber er fühlte, wie sich wachsende Unsicherheit seiner bemächtigte.

Er brauche sich vor ihr nicht zu verteidigen, unterbrach ihn die Genossin Woyke lächelnd. Sie wisse, dass er vorbildliche Arbeit geleistet habe.

Sie solle doch einsehen, beschwor er sie nun fast, dass eine Zuarbeit durch die Kriminalkommissare *drüben* gerade jetzt den Fall zielgerichtet und schnell zum Abschluss bringen müsste. Die könnten, wie sie das auch sonst mit ihren Ganoven tun, die Familie Goyatz einfach mal unter die Lupe nehmen, alle vier getrennt verhören, Widersprüche aufdecken und dann, wie üblich, den Hauptschuldigen herausschnappen. Alles, was wir tun müssten, sei lediglich, ein Rechtshilfeersuchen an die *drüben* zu stellen.

Nun solle er bitte verzeihen, bemerkte sie schonend, aber sie könne nicht umhin zu vermerken, wie naiv er doch daherrede. Denn genau umgekehrt könnte ein Schuh daraus werden. Nicht wir, sondern die *drüben* müssten ein Rechtshilfeersuchen stellen. Der Tote sei schließlich Bürger ihres Staatsgebildes. Doch selbst das sei nicht klar erwiesen. Er solle sich doch bloß mal vor Augen führen, wie Springers Regenbogenpresse aufjubelt, wenn wir grundlos eine anständige Unternehmerfamilie verdächtigen. Sie kenne schon jetzt die Schlagzeile: *DDR weitet Klassenkampf aus über die Grenzen!*

Er musste sich mächtig zusammenreißen, als ihm die

Staatsanwältin in aller Freundlichkeit seine juristische Dummheit aufs Butterbrot schmierte. Das Schlimme war, dass er ihr einerseits nicht recht geben konnte und ihr andererseits doch zustimmte. Und das aus einem Grund, den Genossin Woyke kaum erahnen konnte. Denn wer war denn der wirklich Schuldige? Der bis aufs Blut gereizte Familienvater, seine Frau, sein Sohn, seine Tochter? Oder nicht viel eher der Gammler? Lumpenmanns Gehilfe?

Natürlich, lenkte er ein, dürfen wir uns keinen Schnitzer leisten vor *denen da drüben*.

Sehen Sie, meinte die Genossin Woyke, sofort verstehen wir uns besser.

Aber dennoch, entfuhr es ihm plötzlich, müsse er ihr eines gestehen. Ob sie ahne, was er jetzt am liebsten tun würde?

Das wisse sie ziemlich sicher. Am liebsten würde er *dahin* – und nun blickte sie betont zum Fenster –, also *rüber*, und die Verdächtigen selbst verhören. Aber so weit wären wir eben nun mal nicht. Sie brauche ihm darüber wohl keinen Nachhilfeunterricht zu erteilen.

Es gäbe da noch eine Fahrradspur, sinnierte er mehr für sich. Bestimmt führe die zu einem Augenzeugen der Tat, und dann habe er auch den Unfallfahrer, egal, ob der nun Günther, Julian, Nina oder Inge Goyatz hieß.

Wenn dieser Zeuge sich noch nicht gemeldet habe, unterbrach die Staatsanwältin sein Nachdenken, müsse es wohl ein nicht ganz verlässlicher Kunde sein.

Ein Augenzeuge sei ein Augenzeuge, konterte Klaus Merks im Brustton einer doch mehr überzeugt klingen wollenden als wirklich überzeugten Sicherheit.

Sie spürte das natürlich und schmunzelte. Wohl auch ein Gewaltverbrecher?

Ein Serieneinbrecher, gestand er.

Sie drehte besorgt den grauen Kopf hin und her, her und hin. Schwieg eine Weile und empfahl Merks dann, die Spur bis zur Ergreifung des Zeugen zu verfolgen. Was er sich sowieso vorgenommen hatte.

Zunächst jedoch gäbe sie keine einzige Information mehr nach *drüben*. Bei dieser Feststellung stand sie für ihr Alter erstaunlich behende auf. Streckte ihm, wie am Anfang, herzlich-vital die Hand entgegen.

Korallenschmuck an drei Fingern, stellte Merks fest. Unauffällig und doch besonders. Das muss ich mir merken, dachte er. Solche Frauen tragen ...

Anett mochte Gold. Sie hatte zwei Stücke: ein Halskettchen, das sie nur selten anlegte, und einen schmalen Ring mit einem winzigen Türkis. Hatte er ihr in Budapest gekauft. Wer nach Bulgarien reiste, machte seinen Einkaufstrip in Budapest. Würden sie dieses Jahr denn fahren?

Im Vorzimmer bemerkten sie die schwitzende Glaskanne in der Kaffeemaschine. «Den Kaffee haben wir über unserem interessanten Disput ja total vergessen», entschuldigte sich die Staatsanwältin. Ob er noch eine Tasse auf die Schnelle ...

Merks lehnte ab.

Mit ihr reden, und wenn es nur ein paar belanglose Sätze sind! Pfeif doch auf ihren kleinen Flirt! Kauf ein Sträußchen Vergissmeinnicht, und bring es ihr in den Laden!

Als Klaus das dritte Blumengeschäft angelaufen war, in dem ihn das Schild im Schaufenster aufklärte: *Schnittblumen ausverkauft*, fiel ihm der Witz ein, der etwa so ging (er merkte sich eigentlich schlecht Witze): Ein Franzose, ein Russe und ein DDR-Bürger überraschen ihre Frauen unverhofft mit einem Rosenstrauß. Der Franzose spricht dazu: «Das ist ein Zeichen meiner glühenden Liebe, *chérie*.» Der Russe: «Den Strauß überbringe ich dir, weil ich stolz bin auf deine Auszeichnung als beste Schichtarbeiterin.» Der DDR-Bürger aber: «Du, es gab gerade mal Rosen, da hab ich mich eben angestellt.»

Im vierten Geschäft kaufte Merks dann einfach ein schrulliges Biedermeiergebinde, bestehend aus einer Papierserviette und Strohblumen. Na gut, die hielten sich länger. Wer kann denn im Sommer, wenn alle Gärtner in Urlaub sind, mit frischen Blumen rechnen?

Von einer Kirche schlug es halb, 15.30 Uhr also, als er wieder vor dem Schaufenster der Buchhandlung stand. Im Gewühl der Käufer konnte er Anett nicht ausmachen. Überhaupt flutete und flanierte, kaufte und rannte jetzt alles über den Potsdamer Boulevard und die angrenzenden Geschäftsstraßen. Er schob sich, das Sträußchen hinterm Rücken, durch die Glastür hinein.

Da war die Kollegin X und die Kollegin Y, die er nicht kannte, doch schließlich noch die Kollegin Bettzieche, stellvertretende Leiterin. Sie fragte er nach Anett.

Die Bettzieche, eine über ihren verfänglichen Namen weit erhabene ältere Jungfrau, gab ihm gern Auskunft: «Kollegin Bartuck ist auf einen Kaffee fort. Gleich dort, nun, Sie wissen sicher, um die Ecke. Wir haben nämlich heute zur Mittagspause Ware bekommen, und da musste Kollegin Bartuck mit ausladen. Sie hat sich eine Pause verdient.»

Klaus dankte, ging.

Das Café. Wieder ein Schaufenster. Drinnen jedoch weniger Helligkeit als in der Volksbuchhandlung. Snobige Schwedenschirmchen über den Tischminiaturen, die mehr verdunkelten als beleuchteten. Disco-Rhythmen pladderten bis auf die Straße hinaus. Niemand tanzte. Alles nippte an Tassen oder Strohhalmen. Die vorn am Fenster hockten, glotzten ihn augenblicks an. Es gab wohl drinnen nicht viel zu erleben, wenn man so schnell einen Schaufenstergucker musterte.

Das Strohblumenbund hielt Klaus immer noch hinter dem Rücken.

Dann sah er als Erstes Raskolnikoff. Was sich in seine Armbeuge kuschelte, war eine Strähne Haar von Anett. Danach löste sich das Haar aus der sanften Umklammerung. Nur wenig, dass beide gerade eine Spur voneinanderrückten. Doch so viel, dass sich ihre Lippen treffen konnten. Anett saß nicht direkt vorm Schaufenster. Sozusagen mehr in der zweiten Reihe.

Disco-Sound.

Sein Blick raste, warum, wusste er nicht, die Hausfassade hoch, diese auf historisch gemotzten Verzierungen am Bau entlang, bis zur Dachrinne. Und wieder hinab.

Der Kuss mit Raskolnikoff war noch nicht zu Ende.

Klaus ging sehr langsam den Boulevard weiter. Als ob er ein Verbrechen vorhätte, schlingerte sich der Hauptmann quer durch die flutenden Massen, sobald er den grellrot angestrichenen Container entdeckte. *Kein Futter in den Müll werfen!* stand daran. Er zerbröselte den Biedermeierstrauß in seiner großen Hand, ehe er die Krümel in den Abfall warf. Kein Mensch scherte sich darum.

Was ihn entsetzte, war: In der Schummerbeleuchtung des Cafés hatte dieser Oelschlägel wie ein ganz anderer ausgesehen. Wie einer, den er nur tot kannte. Mit einem wohl ausgeprägten Schaumpilz vorm Mund.

Auf welchem Weg Klaus Merks in die Bezirksbehörde zurückkam, wusste er nicht. Alles geschah ihm jetzt nur noch. Er war sozusagen im Schumm.

Las die Geburtstagskarten für Onkel Arnie durch. Saß allein vor seinem Tisch, auch das Vorzimmer leer. Zettel von Hauptwachtmeister Müller auf dem Tisch: *Bin nur schnell zum Privatfleischer. Dort soll es gekochten Schinken geben.* Unterschrift: *Hwm. Müller.*

Ach, was sollte Baberina ihm jetzt nützen? Wäre er ein anderer Mensch, nicht so korrekt, nicht so unnahbar und befehlstüchtig, vielleicht hätte er jetzt zu einem Genossen laufen können. Zu Mischa? Nein. Zu Thoralf Mende! Langsam wählte er die Nummer des Chemikers. Legte jedoch vor dem Eindrehen der letzten Zahl auf.

Da surrte die Hausanlage: «Wir haben den Einbrecher. Der Mann heißt Bernd Papenfuß. Wo wollen Sie ihn vernehmen?»

«111», befahl Hauptmann Merks müde. Als er die Tür zuschloss und versiegelte, wunderte sich der Hauptmann, dass er kaum neugierig war auf seinen letzten, alles entscheidenden Zeugen.

An der Beuge des Geländers zwischen erstem Stock und Erdgeschoss raste ein Messer in seine Brust. Vorsicht, sagte er sich. Deine Altersgruppe ist besonders anfällig für Infarkte. Er blieb stehen und machte erst langsam, dann schneller einige gymnastische Übungen.

Das Treppenhaus lag still, wie ausgestorben. Die Genossen verschanzten sich zu fleißiger Arbeit hinter den Türen. Oder standen nach Schinken an.

Papenfuß also hieß der Schwarzmieter in der verschlafenen Minidatsche hinterm Kieshaufen. Sehr rundlicher – der Hosenstall sperrte am oberen Knöpfchen auf –, sehr alkoholfreudiger – die Fahne wehte Klaus Merks bis zur Tür entgegen –, sehr gutmütig blickender Mensch. Vertrauenerweckend.

Wenn da nicht die Vorgeschichte gewesen wäre: Bernd Papenfuß, seit drei Monaten gesuchter Asozialer, fünf Vorstrafen wegen Einbruchs mit Spezialisierung auf Rundfunk- und Fernsehgeschäfte. Anlässlich des 38. Jahrestages der Republik durch die große Amnestie vom 17. Juli 1987 mitten aus einer vierjährigen Haft entlassen. Danach reger Arbeitsstellenwechsel. Am 3. Mai das letzte Mal auf einem Hof des Synthesewerks Schwarzheide bei geregelter Arbeit beobachtet. (Stützte sich auf einen Besen und hielt Gespräche mit der Betriebskatze.) Danach verschwanden nicht nur Fernseher und Radios im Raum Cottbus, sondern auch in den Bezirken Frankfurt (Oder) und Potsdam. Die Handschrift der Brüche deutete schon lange auf ihn. Vorige Woche nun war in einem Fahrradladen in Karlshorst das hübsche Modell abhandengekommen, das jetzt im Schuppen der Villa Szabo stand.

Gabi Müller hatte Papenfuß so, wie er gerade beschaffen war, auf den Rücksitz gelegt und in die Bezirksbehörde transportiert. Die ganze Fahrt über hatte er das getan, weshalb er in die Datsche zurückgekehrt war: friedlich geschlafen.

Hinter dem Namen Szabo, das bekamen sie nach ein paar gehörigen Kaltwasserduschen aus ihm heraus, steckte die Großmutter einer flüchtigen Frauenbekanntschaft. Das Mädelchen hatte Papenfuß in der Mitropa-Selbstbedienung von Lichtenberg geflüstert, dass man zusammen den ganzen Sommer Urlaub machen könne in Petzerow, die Omi, eine Ungarn-Deutsche, sei nämlich für acht Wochen in die alte Heimat verreist.

Aus dem Sommerurlaub wurde nichts, weil die Enkelin einer Kur zugeführt werden musste, dreimal durfte man raten, was für einer. Da hatte sich Papenfuß eben allein in Petzerow eingenistet. Weil er sich sorgfältig hütete, tagsüber von zu vielen Zweibeinern – Elster, Pirol und Finken ausgenommen – gesehen zu werden, und die Nachbarsleute ihn schon mit Oma Szabos Enkelin auf dem Grundstück gesehen hatten, schöpfte keiner Verdacht. Zwar erweckten beide den Eindruck, der Volkskrankheit Nummer eins verfallen zu sein. Aber da gab es ganz andere, die deshalb auch nicht als kriminell eingestuft wurden. Und schließlich ging der Verlobte der Enkelin von Oma Szabo regelmäßig auf Nachtschicht.

Nur widerwillig überließen ihnen die Genossen vom Einbruchdezernat den Fang für eine Stunde. Verdammt und zugenäht! Die konnten sich jetzt einen Orden an die Brust heften.

Und er? Leistete Zubringerdienste. Schon hörte Klaus die Stimme der Genossin Woyke wieder: «Ihr Radfahrer dürfte doch wohl ein nicht ganz verlässlicher Kunde sein.»

Tatsächlich brachte Papenfuß ihm das letzte, noch fehlende Steinchen des «Vorgangs Schwielowsee» auf dem Tablett. Seine und Mischas und Thoralfs und ... alle Überlegungen waren goldrichtig gewesen. Hier sprach der Augenzeuge und schloss den Kreis ihrer Theorien durch Fakten.

Es war nicht ganz siebzehn Uhr – Anett musste noch bis sechs im Laden stehen, und dienstags holte sie Lisa spät aus dem Kindergarten ab –, als sie Papenfuß dem anderen Dezernat übergaben und sich in seinem Büro zu fünft das Tonband anhörten. Gabi, Baberina, Mischa, Thoralf und er. Dabei wechselten sie triumphierende Blicke, genauer gesagt: Die Genossen triumphierten.

Er hatte Mühe, wenigstens dann und wann zu lächeln.

Stimme des Papenfuß vom Band: «... sprang der lässig angezogene Kumpel vorm Mercedes rum und schrie: ‹Nehmt mich mit! Ich will nach Hause.› Oder so was. Dann hat 'n der andere, also der junge Kerl, nicht der Vater, einfach umgefahren. Der flog, sag ich Ihnen, wie 'ne Schwalbe gegen den Pfosten. Und blieb gleich liegen. Ich hatte mir mit 'm Rad zwei Flaschen Rosentaler Kadarka vom Kellner aus der Fontane-Klause ... weil bei Mutter Szabo doch nichts mehr zu süffeln rumstand. Da sehe ich so 'n Protzauto. Innendrinne lauter Bundis. Gucke auf das Schild und korrigiere mich: Nee, keine Bundis. Berliner von hinterm Zaun. Und dann der Bubi in kackschwarzen Jeans: huppt vorm Kühler rum. Und dann ... tot! Wie das knallte! Ich meine, sein Kopf gegen den Pfosten ... Raaatsch ... Plumppp ... Der junge Kerl hat 'n totgefahren. Ich sagte mir: Bernd, sagte ich mir, mach dich ganz klein! Wie 'n Grashalm. Und da war dann auch 'n Holunderstrauch. Ich versteckte mich mit 'm Fahrrad dahinter ... Die stürzten gleich alle aus dem Mercedes, und die Frau legte den armen Kumpel in die stabile Seitenlage. Richtig korrekt. Ich war ja schließlich auch mal Rotkreuzhelfer. Im allgemeinen Gefasel kreischte 'ne Frauenstimme was von ‹Polizei benachrichtigen›. Aber das stieß bei den Männern auf Ablehnung. Kann ich verstehen ... Dann haben die den Umgefahrenen in ihr Auto gepackt. Setzten ihm den Hut von dem Alten auf. Das fand ich fies. Schließlich blutete der wie Schwein, und man setzt 'nem blutigen Menschen nicht einfach einen Hut auf, oder? In dem Moment hat der Mörder – also der junge Kerl – gerufen: ‹Mensch, da kommt ’n Radfahrer!› Na, wem wäre da nicht die Muffe gegangen? Ich musste ja glatt annehmen, der will mich als Mitwisser auch zum Verstummen bring. Da hab ich meine Luftpumpe genommen und so getan, als ob ich ’nen Platten hätte. Frei mich vorm Strauch sehen lassen, als wäre nichts. Damit wollte ich dem Mörder funken: Du, ich habe ’nen Dreck beobachtet, fahre du mal weiter ... Beim Pumpen habe ich natürlich seitlich nach oben gelunzt. Wollte wissen, wie’s weitergeht und wann der mich vielleicht anspringt. Kriegte natürlich mit, dass sich der feine Schniebel irgendwie in Familienhaft befand. Denn natürlich, das Umfahren mal vergessen, tat der keinen Zuck, wenn’s sein Alter nicht billigte. Als gelernter Verbrecher – und als der betrachte ich mich – hat man so ’n bisschen ’nen Blick fürs Böse und wer von wem abhängt, wenn Scheiße gebaut wird. Wäre der Jungsche alleine gewesen, dann hätte der mich garantiert ... na ja ... Ich konnte das nicht mehr aushalten. Vielleicht, wenn das echte Killertypen gewesen wärn, so wie im Westfernsehen bei den amerikanischen Serien, hätte ich denen ’n Angebot gemacht. Aber die ... die benahmen sich ja verschüchtert wie unsere. Beispielsweise wie ’n Kraftfahrer, der gerade ’ne Leghenne überfahren hat. Ich bin da mehr Profi, entschuldigen Sie ... Also stieg ich kurz entschlossen in Sattel, fuhr auf sie zu, klingelte scharf. Die saßen schon alle wieder im Auto, die Leiche auch, auf’m Rücksitz. Ich also guckte so, als wollten die nur eins: mich nicht vorbeilassen. Und zeigte nicht, dass ich was gesehen hatte. Tatsächlich drehte dieser geschniegelte Jüngling das Lenkrad ein Häppchen. Ich konnte vorbei. Wir hattn kurz Blickwechsel. Der ist ’n schwaches Würstchen, sagte ich mir. Aber dann fing ich noch den eiskalten Blick vom Boss auf, der mit seiner

Schulter die Leiche stützte auf'm Rücksitz, so dass die aussah wie 'n normaler Mitfahrer ... Na, da trat ich aber in die Pedalen ... Was? Na, eisern in Omi Szabos Hütte verschanzt. Und gleich beide Pullen ausgepietscht. Habt ihr vielleicht was Flüssiges hier? Kann auch Selters sein.»

Wie lange kannte Anett eigentlich diesen Oelschlägel?

Das war der dominierende Gedanke, der Klaus Merks die ganze Zeit durch den Kopf ging. Dabei sah er öfters zur Uhr. Er hatte eine Idee. Um die zu realisieren, musste er vor Anetts Rückkehr in der Wohnung sein.

17.20 Uhr.

«Mischa, ich bitte dich um einen Freundesdienst», log er. «Möchte meine Tochter heute eher aus der Bewahranstalt abholen. Schreibst du den Bericht für die Staatsanwältin?»

«Kotzt mich echt an!», moserte Mischa. Aber er sagte dann doch zu Baberina: «Auf, auf zum fröhlichen Tippen!»

«Ich bin spätestens in einer Stunde zurück und unterschreibe.»

Klaus steckte den Schlüssel ins Schloss. Er ertappte sich dabei, besonders leise schließen zu wollen. So war er noch nie hier eingetreten – als Schnüffler.

Drückte die Tür sanft von innen zu. Blieb im Flur stehen. Die Brille beschlug. Er nahm sie ab.

Im Wohnzimmer? Nein. Im Schlafraum? Kaum. Bad? Wenn es die Beweise gab, die er suchte, hatte Anett sie an einem Ort versteckt, der ihm gleichgültig war. In einem Behälter, der ihm nie in die Hände kam, weil dessen vorgeblicher Inhalt ihn nicht interessierte. Noch eine Eigenschaft musste das Versteck besitzen: Für sie musste es leicht erreichbar sein.

Wie er so im Flur stand und schnüffelte, stieg ihm der Harzgeruch der frisch eingezogenen Zwischendecke in die Nase. Das Holz hatte Ulla besorgt. Er selbst hatte den für alle möglichen Koffer und Pakete nützlichen Hängeboden vor Wochen eingezogen. Schnüffeln nannte er sein Herumstehen im Korridor selbst in Gedanken. Klaus verachtete sich. Aber Klarheit wollte er erst haben, bevor er ... ja, was denn bloß tun würde?

Anett brauchte immer einen Stuhl, um von da oben etwas zu holen. Er setzte die Brille wieder auf und las die Aufschriften auf den Kartons. *Lisas Säuglingswäsche* stand auf einem. Klaus streckte sich und hob den Pappkasten herunter.

Da lagen die Briefe unter Windeln, Stramplern und Leibchen. Ohne Absender, die meisten nicht mit der Post zugestellt. *Dein J.* als wiederkehrende Unterschrift. Manchmal mit eitlen Attributen versehen: *Dein wilder J.* Von den Attributen am Briefanfang ganz zu schweigen.

Raskolnikoff dichtete auch: *Schönes Tier, ach, lass dich zähmen, dass die Liebe nicht verdorrt. Wenn dich graue Disteln lähmen, reiß sie aus! Flieh mit mir fort!* Die grauen Disteln bezogen sich wahrscheinlich auf ihn. War mit der Flucht vielleicht Republikflucht gemeint?

Kleinlich, beschissen und banal war das alles. Das, wie er in dem Dutzend Briefen jetzt wühlte – der erste trug ein Datum vom vorigen Herbst –, aber auch das, was er hastig las. Poesie, Gefühlsschwärmerei und dazwischen ein Foto aus dem Freibad. Anett und dieser Milchbart umarmt. *Zur Erinnerung an den 23. Mai 1988. Dein J.* Pfingstmontag musste das gewesen sein. Er hatte das Kind genommen, weil Anett angeblich die kranke Tante Biene in Köpenick besuchen musste.

Ärgerlich und peinlich. Ob es ihr ein besonderes Vergnügen bereitete, ihn als Kriminalisten zu belügen?

Im Treppenhaus tobte eine Meute Kinder. Nur nicht gesehen werden jetzt! Klaus legte das Bündel wieder so in den Karton, wie er es vorgefunden hatte, und hob ihn hoch.

Im letzten Brief stand in der Schnörkelschrift Raskolnikoffs geschrieben: *Am Mittwochnachmittag also dann, meine flammende Lupine? In dem uns so vertrauten, verschwiegenen Gehäuse. Ich sehne mich* ... Und so weiter.

Inzwischen waren sie sich unverhofft in der Bar begegnet. Hatten sie dort einen neuen Treff vereinbart? Er glaubte es nicht. Er hoffte, beide morgen, während der Mittagspause, im Café zu stellen. In flagranti sozusagen.

«Diesmal», murmelte Klaus, «setz ich mich zu euch an den Tisch. Ohne Schmus und Blumen.»

Das Telefon klingelte. Unentwegt. Er hob nicht ab.

Er wartete noch einige Minuten, bis sich die Kinder im Haus verliefen. Unten im Auto klappte er das Handschuhfach auf. Tatsächlich lag da noch die angebrochene Schachtel f6, die er vorige Woche gekauft hatte. Vorige Woche – wann und warum eigentlich? – hatte er eine Zigarette gebraucht. Jetzt steckte er sich wieder eine an.

Eine ferne Kirche begann das Sechsuhrgeläut. Gewaltige Staubwolken aufwirbelnd, wendete er scharf und fuhr in die Bezirksbehörde zurück.

Leuchtete dort hinten, an der Kreuzung Drewitzer Straße, nicht Anetts gelber Rock? Die helle Wickelbluse? Klaus drehte sein Gesicht nach der anderen Seite.

Mischa Kadnijewski hatte einen glänzenden Bericht verfasst. Er endete mit der Forderung: ... *bitte ich Sie darum, ein Rechtshilfeersuchen an die genannten Behörden zu richten zwecks Auslieferung des wegen Verstoßes gegen § 116 bzw. 115 (schwere bzw. vorsätzliche Körperverletzung) verdächtigen Westberliner Bürgers Julian Goyatz.*

Die Staatsanwältin, die er sofort anrief, ging erst nach einer Weile an ihr Privattelefon. Sie meldete sich mit ihrer Nummer. Im Hintergrund tönte das Erkennungssignal der *Aktuellen Kamera*.

«Alle Achtung, dass Sie den Tatzeugen so rasch herbeigezaubert haben, Genosse Merks, alle Achtung!» Sie gab ihm einen neuen Gesprächstermin für den nächsten Morgen zehn Uhr.

Baberina Müller, die in der Nähe der Staatsanwältin wohnte, brachte den Bericht noch am selben Abend in die Wohnung der Genossin Woyke.

Nacheinander verließen sie alle das Büro. («Grüße Anett von mir, Klaus!» – «Danke, grüß deine Babs!» – «Hauptwachtmeister Müller, vergessen Sie nicht, Ihren Schinken mitzunehmen!» – «Danke, Genosse Hauptmann, und schönen Feierabend!»)

Nach Hause gehen? Wo lag das eigentlich: Zuhause? Er beschloss, erst aufzutauchen, wenn Lisa schlief. Vor dem Kind konnte er Anett nicht zur Rede stellen. Und schon gar nicht eine heile, verlogene Welt vorspielen. Außerdem wollte er bis morgen Mittag warten, ehe ... Also nahm er sich vor, den Artikel für die *Kriminalistik* fertigzuschreiben. Das konnte bis Mitternacht dauern, und dann lag auch Anett im Bett. Er selbst wollte im Wohnzimmer schlafen. Das tat er manchmal, wenn es zu spät wurde.

Warum, in Satans Namen, hatte dieses Lichtergespenst ausgerechnet ein Auge auf Anett geworfen? Fand er unter den Kerzenträgerinnen keine passende Konsumentin seiner poetischen Ergüsse? Da waren doch jede Menge hübscher Mädchen darunter gewesen, damals vor der Nikolaikirche.

Oder spielte der kleine Revoluzzer vielleicht mit ganz anderen Karten? Bildete sich möglicherweise ein, die Stasi, wie er die Truppe nannte, und die Kripo zu unterwandern. Tschechischer Frühling privat, als Potsdamer Kammerspiel.

Quatsch! Ruhe! Schreib deinen Artikel! Morgen wirst du den Milchbart ins Gebet nehmen.

Gegen elf hielt es Klaus nicht mehr am Schreibtisch. Er rief in der U-Haft an und setzte sich gleich darauf in den Lada. Der Abend war weich und jetzt noch warm. Wie geschaffen für Liebespaare ohne ein festes Zuhause. Ob den Lumpenmann Anetts festes Zuhause reizte?

Friedhelm hatte noch nicht geschlafen. Er tat jedoch so und blieb mit grazil übergeschlagenen Beinen auf der Pritsche liegen.

«Was sagt Ihnen der Name Goyatz?», begann der Hauptmann ohne Umschweife.

«In neun Stunden wird Sie mein Rechtsanwalt vernehmen», gab der Kellner zur Antwort.

Unvorsichtigerweise verlor Klaus die Beherrschung. Er fauchte: «Du sitzt hier so lange ein, wie ich das für nötig erachte!»

Das Licht, das den Verwahrraum erhellte, war von ekliger Schärfe. Friedhelm blinzelte in die riesige weiße Mottenkugel und lächelte. «Wie sagte doch Michail Gorbatschow? Ich zitiere sinngemäß: Übermäßiges Kommandieren von oben nach unten mindert die Rolle des Gesetzes! Lesen Sie mehr Gorbi, Herr Hauptmann, dann werden Sie vielleicht positiver auf Ihre Mitmenschen wirken. Ich glaube bestimmt, dass Ihre Art Ihnen wenig Freunde verschafft und schon gar nicht die Liebe einer Frau.»

Klaus schluckte. Er sah rot. Er sah das Gespenst vor sich. Aber auch diesen Westlümmel. Mit einem raschen Griff packte er Friedhelm am Kragen und zog ihn von der Pritsche. Dann ließ er ihn fallen wie einen Sack.

«Aber, aber, Herr Hauptmann», wunderte sich Friedhelm. Er lächelte weiter, als Merks die Zelle verließ.

Im Büro stellte Klaus das Radio an. Er drehte den Knopf zwischen den Sendern. Erst die eine Nationalhymne, dann die andere. Gerade zur rechten Zeit angekommen, dachte er. Nun lauerte er auf jedes Wort des Sprechers. Die Politiker steckten im Sommerloch. Die Journalisten beschäftigten sich mit einer spektakulären Geiselnahme. Keine Suchmeldung nach einem gewissen Nico Goretzki.

Worauf hoffte er eigentlich?

Am Mittwochmorgen, kaum dass Klaus einen Fuß in die Dienststelle gesetzt hatte, der Anruf des Kreisstaatsanwalts. Genosse Beran steckte in seinem Kuhdorf bei Hennigsdorf fest – die schon x-mal geschweißte Kurbelwelle des Škoda. Keine Ersatzteile. Beran kannte wohl keine Ulla in den Kraftfahrzeugwerkstätten. Klaus möge sich also bitte den gefürchteten Rechtsanwalt allein zur Brust nehmen.

Punkt acht Uhr dann der mild nach Fa-fresh duftende Doktor Paul Friedrich. Merks war von seinem Aussehen enttäuscht. Nach dem, was er von Friedrich gehört hatte, hatte er sich einen gefährlich wirkenden Menschen vorgestellt, bullig mit hochaufgewundenem Kaiser-Wilhelm-Bart und einem Touch Dschingis Khan oder auch klein, schlitzäugig und spitzköpfig bei Heuschreckhaltung, ständig absichernd und sprungbereit.

Friedrich der Große aus Altenburg hatte weder etwas von einem Rundkopf noch was von einem Spitzkopf. Er wirkte einfach stinknormal. Blouson und Karottenhose aus dem Ex, freilich. Vielleicht zu jugendlich eingekauft für einen ungefähr fünfzigjährigen Mann, dem merklich das Grau ins tiefbraune Haar schlich. Alles erinnerte an einen mittleren Leitungskader, Ingenieur oder Konstrukteur, Intelligenzproletarier also, wie sie zu Tausenden herumliefen. Sogar der unausbleibliche Lippenbart fehlte nicht und dieses verbindlich-abschätzende Vorzeigen der oberen Zahnreihe, das weder freundlich wirkte noch zynisch. Eher wie der hilflose Mechanismus eines gestressten Mannes, der gezwungen war, Kopf sein zu müssen und immer nur Kopf.

Was mochte Friedrich für eine Frau haben?

Die Sonne meinte es gut mit der Stadt Potsdam und mit seinem Büro. Sie tauchte sie beide und den nüchternen Raum in ein versöhnlich mattes Licht. Das kam daher, dass der Tag mit Morgennebel begann. Solche Sommertage wurden bekanntlich glutheiß.

Es war unwichtig, was der große Friedrich aus seinem biederen Aktenkoffer langte und zwischen sich und ihn auf den Schreibtisch hinblätterte. Interessanter schien Klaus, was dieser sympathische Mann fühlte, wie er es aushielt, der Große zu sein und dennoch auf Familie zu leben. Sein dicker Ehering, für alle Zeiten eingefressen im Fleisch des linken Ringfingers – angelsächsische Allüren also und damit noch mehr Bekenntnis zu Treue, Heim und Herd –, schimmerte beim Aufschlagen der Akten im Sonnenschein.

Was bewunderten Sie an meinem Vater, hätte Klaus Merks ihn gern gefragt. Doch zunächst musste er zuhören.

Also dass Friedhelms Verhaftung nicht mehr haltbar sei, denn die Voraussetzungen strafrechtlicher Verantwortlichkeit seien beim Verhalten des Mandanten nicht gegeben. Paragraphen 5 bis 16 des Strafgesetzbuches. Friedhelm traf keine Schuld, da er fest davon überzeugt war, einen bereits leblosen Menschen ins Wasser zu stoßen. Dazu kamen verminderte Zurechnungsfähigkeit, Schuldminderung durch außergewöhnliche Umstände einschließlich dranghafter Wegnahme unbedeutender Sachen im Stadium hochgradiger psychischer Erregung, siehe Kommentar zu Paragraph 15, Absatz arabisch 3, Buchstabe klein b.

Himmel noch mal! Um sich das anzuhören, hatte er seinen Schlaf unterbrochen, der ihm erst gegen Morgen kam nach einer durchgrübelten Nacht auf der Wohnzimmercouch.

Unerwartet brachte Friedrich Schärfe in seinen Vortrag. Den Oberkiefer präsentierend, nun noch hilfloser und mittelmäßiger ausschauend, gab der Rechtsanwalt endlich Pfeffer. «Mit dieser kurzen Rechtsbelehrung, verehrter Herr Kollege, möchte ich es zunächst bewenden lassen. Ich glaube gewiss, Sie möchten sich als relativ junger Führungsoffizier der K nicht dem Vorwurf einer Rechtsbeugung nach Paragraph 244 stellen, also des wissentlich gesetzwidrigen Verhaltens gegenüber einem Beschuldigten während des Ermittlungsverfahrens. Dafür stünde Ihnen eine Freiheitsstrafe von bis zu fünf Jahren in Aussicht. Was würde dazu wohl Ihr berühmter Herr Vater, der legendäre Hauptmann Gustav Merks, sagen? Spaß beiseite: Ich erwarte, dass der Untersuchungsgefangene entlastet und umgehend auf freien Fuß gesetzt wird.»

Klaus freute sich. Endlich kein Schattenboxen mehr. Endlich zeigte der Große Gesicht. «Sie haben den Paragraphen 233 vergessen», entgegnete Klaus. «Zwei-drei-drei, Begünstigung. Wir sind uns hier ziemlich sicher, dass der Verdächtige andere, an der Tat beteiligte Personen begünstigt. Beispielsweise gibt er an, den Getöteten Stunden vorher in anderer Gesellschaft gesehen zu haben, als es nachweislich der Fall gewesen sein muss. Bei der Schwere der Straftat werden wir ihn deshalb vorerst nicht aus dem Untersuchungsstrafvollzug entlassen.»

Friedrich schwieg lange. Dann packte er schnell seine Papiere ein. Im Hinausgehen sagte er: «Das halten Sie aber nicht lange durch. Weder Sie noch Ihr ... äh ... verhinderter Staatsanwalt.»

Der Mann hatte es so eilig zu entschwinden, dass Merks doch zu seinen Gunsten annahm, Friedrich hatte ein Verhältnis in Potsdam und lebte nicht bloß aus dem Kopf. Ihn nach seinem Vater zu fragen erübrigte sich. Überhaupt, fand Klaus, wurden die wesentlichen Fragen im Leben erst gar nicht angesprochen.

Schweigend vertraute man einander. Stumm betrog man sich. Als Lebensersatz gab es Dienstvorschriften, Gesprächskonzeptionen, Referate und Paragraphen.

Ein Nico, ein Raskolnikoff mussten wahnsinnig werden in dieser Welt. Wurden es aber nicht. Die schlugen sich einfach auf die Seite der Unordnung. Schufen ihre eigenen Regeln. Brannten Kerzen an und verstörten die ihrer Meinung nach allzu gut funktionierenden Beziehungen unter den Menschen.

Ja, das zwischen ihm und Anett hatte zu gut funktioniert.

Fünf nach zehn sprang Merks durch das Tor, das die

beiden martialischen Löwen bewachten. Die Verspätung resultierte aus einem Umweg, den sein Wagen nach dem Bogen um Südberlin noch kurz vor dem Ziel nehmen musste. Am Adlergestell, in Höhe der Kolossbaracken des Fernsehens der DDR, war auf einer Mittelspur ein Laster des VEB Deutrans gekippt, samt zwei Anhängern.

Auf der gesamten Breite der Straße lagen Pakete aus einer Dresdner Druckerei verstreut. Bindfäden waren gerissen, Klebstreifen gelöst. Knallbunte Hefte, gedruckt für den Westen. Da glänzten prächtige Popos in der Sonne. Mehrere Elfklässler, auf Ferienexkursion, stürzten auf die Fahrbahn und brachten das Ihre johlend in Sicherheit. Lehrer zögerten zwischen Beschlagnahme und Erbeutung. Auf den Gehsteigen viel Geschrei. Autobesitzer hielten. Halfen lachend, die Hänger aufzustellen, und steckten sich ebenfalls ihren Lohn unter die Jacke.

Er kam dazu, als die Grünen den Straßenabschnitt sperrten. Leider? Ach, Kokolores! Wer mit Anett schlief, brauchte keine dicken Pornoärsche.

Würde er denn je wieder mit ihr ...

Das lange Begrüßungslächeln, auf das er programmiert war, ließ die Genossin Woyke heute weg. Dafür lächelte sie öfter während der erstaunlich langen Zeit, die sie der Besprechung mit ihm widmete. Überhaupt lobte sie ihn nach Strich und Faden, doch in einer Weise, die ihn traurig stimmte.

Nein, trotz des klaren Augenzeugenbeweises wollte sie zunächst nichts mehr nach *drüben* geben. Denn auch nach Durchgabe des Familiennamens Goretzki hätten die *dort* nicht gezuckt. Ein Nico Goretzki wurde *da* einfach nicht vermisst. Das aber sei der Dreh- und Angelpunkt.

Eines verrate sie ihm im Vertrauen, und er möge bloß ja keinen Gebrauch davon machen in seiner heißspornigen Art: Es sähe ganz danach aus, als ob die *da drüben* die Familie Goyatz deckten. Wer weiß, in was für politischen Kreisen der Unternehmer verkehre. Aber sie habe nichts gesagt, und er möge, was sie bloß angedeutet habe, schleunigst vergessen.

Übrigens wäre der Großonkel des Opfers noch nicht an seinem Reiseziel Stuttgart angekommen. Sie habe heute Morgen die Ständige Vertretung der DDR in Bonn konsultiert. Die nahmen auch gleich direkten Kontakt nach Stuttgart auf. Arnold Roddahns Verwandtschaft dort meinte, vielleicht mache der Großonkel einen Umweg über Westberlin.

«Der alte Roddahn zu Besuch bei der Bande, die rücksichtslos einen seiner Verwandten überfahren hat?» Das platzte Klaus Merks nur so heraus.

Genossin Woyke nickte nur. Seufzte. Strich sich ein graues Haar aus der Stirn. Nein, betonte sie noch einmal, man müsse abwarten, bis der Herr Roddahn in Stuttgart eingetroffen sei. Schon, um ihn zu fragen, ob er den Nico beerdigen wolle, hier auf unserem Territorium. Schließlich musste der Tote weg aus der Gerichtsmedizin. Schließlich und endlich und ... Also, der Genosse Merks möge die Ermittlungen zunächst einstellen.

Klaus stand auf und stellte sich vor das große Fenster. Blickte auf die Grenzanlagen und fragte sich, wo dieses Lübars lag. Mehr links oder mehr rechts von Tiergarten? Ein Frösteln durchfuhr ihn, trotz der immer stärker fühlbaren Glut des Tages. Da war wieder der Stich in der Herzgegend. Er krümmte sich nach vorn.

Die Gefühle, diese unsichtbaren ...

Die Staatsanwältin trat neben Klaus und berührte seinen Ellbogen. «Machen Sie keine Dummheiten, Genosse», raunte sie leise, fast mütterlich.

«Nein», sagte Klaus Merks ebenso still. «Nein, Sie haben schon recht. Warum sollen wir unseren Frieden stören lassen durch Lumpenmanns Gehilfen?»

«Warten Sie ab!», empfahl Genossin Woyke noch einmal. Ihre Großmutteraugen richteten sich dringlich in sein Gesicht. «Kommt Zeit, kommt Rat.»

Aber Klaus hörte überhaupt nicht richtig zu. «Nicht der Mörder», sagte er leise, «sondern der Ermordete ist schuldig.»

Die kleine Staatsanwältin stutzte. «Wie meinen Sie denn das?»

Da hatte er sich wieder im Griff. Lachte kurz auf. Wandte sich der Genossin Woyke mit einem betont lockeren Schwenk zu und erklärte: «Nichts bedeutet das, Genossin. Gar nichts. Es ist ein Buchtitel: *Nicht der Mörder, der Ermordete ist schuldig*. Franz Werfel hat das geschrieben. Wir haben uns aus dem Buch gegenseitig vorgelesen. Vor Jahren, als wir uns kennenlernten.»

Die Genossin Woyke blickte an dem langen Hauptmann hoch, und obwohl er jetzt entkrampfter wirkte als vorher, war sie auf einmal um seinen Verstand besorgt. Das, sah Klaus ganz nebenbei, zeigte ihr schmales, graugerahmtes Omagesicht. Ja, er musste auf sie wirken wie einer, dem die Sicherungen durchbrannten.

Doch auch solche Beobachtungen waren läppisch und gegenstandslos. Interessant würde der Tag erst heute Mittag werden.

«Wen meinen Sie», fragte sie ängstlich, «mit *wir*?»

«Anett und ich», verkündete Merks mit Stolz. Seine

gereckte Haltung, der heldisch gewölbte Brustkasten, der Storchenschritt zurück zum Tisch, um die Tasche zu greifen, die großspurig zum Abschied ausgestreckte Hand, sein Lächeln dabei immerzu.

Als der Hauptmann das Zimmer verlassen hatte, strich die Staatsanwältin lange mit der Hand über den Telefonhörer. Sollte sie den «Alten» in Potsdam informieren? Hör mal, konnte sie andeuten, dein MUK-Leiter braucht Urlaub. Dringend. Er scheint mir nicht ganz beieinander. Versteh doch, wie deprimierend das für einen Kriminalisten sein muss: den Täter kennen, aber nicht fassen dürfen. Aber dann ließ sie die Finger vom Apparat. Schritt zum Fenster wie vorhin. Brannte sich eine grüne Kenton an.

Der Alte, aber auch das war ohne Belang, gab ihm drei Tage frei. Nannte das gar Sonderurlaub für erfolgreiche Ermittlung. «Hervorragend», lobte er, «wie Sie dem Rechtsverdreher den Paragraphen 233 an den Kopf geknallt haben!»

Später, er saß schon wie auf Kohlen vor dem Schreibtisch des Alten, denn die Uhr der Garnisonskirche hatte schon lange zwölf geschlagen: «Mann, lieber Merks, Sie schwitzen ja aus allen Poren! Gehen Sie doch baden!»

«Zu Befehl, Genosse Oberst!», antwortete Merks und stand auf.

Den Alten irritierte die Reaktion. «Wie? Ach, lassen Sie die Form, Merks! Na gut, immer korrekt. Immer zuverlässig. Das schätze ich an Ihnen.»

«Genosse Oberst», fragte Merks eindringlich, «darf ich abtreten?»

«Gehen Sie», winkte der Alte freundlich. «Suchen Sie

ein Freibad auf, mein Lieber!» Er erinnerte sich an irgendwas. Klaus war schon in der Tür, als er ihm nachrief: «Und schönen Gruß auch an die verehrte ...»

Abrupt drehte Klaus sich um. «Ist das ein Befehl?», fragte er.

«Ach Mann, machen Sie sich endlich auf die Socken! Ich will Sie drei Tage lang nicht in diesem Haus sehen.»

Im Café saßen sie nicht. Zurückgejagt in die Volksbuchhandlung. Mittagsschließzeit. Also auch dort kein Mensch.

Auf einmal fiel es Klaus wie Schuppen von den Augen. Die Briefstelle: ... *in dem uns so vertrauten, verschwiegenen Gehäuse ...*

Nein, das konnte doch nicht wahr sein! Das Gespenst und seine Anett in demselben Bett, in dem ... Nein, nein! Er begab sich bloß auf den Weg dorthin, in den Schlaatz, in das Neubauviertel, in das vertraute (?) Haus, um festzustellen: Du hast dich geirrt. Du bist übergeschnappt. Siehst Gespenster, wo keine vorhanden sind.

Die Treppen hinauf. Unterdes jaulte die Mittwoch-13-Uhr-Sirene. Landesweit. Jeden Mittwoch um eins probten die Alarmanlagen für den Ernstfall.

Nun beweg dich noch leiser als gestern, Merks. Von drinnen drang Musik heraus. Pension Volkmann. Diese Platte also hatten sie aufgelegt. Die Überlautstärke erleichterte ihm den lautlosen Eintritt.

Pension Volkmann mit ihrem Tophit des Jahres: Die Gefühle, diese unsichtbaren Fäden ... zwischen dir und mir ...

Die Erdrisse klafften tief, schon viel zu lange.

Im Wohnzimmer, auf der Couch, lagen sie beide. Noch

angezogen, aber was hieß das schon. Sie bemerkten seinen Eintritt nicht einmal.

Klaus konnte ruhig – und tatsächlich ging er ruhig – bis zum Plattenspieler gehen und den Knopf eindrücken. Stille. Schwüle. Erschrecktes Hochfahren der beiden, wie im Film.

«Anett», sagte Klaus Merks in die Ruhe hinein. Nur: «Anett.»

Sie sah ihn lange aus angstvoll geweiteten Augen an. Raskolnikoff spielte irgendwo eine Nebenfigur, in einem anderen Stück und in weiter Ferne. Plötzlich sprang sie hoch. Nestelte an der durchsichtigen Wickelbluse.

Er dachte, sie würde sich ihm an die Brust werfen und losheulen.

Anett lief jedoch, barfuß und rasch, zum Fenster. Schaltete flink die zwei Hebel, wandelte Kippfenster zu Flügelfenster. Saß auf einmal, am ganzen Leib zitternd, mit dem Rücken zur Straße, oben auf dem Sims und schrie: «Ich stürze mich runter, wenn hier nicht einer von euch verschwindet!» Ihre Wohnung lag im sechsten Stock.

Oelschlägel steckte mindestens sieben seiner skelettierten Finger in den Mund und blieb auf der Liege kleben.

Sehr ruhig lief Merks auf Anett zu. Hob sie herab. Trug sie wie eine Schaufensterpuppe vor sich her und setzte sie neben Oelschlägel.

Anett schlug die Hände vors Gesicht und schluchzte zum Steinerweichen.

Oelschlägel nahm sie nicht, wie Klaus das in solchen Situationen getan hätte, in den Arm. Er rückte sogar ein Stück ab.

Jetzt, wie sich der Hauptmann in seiner ganzen Größe vor ihm aufgebaut hatte, sauste dem Jüngling der Frack.

Klaus griff langsam, sehr langsam in das Innere seines Jacketts und ließ die Hand drin.

«Nein ... bitte nicht», wimmerte der andere. «Nicht schießen!»

«Ich werd dir was sagen, du Licht», meinte Klaus, nachdem er die Hand rasch wieder in die Hosentasche gesteckt hatte. Er wunderte sich kurz, dass seine Stimme belegt klang und etwas zitterte. «Du traust Leuten wie mir bloß Gewalt zu, Machtgier und Sturheit, nicht wahr? Wir unterdrücken die Menschheit einschließlich unserer Frauen und Kinder? Gefühle, denkst du, besitzen bloß solche Arschleuchter, wie du einer bist.»

Anett schluchzte laut.

«Ich gebe dir einen Rat, Gespenst: Hüte dich vor Leuten, die tatsächlich so gefühllos handeln, wie du sie einstufst, die einfach abdrücken!» Und nun zog er doch blitzschnell die Dienstwaffe.

Oelschlägel sprang auf und riss die Arme hoch. «Nicht, bitte nicht!»

Anett blieb sitzen. Wie gut sie ihn doch kannte.

Er steckte den Revolver ein. «Oder», schloss Klaus seine für den Burschen sicherlich nicht ganz verständliche Rede, «du hampelst vor dem Auto eines ordentlichen Menschen rum, und dem gehen die Nerven durch. Nicht mal deine Mutter, Freundchen, vermisst dich dann. Nicht mal die!»

Anett nahm die Hände herunter. «Klaus», flehte sie mit nassem Gesicht, «eigentlich liebe ich doch dich. Ich will dir alles erklären, alles ...»

Klaus drehte sich abrupt zum Ausgang. «Küsst euch, liebt euch, sauft Sekt», murmelte er. «Ich gehe baden.»

Die Schriftsteller hielten Mittagsruhe von eins bis drei. Ich möchte auch mal Schriftsteller sein. Paul Zeiske saß mit Traudel und zwei Saisonhilfen aus dem Ort in der Küche. Schälte Kartoffeln. Am Abend sollte es Thüringer Brätel mit Röstkartoffeln geben.

Eigentlich hätte Hauptmann Merks lieber den Vater in Leipzig besucht. Dafür würde jedoch noch Zeit bleiben, wenn der alte Roddahn seinen Großneffen in der Messestadt beerdigte. Zeiske war dem Vater irgendwie ähnlich.

Gleich, als Klaus die Villa betrat, in den Küchentrakt einbog nach rechts, Zeiske ansah, sagte der: «Weiber, macht mal alleine weiter! Ich gehe mit dem Hauptmann ins Büro.» Dort wurde ein Brauner geköpft. Zeiske goss hinter, Merks nippte nur. Zeiske nahm noch einen und hatte problemlos das Du parat. «Erzähle: Wo drückt der Schuh?»

Der Hausmeister starb fast an einem Lachanfall, als Merks seine Abrechnung mit dem Kirchenmüsli erzählte.

«War es denn eine Abrechnung?», fragte Klaus verwundert.

«Natürlich», lachte Zeiske. «Nicht mit ihm. Aber mit ihr. Genau die Schau hat das Mädel von dir erwartet. Jetzt hat sie den Beweis und liebt dich wie verrückt.»

«Welchen Beweis?»

«Dass du sie liebst, Holzklotz! Hör mal», schlug er plötzlich vor. «Ich bin doch Invalidenrentner, Klaus. Habe einen Sechzig-Tage-Pass. Noch heute kann ich nach Westberlin. Wie würde dir das gefallen, wenn ich dir diesen Julian vor die Flinte jage?»

«Wie meinst du das?»

«Na, ich entführe ihn einfach. In die DDR.»

Klaus Merks verschluckte sich so sehr beim Lachen,

dass ihm Zeiske den Rücken klopfen musste. «Paul», stöhnte Merks, «lass die Finger von solchen Spielchen!»

«Genosse», sagte Zeiske todernst. «Und wenn du dich noch so sträubst, ich entführe ihn doch.»

Später setzte sich der Hauptmann in ein Ruderboot und fuhr weit hinaus auf den Schwielowsee. Lange schwamm er draußen und kletterte wieder ins Boot, ließ sich von der Nachmittagssonne bescheinen und schwamm wieder. Kurz bevor der Vieruhrdampfer den See kreuzte, ruderte Merks zurück zum Heim.

Eine natürliche Sehnsucht trieb ihn in die Stadt – Lisa, sein Kind. Und auch das von Anett. Das war ein Weg zurück.

SIEBEN

DIE BERLINER, präziser, die Westberliner Polizei bekämpfte das Verbrechen mit Hilfe von acht Direktionen: fünf örtlichen (Nord, West, City, Süd und Südwest) und drei überörtlichen, von denen die «Direktion Spezialaufgaben der Verbrechensbekämpfung», mit Referaten wie B (Betrugsdelikte), E (Eigentumsdelikte), M (Delikte am Menschen), F (Fahndung, Erkennungsdienst, Polizeigewahrsam), O (Organisierte Kriminalität) und R (Rauschgiftkriminalität), vor allem an zwei Orten saß: der Keith- und der Gothaer Straße.

Goyatz und Julian hatten, obwohl beides Autochthone, die Keithstraße in ihrem topographischen Gedächtnis nie gespeichert, mussten, als sie von Norden kamen und um die Siegessäule kurvten, durch den Tiergarten hindurch, erst den Stadtatlas zu Hilfe nehmen.

«Immer geradeaus», sagte Julian und sah zu seinem Vater hinüber, der ihren neuen BMW mürrisch und verschlossen im Pulk der Fahrer hielt, die den Ampelrhythmus, die «grüne Welle», fest in Blut und Fuße hatten. «Hofjägerallee, Klingelhöferstraße, Lützowplatz- und Schillstraße, am Ende rechts in die Kurfürsten rein. Die Zweite ist es dann.»

«Wie schön!»

Sie schwiegen wieder, und Julian sah seinen Kopf

schutzlos von immer neuen Assoziationsgeschossen durchlöchert: Gestern noch auf stolzen Rossen, heute durch die Brust geschossen ... Unser Gang nach Canossa ... Glück und Glas, wie leicht bricht das ... Ein Unglück kommt selten allein ... Strafe muss sein ... Mit des Geschickes Mächten lässt kein ew'ger Bund sich flechten ...

Ich werd noch wahnsinnig, wenn das so weitergeht! Das gesuchte Gebäude in der Keithstraße erinnerte ihn mit seiner bombastischen Sandsteinfassade an die Geschäfts- und Kaufhäuser, wie sie vor dem Kriege für die alte City, Leipziger und Friedrichstraße, Dönhoffplatz und Spittelmarkt, typisch waren, Wertheim, Hertzog, Tietz.

Sie wurden misstrauisch gemustert, Terroristen: ja oder nein, Bomben im Koffer: ja oder nein, und für harmlos befunden, bekamen als anerkannte Bürger freundlich das Codewort der Vermisstenstelle genannt – M II 3 – und schafften es, sich Flur für Flur und Treppe für Treppe hindurchzufragen, waren nicht einmal unfroh über jede Verzögerung, die sich ergab, denn in dem Augenblick, in dem sie Ninas und damit auch ihren Namen in den großen Computer einfüttern ließen, erhöhte sich auch ihr Risiko, was Nico betraf, um ein Vielfaches, siehe: Rasterfahndung und Datenabgleich. Suchwort eingeben: *Goyatz*. Und dann: *Tochter vermisst*. Wo in letzter Zeit gewesen? Westberlin und Petzerow. Suchwort eingeben: *Petzerow*. In Petzerow toter Westberliner aus dem Schwielowsee geborgen. Zusammenhang? Zeugenaussagen, dass beide zusammen im selben Auto gesessen hätten. Eigentümer des Kfz? Goyatz. Oha!

In diese Richtung gingen ihre Ängste, doch sie hatten keine andere Wahl, Ninas Leben ging vor. Wobei sich Julian fragte, ob seine Schwester nicht allein deswegen verschwunden war, um sie zu diesem Schritt zu zwingen.

Sie kamen in ein preußisch-spartanisches Zimmer, und als sie Ninas Verschwinden einer dienstbereiten Dame mittleren Beamtenalters angezeigt hatten, empfingen sie von ihr zunächst den Trost, dass es in Berlin an die sechstausend Jugendliche geben würde, so schätze man, die ohne festen Wohnsitz umherzögen, «auf Trebe» seien. «Das Schlimmste, einen Suizid, sollten Sie da nicht gleich befürchten. Aber sehen wir mal nach! Name und Adresse bitte und eine genaue Beschreibung der vermissten Person!»

Mit einigem inneren Widerstreben rückten sie heraus damit, und obwohl sie bisher nie ein gestörtes Verhältnis zur Polizei gehabt hatten, war ihnen gar nicht wohl bei dem Gedanken, nun aktenkundig geworden zu sein, fürchteten sie doch die Eigendynamik des Ganzen und die unberechenbaren Reaktionen des großes Apparates. Würde er sie am Ende verschluckt, vernichtet haben? Endstation Knast? Endstation Urne?

Die Sachbearbeiterin machte sich ans Werk, alles zu notieren, und befragte ihren Computer wie auch ihre klassischen Akten, agierte eifrig, aber völlig ohne jede Emotion, war mit ihren Gedanken längst bei Wochenende und Sonnenschein.

Julian kam es vor, als würden sie in einem Krankenhaus sein, den OP vor Augen, und auf das Erscheinen des Chefchirurgen warten. Wie waren die Würfel gefallen?

Nein, beschied man sie schließlich, eine junge Frau von Ninas Alter und Figur sei nirgendwo ermordet oder hilflos aufgefunden worden, bei keiner Razzia oder Hausdurchsuchung den Beamten aufgefallen, nichts. Ob man auch überall, Freundin, Partner und so weiter ... Ja, natürlich. Na, dann müsste man das über die Presse, und ob sie nicht ein Foto neueren Datums ...

«Hier, bitte.» Goyatz reichte es hinüber.

Die Ambivalenz ihrer Gefühle machte ihm wie auch Julian zu schaffen. So erleichtert sie darüber waren, dass Nina nicht irgendwo ... auch nicht schwerverletzt in einer Klinik lag, so bedrückend blieb es, sie ständig vor Augen zu haben, wie sie, aufrecht und naiv, zum Telefon lief, um der Mordkommission alles zu beichten. Gleichzeitig erschöpften sie ihre Kräfte mit der Frage, wie es denn bloß einzurichten wäre, nach Nico zu fragen, ohne sich dadurch verdächtig zu machen.

Julian wollte es über die Wasserleiche von Kladow versuchen. «Wenn meine Schwester nun doch ... Am Anlegesteg in Kladow draußen, ist da nicht eine Frau aus dem Wasser ...»

«Keine Sorge, das ist 'n Mann gewesen.»

«Aber keiner aus Westberlin hier?» Goyatz schaffte es nicht mehr, an sich zu halten.

«Wieso?» Die Sachbearbeiterin schien plötzlich hellhörig geworden zu sein.

Julian ging schnell dazwischen, bemühte sich, die Frage plausibel klingen zu lassen, trat zugleich die Flucht nach vorne an. «Weil die Leute da erzählt haben, die Leiche sei aus der DDR rübergekommen, an so 'nem Schubschiff festgeklemmt.»

«Quatsch! Das ist 'n Schwimmer hier aus Schöneberg gewesen, 'n fünfzigjähriger Mann, nachts besoffen ins Wasser und dann 'nen Kreislaufkollaps gekriegt.»

Aufatmen also, was dies betraf, aber schon zerbrachen sie sich wieder den Kopf. Wie konnten sie von der Guten erfahren, ob auch Nico als vermisst gemeldet worden war, sie seinen Fall womöglich schon lange mit der Notiz *In der DDR ermordet aufgefunden* abgelegt hatte, ohne dass sich ihr

Argwohn dadurch verstärkte? Julian riskierte es schließlich, indem er ihr sagte, dass seine Schwester möglicherweise auch in die DDR gefahren sein könnte.

«Hat sie denn einen Passierscheinantrag gestellt?»

«Wissen wir nicht, aber sie hatte ja auch 'nen bundesdeutschen Reisepass, von unserem Zweitwohnsitz.»

«Wir haben da in Bischofsgrün, im Fichtelgebirge, noch 'n Ferienhaus», fügte Goyatz hinzu.

Julian fühlte, wie sich sein Schweiß in den Scham- und Achselhaaren sammelte, war aufgeregter als bei jeder Prüfung, bekam die Worte nur gepresst-kastratenhoch heraus, wagte es aber, mit dem Feuer zu spielen. «Und 'n Leichenfund aus der DDR ist nicht gemeldet worden, ich meine, dass da 'n Westberliner tot aufgefunden worden ist?»

«Ein Kapitalverbrechen, meinen Sie?»

«Es könnte ja sein, so schrecklich das ...»

Die Sachbearbeiterin sah ostentativ auf ihre Armbanduhr. «Da müssen Sie schon mal meine Kollegen fragen – M 1, auch hier im Hause. Aber soweit ich weiß, ist da nur 'n junger Mann ...» Sie brach ab, sollte ganz offensichtlich darüber Stillschweigen bewahren. «Vergessen Sie's!» Und ging mit deutlicher Geste zur Tür: Meine Herren, die Audienz ist beendet!

Auf dem Flur wagten sie, sich ihre Gedanken nur zuzuflüstern.

«Ob das wirklich Nico ist?» Goyatz musste sich eine Zigarre anstecken.

«Wir können doch unmöglich zur Mordkommission hingehen und die direkt danach fragen», meinte Julian. «Ob ich mal bei Corzelius ... dass der als Journalist ...»

«Und der haut uns dann als Erster in die Pfanne.»

«Dann wissen wir aber wenigstens, woran wir sind», beharrte Julian. «Und du hast doch Geld genug. Es wird sich schließlich noch irgendein Zeuge kaufen lassen, der gesehen hat, wie Nico gesund und munter aus unserm Auto rausgehüpft ist.»

Sein Vater tippte sich gegen die Stirn. «Dein Onkel Arnold, was?»

Seit die Leipziger wieder abgereist waren, lebte Inge Goyatz nur noch von Kaffee und Tranquilizern, musste sich hochpushen, um nicht mit jedem neuen Morgen in ein schwarzes Loch zu stürzen – die Tochter verschwunden, der Sohn zum Mörder geworden –, aber zugleich auch mit viel Chemie alles versuchen, dass sie nicht plötzlich ausrastete, durchdrehte und schrie. Es war alles so furchtbar jäh über sie hereingebrochen, unfassbar, wie aus der Idylle von einem Tag zum anderen eine Horrorwelt geworden war, Tod und Angst die Herrschaft angetreten hatten. Sie betete («Lass Nina leben und Julian noch einmal davonkommen!») und versprach sich und ihrem Gott, im Falle einer Rettung viel Gutes zu tun («Ich will eine Villa mieten und ein Altenheim aufmachen, wo alle ihren Lebensabend noch genießen können!»), war sich aber voll im Klaren darüber, dass letzten Endes doch nur das alte Motto galt: Hilf dir selbst, dann hilft dir Gott!

Und darum hatte sie sich, während ihre beiden Männer unterwegs zur Keithstraße waren, schnell in ihr Silberfischlein, ihren Golf, gesetzt und war in die Köpenicker Straße gefahren, wusste ja von ihrer Tante her, wo Nico wohnte, gewohnt hatte. Um ihre Tochter zu finden, wäre sie auch auf den Mount Everest hinauf- oder zum Hades hinabgestiegen, nur war es ein Gedanke, der sie elend und schwach werden ließ: dass sie ihre Tochter vielleicht nur retten konnte, wenn sie den Sohn dafür der Kripo zulieferte, also auf der Suche nach Nina Julians Tat offenkundig werden ließ. Und sich selber opfern, sagen, *sie* hätte am Steuer gesessen? Ob sie das aber, bei aller Liebe, schaffte? Und wenn ja, nützte es denn, hatten sie nicht alle Julian am Steuer des Wagens gesehen?

Ihrer Tochter traute sie durchaus zu, hier nach Nico gesucht zu haben, denn schon immer hatte Nina von der Kreuzberger Szene geschwärmt, wie offen und wie zärtlich sie dort waren. «Ihr dagegen mit eurer Heuchelei und eurer Kälte! Ich will mich selber finden, bevor alles erst verschüttet ist.» Selbstverwirklichung ... Inge Goyatz konnte das schon nicht mehr hören. Gott, Kind, bloß gut, dass sich nicht alle Menschen dauernd selbst verwirklichen! Könnten sie das, was käme da alles für 'n Unrat hervor! Hitler, Himmler, wenn sie sich nicht ... Du bist ungerecht. Und sie hört in den Ausruf ihrer Tochter hinein Julian höhnen: «Haha, lieber frei im Schweinestall als mit Mann und Kind im goldenen Käfig!»

Sie fand drei Namensschilder: eines auf einem angepinnten Stück gelber Pappe, eines mit der Prägezange unsauber gestanzt, weiß auf blau, das dritte richtig schön aus altem Messing. *Freya Abraham, Nico Goretzki* und *Jonas Schulz*. Es roch durchdringend nach Fensterkitt, es konnte aber auch Leinöl sein, vielleicht pressten sie es gerade frisch. Das Bummbumm einer ihr unbekannten Band ließ die alten Dielen vibrieren. Irgendwo schrie ein Kind in höchster Hysterie. Ob sie es schlugen und quälten? Ganz plötzlich war es still.

Erst jetzt wurde ihr bewusst, dass es ja ein gutes Zeichen war, Nicos Namen noch angeklebt zu finden. Die

WG-Genossen hätten das kleine blaue Plastikbändchen ganz sicher abgerissen, wenn sie von seinem Tod ... Oder war man hier zu schlampig dazu?

Bevor sie klingelte, formte sie noch einmal probehalber die Worte, die sie sagen wollte: Guten Tag, mein Name ist Liane Lienhoop, ich bin freie Mitarbeiterin beim *Weser-Kurier* in Bremen, und wir machen eine Serie über junge Bremer, die sozusagen nach Berlin ausgewandert sind. Nico hatte mir versprochen, heute ... Dabei eine Brille aufgesetzt und die Haare streng nach hinten gekämmt.

Sicherlich war es klug, sich ein wenig zu tarnen, doch zugleich kam ihr alles, was sie tat, furchtbar albern vor, hirnrissig geradezu. Und als sie jetzt jemanden nach oben kommen hörte, floh sie die Treppen hinauf, versteckte sich ein halbes Stockwerk höher auf dem Dachbodenpodest, wo alte Decken und Matratzen lagen, leere Bierdosen und allerlei Gerümpel, wohl Stadtstreicher, Berber ihre Heimstatt hatten.

Sie hielt den Atem an und lauschte, fror und zitterte vor Angst. Wenn das nun einer von den Pennern war, ein Tier, das sie sofort ...

Nein, der Mann hielt vor Nicos Tür im vierten Stock und klingelte, ließ den Finger so lange nicht vom Knopf, bis ihm geöffnet wurde.

«Mach nich so ’nen Lärm, du Arsch!»

«Is Nico nich da?»

«Welcher? Irinas Macker?»

«Nee, Alter, der Goretzki.»

«Was willsten von dem?»

«Meinen Hunni wieder.»

«Der is nich da.»

«Du hast ja ’n Rad ab!»

«Ehrlich, du, seit Sonntag issa nich mehr uffjetaucht hier.»

«Wo issa denn hin?»

«Weeß ick nich. Meinste, der meld sich imma ab bei mir?»

Inge Goyatz beugte sich ein wenig vor und sah das weibliche WG-Mitglied im Türrahmen auftauchen, Typ linke Emanze, intellektuell hochkarätig, *taz*-Journalistin vielleicht, konnte aber auch sein, dass sie diese Stimme schon irgendwann einmal im *SFB* gehört hatte.

«Nico wollt nach Wackersdorf zur Demo. Beim letzten Mal hat es ja auch vierzehn Tage gedauert, eh er wieder zurück war.»

Inge Goyatz wäre fast die Treppen hinuntergesprungen, die gute Freya zu umarmen, obwohl sie Frauen dieser Art ansonsten immer liebend gerne auf den Mond geschossen hätte. Aber nun, als der fragende Besucher wieder abgegangen war, einfach hinunterzusteigen und nach ihrer Tochter zu fragen, das schaffte sie nicht. Nur keine Spuren hinterlassen!

Stattdessen suchte sie sich in der Telefonzelle unten am Hochbahnhof Schlesisches Tor Freya Abrahams Nummer heraus und fragte mit französischem Akzent: «Hat sisch Nina bei eusch gemeldet?»

«Welche Nina?»

«Die aus Lübars.»

«Wer? Keine Ahnung. Wer ist denn da?»

Sie legte auf.

Trotz des Risikos, das sie damit zweifellos eingingen, hatte Julian noch von der Keithstraße aus den Kontakt zu Corzelius gesucht und ihn händeringend gebeten, ihnen bei der Suche nach seiner Schwester zu helfen. Die Kripo-Leute mauerten da, was die DDR beträfe, sie hätten aber so eine dunkle, furchtbare Ahnung. Ob es vielleicht Leichenfunde gäbe, an den Transitstrecken oder in der Nähe davon?

Corzelius hatte in den Pressemappen nichts gefunden, aber versprochen, sich einmal umzuhören, was da liefe, erschien auch in der Tat drei Tage danach am ausgemachten Treffpunkt, dem Bistro in der Uhlandstraße, wo Julian schon bei einem Calvados unruhig saß und seiner harrte. «Ich bin schon ... Was ist?»

Der Journalist stellte ein zu anderen Zwecken mitgeschlepptes Bandgerät neben sich auf den Boden, setzte sich, rief dem Ober zu, dass er einen großen Fernet Branca wolle, und kam dann endlich zur Sache: «Die halten alle ziemlich dicht, aber ich hab da einen alten Freund in der M 17.»

«Wo?»

«M 11 und so weiter, das sind die Mordkommissionen, und es bekommt immer die einen Fall übertragen, die gerade Bereitschaft hat. Logisch!»

«Und ist denn was über meine Schwester ...»

«Im Augenblick liegt nur 'n junger Mann an, den sie aus'm Schwielowsee gefischt haben.» Corzelius erzählte das mit derselben Emphase, wie er auch gesagt hätte: 'N bisschen kühl heute, nich?

In Julian aber wirbelten so starke Spannungsströme, dass er fürchtete, die Wellen, die von ihm ausgingen, müssten den anderen schmerzhaft treffen, aufschreien lassen, und er wünschte sich, in einer eisernen Rüstung zu stecken, kämpfte schwer um seine Selbstbeherrschung, fühlte sich mit seinem Drang, loszuheulen und alles zu erzählen und zu beichten wie ein Kind, wie ein Fünfjähriger, konnte sich schließlich nur mit einem Sprung ins Zynische retten: «Immer diese Gewässerverschmutzung!»

Das war ein guter Zug, denn Corzelius, ansonsten doch sensibel genug, bemerkte nichts vom Kraftfeld des anderen, wie es mehr und mehr in Turbulenzen geriet, plauderte weiter, übte sich auch hier in seinem neuen Hobby, dem Dozieren. «Wenn der Generalstaatsanwalt der DDR das an den Staatsanwalt hier in Westberlin weitergeleitet hat, dann müssen sich die K-Leute drüben ziemlich sicher sein, dass es sich bei dem Toten wie auch bei dem Täter um welche aus dem Westen handeln muss.» Sein Fernet Branca kam, und er schüttete das Feuerwasser hinunter, als wäre es Bananenmilch.

Julian schaffte es, auch weiterhin amüsiert zu wirken. «Ah, hat man bei ihnen Hakenkreuze gefunden – in den Pupillen?»

Corzelius lachte. «Wenn's man so einfach wäre. Aber die Ostkripo von heute vertraut nicht bloß auf ihre kleinen roten Zellen wie früher. Die kennen auch schon den Genossen Computer.»

Trotz all seiner Anspannung konnte Julian noch ein spöttisches «Ah ja, Robotron Sömmerda!» einwerfen.

«Aber, im Vertrauen ...» Corzelius beugte sich vor, als wollte er Julian jetzt eine einmalig wichtige Mitteilung machen, und fast stießen ihre Köpfe aneinander.

«Was ist denn?» Julian sah die Augen des anderen riesenhaft-verschwommen, wie durch einen viel zu nahe gehaltenen Feldstecher hindurch.

Corzelius flüsterte: «Nichts haben sie außer ihrem Leichenfund. Und selbst ein sozialistischer Computer erkennt keinen Täter, wenn man ihm nicht mal die genauen Daten des Opfers einspeichern kann.»

Gott sei Dank! Julian bestellte sich den zweiten Calvados. Das war zu feiern. Was sollte ihnen groß passieren, wenn niemand herausfinden konnte, dass der Tote Nico war?

Corzelius suchte in den diversen Taschen seiner vielfach geflickten braunen Lederweste. «Ich muss doch irgendwo noch ’ne Fotokopie haben. Petzerow heißt das Nest, wo das alles ...»

Julian schluckte. War es klüger, jetzt zu sagen, dass man das kannte, nach dem Fercher Geburtstagsbesuch selber dort gewesen war, ebenda in Petzerow auch einen entfernten Verwandten habe aussteigen lassen und ob der das nicht womöglich ... Vorwärtsverteidigung: ja oder nein? Schwieg er jetzt, waren das später, sollten sie konkret verdächtigt werden, sicher Minuspunkte für ihn: Herr Goyatz, ich bitte Sie, wären Sie unschuldig gewesen, hätten Sie doch im Gespräch mit Herrn Corzelius so und ganz spontan ausrufen müssen, dass Sie auch in Petzerow gewesen sind und es sich bei dem erwähnten Opfer doch hoffentlich nicht um Ihren Verwandten handeln werde.

Julian hatte die scharfe Staatsanwaltsstimme im Ohr. Sicher, aber sprach er jetzt davon, dass Nico und sie gemeint sein konnten, dann lief er doch Gefahr, dass Corzelius wie ein Wilder zu recherchieren begann, um mit ihrer Story Geld zu machen, und er galt als Klassejournalist. Die hiesige Kripo dagegen, vermutete er, würde sich nicht groß um diese Sache kümmern, hatte ja genügend mit den Morden zu tun, die direkt in Westberlin geschahen. Fast jede Woche traf es einen Rentner, eine Rentnerin. Und wie sollte man sie überführen können? Das Tatwerkzeug, ihr Auto, schwamm sicher schon auf irgendeiner Fähre übers Mittelmeer und wurde anschließend in Beirut von einer Bombe zerfetzt.

Da war nichts mehr zu befürchten. Ebenso wie offenbar auch von Nicos Genossen. Zum Glück hatten ja Chaoten die Eigenschaft, sich nicht immer und überall an- und abzumelden, wenn sie etwas taten. Und wer sollte, wenn sie zusammenhielten, seine Familie, ihre Aussage erschüttern, sie hätten Nico in Petzerow gesund und munter aussteigen lassen? Er sei da noch mit jemandem verabredet gewesen.

Wenn, ja, wenn ... wenn da nicht seine Schwester ganz offensichtlich ausgeflippt wäre. Nina, das war der einzige Schwachpunkt, wie ihm schien.

Aber da wusste auch Corzelius keinen anderen Rat als «abwarten und hoffen», so dass Julian sich alsbald bedankte und zum Aufbruch mahnte. «Ich muss unbedingt noch was an meiner Diplomarbeit machen.»

«Ja, Sie leben hoch, unsere Diplom-Arbeiter», lachte Corzelius.

Einerseits hasste Julian seine Diplomarbeit inzwischen, quälte sich oft stundenlang vergeblich damit, auch nur drei Sätze so zu formulieren, dass sie wissenschaftlich klangen (*Wie haben sich diese qualifikatorischen Anforderungen nun in der Eigenperzeption der Gestapo-Mitarbeiter dargestellt?*), wurde immer wieder von Kopfschmerzen wie Durchfall geplagt, hatte schreckliche Bilder vor Augen, etwa wie Nina neben Nico im Schwielowsee trieb, zwar tot war, aber immer noch schrie: «Deine Schuld, deine Schuld!», war aber andererseits auch froh, sich, vom Termindruck getrieben, an seinen Schreibtisch flüchten zu können, einmal wegzukommen vom ewigen Grübeln.

So auch an diesem Abend, an dem er sehen wollte, was der Katalog *Verwaltungsstadt Berlin* an Hinweisen zum Gestapo-Thema alles enthielt.

Die befohlene Hauptstadt – Verwaltungsstadt Berlin 1933 bis 1945. Ah ja, Seite 121 folgende. *Alles Wesentliche wurde von den großen Schaltstellen kontrolliert. Das war das SS-Sicherheitshauptamt mit der Gestapo und das Führerhauptquartier ... Die Olympischen Spiele 1936. Man flanierte am Prinz-Albrecht-Palais vorbei, allenfalls mit einem gewissen Schaudern, dass hier wohl dem einen oder andern hart zugesetzt würde. Das Systematische dahinter sahen nur wenige, es war auch schwer zu sehen.*

Kapitel 15: *Das Reichssicherheitshauptamt – eine «ganz normale» Behörde.* Die Seiten 144 bis 149. Julian hakte ein an einigen Stellen: ... *Prinz-Albrecht-Straße 8, eine Adresse, die bald zu einem gefürchteten Synonym für unmenschliche Folterungen, für das geregelte System des Terrors schlechthin wird.*

Augenzeugenberichte: *An der Ecke steht ein starker SS-Mann, der mit pastoraler Stimme zu den Armen sagt: «Es passiert euch nicht das Geringste! Ihr musst nur in den Kammern tief Atem holen, das weitet die Lungen, diese Inhalation ist notwendig wegen der Krankheiten und Seuchen.» ... Wie Basaltsäulen stehen die Toten aufrecht aneinandergepresst in den Kammern ... Zwei Dutzend Zahnärzte öffnen mit Haken den Mund und sehen nach Gold ... Hier – und nicht nur hier – üben Beamte ihren Dienst aus ...*

Julian trat ans Fenster und sah ins Fließtal hinunter, dem die abstandsgleich hingesetzten Neonleuchten an der Grenze auch heute kein Nachtdunkel gönnten, und plötzlich begriff er viel, begriff er alles.

... *irgendwo hat jedes Ding seinen Grund und seinen Sinn* ...

Die hatten Juden getötet, er einen Chaoten, und hätten sie 1944 gehabt, so wäre er Gestapo-Mann gewesen, KZ-Verwalter. Sperr die ein, die anders sind als wir, bring sie um, du darfst es, tust damit etwas Gutes für dein Land! Sag mir, wen ich hassen soll, sag mir, wen ich töten muss!

Nico mit den ausgebreiteten Armen, dein Feind, der

nur zerstören will, was dir gehört, dir lieb und teuer ist. Streck ihn nieder, mach ihn platt!

Einen Befehl, den sie – sein Vater, etliche seiner Lehrer, viele seiner politischen Freunde – Jahr für Jahr und Quentchen für Quentchen, nie direkt, sondern immer nur sehr subtil und sehr versteckt, in seinem Über-Ich eingelagert hatten, das latente Verlangen, alles auszurotten, was sich nicht einpassen wollte, artfremd war und dachte. Alles wie in einem Computer gespeichert in ihm, und wahrscheinlich wäre es niemals zum Ausbruch gekommen, wenn Nico nicht in Petzerow ... War er aber!

Was soll ich machen, fragte er sich. Mich stellen und den Prozess durchstehen, die Jahre im Knast? Selbstmord begehen? Hoffen, dass alles im Sande verläuft?

Ja, sicher ... Er fiel aufs Bett, merkte, wie schwach er war, wie klein, gemein und niedrig und weinte um sich, hasste sich für alles. Herr, verzeih mir, Herr, gib mir die Kraft! Weg von hier, ein anderes Leben beginnen, die Schuld abtragen. Nein, Schluss mit allem, vor die U-Bahn werfen, aus, aus, aus!

Er sprang auf und griff zu seinem Blazer. Da klingelte es unten im Flur. Heike, o Gott, auch das noch! Ja, sie hatten ja heute ihren *jour fixe*, *jour fick*. Nein, bitte nicht! Und dennoch eilte er die Treppen hinunter, das Lächeln angeknipst, Küsschen und Umarmung, Griff unter die Pobacken.

Ein Schrei seiner Mutter hielt ihn zurück.

«Nina!»

Am nächsten Morgen ging Julian mit dem Hund lange im Fließtal spazieren. Nun hatte sich ja alles wieder zum Guten gewendet. Nichts war Nina passiert, sie hatte sich nur ein paar Tage lang in einem Wohnwagen verkrochen, von flüchtigen Bekannten, die schnell einmal für zwei Wochen verreist waren, aufgestellt auf ihrem abgelegenen Grundstück in Konradshöhe (Havel).

«Ich hab einfach allein sein müssen. Keinen Menschen sehen und hören, wieder zu mir finden. Erst hab ich zur Polizei gehen wollen, reinen Tisch machen, jetzt aber halt ich doch zu euch. Nico kann keiner mehr lebendig machen. Versuchen wir alle, das in unserm Leben irgendwie wiedergutzumachen!»

Sein Vater hatte etwas von «sentimentalem Quark» gemurmelt und das Zimmer verlassen, seine Mutter aber versprochen, dadurch Buße zu tun, dass sie mit einigen zehntausend Mark in die *Netzwerk*-Projekte einsteigen wolle, also Leuten helfen, die wie Nico lebten und «'ne Chance haben sollten».

Schlussstrich!

Julian sang alle Schlager, die ihm gerade in den Kopf kamen: *Sei nicht traurig, Susan, es fängt ja alles erst an ... I cross the stream, I have a dream ... Im Weißen Rössl am Wolfgangsee, da steht das Glück vor der Tür ...*

Als er den Hund zu Hause wieder abgeliefert hatte, kam Heike mit ihrer Ente angerollt, und sie setzten sich auf die Räder, fuhren die Blankenfelder Chaussee ostwärts, durch Wiesen und durch Roggenschläge, hatten auch bald ihr «Bett im Kornfeld» gefunden, holten nach, was nachzuholen war.

Die Nebel zerreißen, der Himmel ist helle ... Julian hatte für Stunden wie diese immer Goethe-Verse parat, in irgendeiner Klasse einmal gelernt, ließ sie in sich klingen, während Heike in der warmen Mulde seines Körpers lag. *Unter Schnee und Nebelschauer rast ein Ätna dir hervor ...* Und ob er das war!

Sie saßen im herrlich antiquierten Dorfkrug, dem «Lustigen Finken», und Julian war so high, als hätte er eben eine olympische Medaille gewonnen, die goldene natürlich, und zugleich das Diplom mit Eins geschafft. Hoch lebe die beste aller möglichen Welten!

Hand in Hand traten sie auf die Straße hinaus, um ihre Räder wieder loszuschließen.

Als Julian sich bückte, fiel sein Blick auf den Anger, ging zum Kirchlein hinüber, und er erstarrte.

Zeiske war da hinter die Ecke gesprungen, der Hausmeister aus Petzerow, vom Schriftstellerheim.

ACHT

MERKS war zu früh am Friedhof eingetroffen. Dreizehn Uhr hatte er mit Arnold Roddahn telefonisch vereinbart und für halb zwölf die Übergabe des Toten an die Kollegen von der Pietät.

Jetzt saß er, an einem Waffeleis lutschend, im Fahrerhaus des Barkas B 1000, Ausführung Sattelschlepper, mit kleinem blauem Kühlcontainer hinten aufgebockt. Die Türen beidseitig offen wegen der Mittagsglut, ließ der Hauptmann ein Bein herabbaumeln, hätte sich gern das Radio angestellt. Aber vielleicht erschien der alte Roddahn doch früher, und dann warf das, was gerade aus dem Autoradio schallte, vielleicht *D'r Sachse liebt das Reisen sehr*, nicht das beste Licht auf das Pietätsempfinden der Kriminalpolizei.

Der Friedhof war auf einem künstlich aufgeschütteten Hang errichtet, einem der zahlreichen Leipziger Scherbelberge, und es zahlte sich aus, dass Klaus Merks die Ortslage von Kindheit an vertraut war. So hatte er seinen Kühltransport eben nicht unten vor dem Haupttor geparkt, auch nicht auf dem weißen Sandquadrat vor der Kapelle. Denn die quer über den Container laufende Inschrift musste auf einen trauernden Hinterbliebenen seltsam wirken: *VEB Delikat*. Es war eben heute Morgen kein anderer Kasten aufzutreiben gewesen für den Sarg.

Merks hatte den Gottesacker auf nur ihm bekannten Schleich- und Feldwegen von der Rückfront her angefahren. Da klaffte neben dem Hinterpförtchen eine anderthalb Meter breite Mauerlücke, brombeerbewuchert – seit der Kapitulation Hitlerdeutschlands. Durch das Loch ging leicht ein Sarg, und hinter der Mauer konnte man den kleinen Sattelschlepper so parken, dass die Werbezeile für rare Lebensmittel von den Mauersteinen verborgen wurde. Außerdem stellte das Loch gleich einem Bullauge auf dem Schiff oder einer Schießscharte auf einer Burg einen verdeckten Ausguck nach unten dar.

Friedhof Leipzig-Dölitz – kleiner und popeliger, aber auch nicht abgelegener, und somit präsentierte sich für den Anlass einer geheimen Bestattung kein anderes Gräberfeld in Leipzig günstiger. Die Gegend hier war immer schon ein Arme-Leute-Viertel gewesen. Das rote Lößnig lag gleich nebenan, nicht die Neubauten, sondern das alte Lößnig – mit den krummen Dächern, in deren Schindeln Birkengrün sprießte und Saatengrün –, wo noch Walter Ulbrichts erste Frau lange nach dem Krieg gewohnt hatte und dann und wann hohen Besuch empfing. Als Arnold Roddahn, da noch von einem Telefon in Stuttgart aus, prompt seine Zusage gab, dem «bedauernswerten Jungen», seinem Großneffen Nico also, in Leipzig ein «ordentliches Grab» zu verschaffen, hatte er schon Leipzig-Dölitz als Ruhestätte vorgeschlagen. Von den Ferngesprächen mit Roddahn erfuhr der Hauptmann erst gestern, als er wieder seinen Dienst antrat.

Er hatte ja drei Tage Urlaub genossen, ohne Genossen, nur mit Anett und Lisa-Kind. Der zweite, lange Tag im Tierpark Berlin würde wohl am stärksten in Erinnerung bleiben. Nicht nur, weil sie auf der Terrasse der Cafeteria mit einen Mal eine Phase ihres Wiederverstehens erreichten, in der sie beide über Raskolnikoff witzelten und herzogen wie über einen skurrilen Clown oder die Weißhandgibbons oder ein aufgekratztes Rhesusäffchen. Auch weil sie Lisas Gleichgültigkeit gegenüber den größten oder gefährlichsten Tieren feststellten, also ein totales Desinteresse an Giraffen, Straußen, indischen Löwen oder Rhinozerossen. Wie gebannt verfolgten die großen Kinderaugen den Kolibri. Und ein Häschen gar, einen für den Tierpark nicht eben prominenten Stallhasen, wollte Lisa unbedingt mit nach Hause nehmen.

«Wenn du mir det Kaninchen nich koofst, Papi, bleibe ick hier und schlafe bei es!», hatte die Kleine gefordert und mit dem Fuß aufgestampft.

Er hatte Anett angesehen, Anett ihn, ihre Augen lachten. Dann umarmten sie sich fest und lange.

«Also kooft ihr mir nu det süße Viech?» Zum Glück hatte eine hauptstädtische Zoohandlung geöffnet und zufällig auch ein Zierkaninchen am Lager, und so lief nun in Anetts Neubauklause ein vierter Einwohner herum.

Wie mussten Mischa Kadnijewski, wie der Alte und vielleicht auch die Staatsanwältin aufgeatmet haben, dass sich der alte Herr Roddahn so entgegenkommend verhielt. Nico Goretzki musste unter die Erde, und zwar schnell, schon wegen der sommerlichen Temperaturen. Das hatte der Großonkel begriffen und auch, dass es eine sogenannte stille Beerdigung sein musste. Autounfall als Todesursache, hatten ihm die Genossen am Telefon eingeredet, was ja nicht ganz aus der Luft gegriffen war.

Die Frage nach dem Unfallfahrer, offenbar von Roddahns neben dem Telefon stehender Gattin zugeflüstert, konnte man galant abwimmeln. Dazu genügte der Hinweis, hierbei handele es sich um ein nicht für die Öffentlichkeit bestimmtes Problem. Die Angelegenheit würde von den Organen noch geklärt werden, also bitte keine Details, keine Fragen.

Arnie Roddahn bohrte nicht tiefer. Wahrscheinlich dachte er: Armer Nico, hast gedacht, du kannst dich in unserem strengen Land wie in deinem geliebten Wackersdorf aufführen – hast einem Volkspolizisten das Wartburgdach mit Ziegelsteinen beworfen –, und dann war dem eben der Wagen ausgerutscht ... Nein, hatte Roddahn versprochen, hierin wolle er ganz den Organen vertrauen.

Trotz seines hohen Alters offenbar doch noch ein Genie im Organisieren, rief der Verdiente Erfinder gestern schon aus Leipzig zurück und teilte mit: Wenn die Genossen die Zeit erübrigen könnten, würde er für Dienstag 11.30 Uhr die gerichtsmedizinische Blechkiste am Dölitzer Friedhof in Empfang nehmen lassen, da stünden dann schon die Heimbürgin und ein richtiger, würdiger Holzsarg bereit, samt Leichenhemd, Kopfkisten, Decke, Blumen etc. pp. Für 13 Uhr hätte er das Begräbnis bestellt.

«Ich fahre!», hatte Klaus Merks sofort bestimmt. «*Das* Erlebnis müsst ihr mir wenigstens lassen.»

Irgendetwas musste schiefgegangen sein. Denn die Uhr zeigte bereits fünf Minuten nach halb zwölf, aber da war weder etwas von einem Holzsarg noch den Kollegen der VEB Feuer- und Erdbestattung zu sehen. Merks hatte sich an dem Ausblick nach links auf den Friedhof herab sattgesehen – die mit hellen Tausendschönchen bepflanzten Kindergräber gleich oben, tiefer der Riesentrakt in der Mitte mit den bescheidenen, meist nur von Holzkreuzen geschmückten Hügeln, dazwischen zahlreiche blechgraue Urnen, schließlich unten am Eingang neben dem überdimensionalen Müllhaufen ein paar Gräber mit mittelständischen Steinen oder gar einer verwitterten Engelsfigur.

Auch die Beobachtung eines wackligen Weibsbilds hatte er über. Das tapste zwischen Gräbern und einem rostigen Wasserfass hin und her mit einer roten Gummigießkanne. Eine fast Taubstumme undefinierbaren Alters, das war ihm schon bei seiner Ankunft klar geworden. Doch offenbar hatte Roddahn sie eingeweiht. Denn nach seiner Frage hatte sie ihm den dürren Arm entgegengehalten und auf die Fünf-Mark-Wegwerfuhr getippt, wahrscheinlich Gnadengeschenk eines westlichen Trauergastes. Hatte durch die Zähne geraspelt: «Schi müssen wa-ten. Halbe Sch-unde.» Und drehte, ohne sich für seine Reaktion zu interessieren, wieder ab mit ihrem Gießkännchen.

Ärgerlich hatte er mit seiner delikaten Fracht noch einmal den Weg zur Stadt unternommen. Noch im Süden, am Rembrandtplatz, fand er ein Eiscafé offen, kehrte in zehn Minuten zurück an die Hinterpforte. Leckte nun für 1,20 Mark Eis, sechs Kugeln zu je 0,20 Mark, lutschte sich durch von Bananengeschmack über Erdbeere, Vanille, Schoko, Mandel bis Kirsche. Außer Schoko schmeckte alles nach Kirsch-Bananenschale.

Über vermoderten Kurz- und Kleinwald sah er konsequent rechts hinüber, auf die sogenannte Leipziger Aue, Wanderwege in Staub oder Schlamm. Auf zehn Stück Haushalts- oder Kraftfahrzeugsmüll kam jeweils ein verkrüppelter Strauch. Weiter hinten, wenn Merks den Kopf drehte, erblickte er den stillgelegten Braunkohlenschacht, sollte noch Lehrschacht sein, war aber vielleicht schon längst Leerschacht. Daneben die im graustumpfen Messehausstil blitzenden Baukastenhäuser des Grubenrettungsdienstes. Eine mickrige Kleingartenanlage, mehr einseitig bebaute Laubenstraße, schlängelte sich hilflos zwischen überwuchertem Abraum und einem Bächlein hin, das besser Wadi genannt werden konnte. Sicher hieß auch diese langgestreckte Pfütze wie alle Flussläufe Leipzigs im Volksmund Pleiße.

Über allem dickte der weltbekannte mitteldeutsche Smog, inzwischen längst von Satellitenwarte aus viel gefährlicher als der japanische eingeschätzt. Irgendwo hinter den Scherbelbergen erhoben sich die Elfgeschosser von Neu-Lößnig, Schwitz- und Schnarchkästen zugleich. Immerhin lagen die am Rand eines durch Stolleneinbruch entstandenen Sees, dem kein Amt einen Namen geben musste, da ihn das Leipziger Südvolk in abenteuerlicher Freude über solch einen Schatz mitten im Wohnbeton sofort auf den vielversprechenden Namen Silbersee taufte, und das zu einer Zeit, als Karl-May-Romane noch republikweit als bürgerlicher Schund galten.

Bei diesem Anblick, mit seiner Zunge eben auf Kirsche und fadem Waffelboden angelangt, überlegte Merks, wie gut es ihm eigentlich in Potsdam ging. Er konnte sich gar nicht mehr vorstellen, dass er seine Kindheit und Jugend hier ausgehalten hatte. Aber vielleicht entsprang die Sehnsucht nach dem Meer, die ihn später aufs Schiff brachte, einfach einer unbewussten Flucht vor der dicken Luft in Sachsen. Und dennoch liebte man die Gegend, in der man kurzbehost mit einem Indianerstutz auf dem Kopf durchs Gebüsch gestreunt war und in einen alten Autoreifen eine Formel-1-Reliquie hineinträumte.

Da zog ihn jemand unsanft am Hosenbein. Die Taubstumme war wiederaufgetaucht, beklopfte ihre D-Mark-Uhr und danach das Blech des Kühlcontainers.

«Wo ist denn die Heimbürgin?», fragte Merks.

Die Jungfer zeigte mit erdigem Finger auf ihre Brust.

«Aha, verstehe. Und die Kollegen von der Pietät?»

Sie gurgelte, schluckte, brachte schließlich hervor: «Die hat Herr Roddahn abbesch-ellt. Weisch nisch, warum. Aber den Scharg haben schie in der Kapelle abgeschetzt. Auch einen Kransch.» Dann klopfte sie wieder drängend auf das Wagenblech.

Klaus Merks stieg seufzend aus. Lief um den Barkas herum, öffnete, immer noch kopfschüttelnd, die Hintertür und zog den Metallkasten ein Stück nach vorn. Er sah zu der Frau hin. Doch die hob ihre Schultern, quergelte ihren rechten Arm demonstrativ ins Kreuz. Ach so, die durfte vom Arzt aus nichts Schweres tragen oder hatte einfach keine Lust dazu.

Merks huckte sich Nicos Überreste auf den Rücken. Groß und kräftig genug war er ja, um die Last zu schleppen. Sicher hatte noch nie ein Kriminalist ein Opfer so, wie man einen Kühlschrank trägt, huckepack in eine Friedhofskapelle getragen. Immerhin dankte Nico auf stille Art, kühlte dem Hauptmann das verschwitzte Genick. Die Alte lief armefuchtelnd vorneweg, öffnete die Türflügel schnell.

Dort stand wahrhaftig ein hübscher hellbrauner Sarg. Kranz nebenan: *Letzter Gruß von Onkel Arnie und Tante Manda*. Der Patriarch nannte sich immer zuerst.

Merks ließ die Blechkiste, so gut er es einrichten konnte, sanft auf die Fliesen rutschen. Danach dirigierte ihn das alte Mädchen mit heftigen Gesten hinaus.

Natürlich hätte irgendeine für solche Anlässe zuständige Firma den Transport übernehmen können. Aber da war noch die Geschichte mit der Identifikation des

Toten. Dazu musste eine Person von den Justizbehörden her. In diesem letzten, für die bürgerliche Existenz eines Nico Goretzki wichtigen Akt lag die eigentliche Aufgabe von Hauptmann Merks – die er sich freilich gern unter den Nagel gerissen hatte. Denn insgeheim hoffte er, dass es vielleicht keine allzu stille Beerdigung werden würde. Dass der alte Roddahn doch ein Telegramm nach Westberlin geschickt hatte.

Und dann erschien auf einmal am Grab des Opfers der smarte Autofahrer, der ursprüngliche Töter und Täter, nach dessen Anblick Klaus Merks sich immer noch sehnte: Julian Goyatz, Student der Politologie, das Schwein.

Würde Zeiske ihn treffen? Natürlich. Beneidenswerter Hausmeister.

Würde er diesen Julian – wie hatte Zeiske doch formuliert? – «in die DDR entführen»?

Nein, es war eher angebracht, sich Sorgen um Paul zu machen. Warum hatte er den alten Draufgänger bloß nicht von seinem Vorhaben abgehalten? Wie schnell kam *drüben* einer unter die Räder. Da gab es Gangs von ganz anderer Schlagkraft und Rücksichtslosigkeit als bei uns, in den privaten Nachtspielklubs.

Eine Taxe hielt unten vorm Haupteingang. Noch war nicht auszumachen, wer darin saß. Ungewöhnlich lange blieben die Türen des Wolga geschlossen. Die Zeremonie der Entlohnung dauerte eben bei einem würdigen alten Herrn.

Doch dann schlüpften beinahe gleichzeitig, sowohl rechts wie links, zwei in dunkle Anzüge geworfene junge Männer aus dem Fahrzeug. Einer hielt devot die Hintertür, als ob er solcherlei Arbeit jeden Tag ausübte, gleich dem Portier am Fünfsternehotel Merkur, nur für in konvertierbarer Währung zahlende Gäste zugelassen. Dieser Hintertür nun entstieg – Ernst Thälmann!

Natürlich nicht der viel zu früh verstorbene DEFA-Schauspieler, Darsteller von Ernst Thälmann in dem von allen Jungen seines Alters seinerzeit heißgeliebten und darum mehrfach besuchten Actionfilm über den Hamburger Aufstand. Aber einer, der fast so aussah: ein grauer, kämpferisch auftretender und, bis auf das leuchtende Stücklein Stirnglatze, ganz wie ein Lord wirkender Mensch, doch mit Arbeiterhabitus, Charisma kilometerweit abstrahlend, so wie der Film-Thälmann auf die Hunderte von Metern weitab stehenden Genossen auf dem Leipzig-Volkmarsdorfer Markt.

Wer Hitler wählt, wählt den Krieg! Hatte das nicht Thälmann in Leipzig gesagt?

Die Entfernung hier und heute aber betrug höchstens 180 Meter, vom Mauerriss bis zum Tor. Durch das schritt nun der alte Roddahn mit angeborener Majestät den von riesigen Birken umsäumten Weg zwischen den Gräbern hügelan. Keine Tante Amanda begleitete ihn.

Dafür jedoch sekundierten ihm die beiden windigen schwarzbetuchten Gesellen. Einer sprang dem Arbeiteraristokraten immer zwei Schritte voraus und war, nach der gedrungenen Statur und dem Affenhabitus zu rechnen, kein anderer als der treue Stani. Hinter Roddahn aber wandelte, frauengleich behutsam, sozusagen Windstärke null genießend, mit romantischen Kopfverdrehungen in die Gipfel der Birken hinein, der Kellner Friedhelm Felgentreu.

Ja, Friedhelm hatte man freilassen müssen. Es würgte Merks im Halse, den beiden Kunden hier zu begegnen, dem arbeitsscheuen Datschenanstreicher und dem Ausreisekandidaten mit der vorlauten Zunge. In der Mitte des Friedhofs blieb Arnold Roddahn an der Alte-Leute-Bank neben dem rostigen Wasserfass stehen. Merks hörte nicht, was er den beiden empfahl, sah nur, wie die sich folgsam niedersetzten. Dann strömte Roddahn allein auf ihn zu.

Merks nahm die Beine aus dem Auto. Er stieg durch das Mauerloch und schritt dem Verdienten Erfinder ein Stück entgegen. «Was denn, nicht mal ein Pfarrer?»

Merks stellte die Frage in seiner direkten Art als Erstes, und Arnold Roddahn antwortete im Tenor des ehemaligen Betriebsleiters: «Die Genossen – ich weiß ja nicht, ob *du* dabei warst – haben mir ein Begräbnis in aller Stille empfohlen. Daran habe ich mich strikt gehalten, Genosse Merks.»

Aus der Traum! Endgültig aus und vergessen! Keiner der Westberliner würde auf diesem popligen Stück Gottesacker erscheinen. Der Täter sollte ihm hier nicht vor die Flinte rauschen. In einer der Birken jubilierte ein Amselhahn.

Sie hatten sich nicht vorgestellt, aber das war auch gar nicht nötig. Beide besaßen sie so viel Menschenkenntnis, dass sie wussten, wer sie nur sein konnten.

«Es gibt da eine Formalität», sagte Merks. «Die Identifizierung.»

Roddahn nickte pflichtschuldigst.

Warum eigentlich war Frau Amanda nicht mitgekommen?

«Unwohlsein», sagte Roddahn und winkte so flatterig ab und lächelte, dass diese Antwort gleich unwahr erschien.

Nico lag jetzt richtig schön aufgebahrt, die Jungfer verstand ihr Handwerk, freilich kaum Frischblumen um ihn herum, fünfzig Prozent Papiernelken aus Sebnitz bei Dresden. Merks entsann sich, dass die Gärtner im Sommer ein Recht auf Urlaub hatten. Wenn man schnell machte, roch Nico noch nicht allzu süß nach Leiche. Sein langes Haar hatte die Taubstumme ihm hinter den Kopf gelegt, als eine Art Polster. Nie zuvor wirkte Nicos Nase so zielbewusst und energisch. Anklagend vielleicht auch.

«Ja, das ist er ... unser Nico», bestätigte Arnold Roddahn.

«Wenn Sie noch unterschreiben wollen», sagte Merks und reichte Onkel Arnie einen Bogen mit doppeltem Durchschriftblatt.

Schwungvoll setzte der Alte darauf seinen Namenszug.

In der Kapellentür erschienen die Gesichter von Friedhelm und Stani.

«Die Leichtenträger», erklärte Roddahn überflüssigerweise. «Ich habe alles im privaten Rahmen organisiert.»

Der Deckel wurde zugeschraubt.

«Hopp!», flüsterte Stani.

«Hopp!», sagte Friedhelm.

Beide waren so nett, seinem Blick auszuweichen. Wie ein Wirbelwind huschte plötzlich die Taubstumme, ihre dürren Beine schmeißend, zur Totenglocke, die in der linksseitigen Mauer hing. Zog und zog. Die Glocke gellte weit über Dölitz, Altlößnig und bis nach Markkleeberg hin.

Merks stand unter dem Tor der Kapelle und blickte dem Trio nach. Dort in der Mitte der Gräber, mehr zum Rand hin, entdeckte er jetzt eine frisch gehäufelte Grube. Würdig wie ein Pater schritt Arnold Roddahn den sterblichen Resten seines Großneffen nach, den Kranz vorm

Bauch tragend. Sein weißes Haar leuchtete in der Sonne. Es fehlte bloß noch das von der Schule vertraute Lied: *Un-sterb-li-che Opfer, ihr sanket dahin! / Wir ste-hen und wei-nen voll Schmerz, Herz und Sinn ... / Ihr kämpftet und starbet für kom-men-des Recht ...*

So ehrgebietend, fand Merks, sah wirklich nur jeder dritte Pfarrer aus. Und insofern erhielt Nico Goretzki doch ein pietätvolles Begräbnis.

... Schau nicht hin, schau nicht her ...

Vater und Mutter wohnten in Leipzig-Marienbrunn, eine halbe Stunde Fußweg vom Friedhof Dölitz entfernt, direkt im Schatten des Völkerschlachtdenkmals. Aber die Eltern, wusste Klaus, waren schon am Wochenende ans rumänische Schwarze Meer gefahren. Auch er würde in 14 Tagen mit Anett und Lisa dieses Stückchen sozialistische Südsee bewundern. Wer weiß, vielleicht trieben sich unter den vielen Bundis, die an Bulgariens Küste ihren Billigurlaub verbrachten, auch ein paar Goyatzens herum? Es gab für ihn also niemanden, den er in Leipzig hätte besuchen wollen.

Als er den Barkas B 1000 mit der frustrierenden 70-Stundenkilometer-Auflage wieder leer über die Autobahn via Potsdam lenkte, fiel ihm einer der merkwürdigen Fälle seines Vaters Gustav Merks ein. 13 Jahre lang war sein Alter mal einem Mörder nachgelaufen. Der Täter, ein Maurer, inzwischen zum technischen Direktor auf dem Bauhof emporgestiegen, hatte seine Frau im Streit mit dem Rauchverzehrer erschlagen und anschließend im eigenen Haus hinter Kohlenhaufen vermauert. 1978 nun, als ein mittelasiatisches Erdbeben Risse selbst in europäischen Kellern verursachte, hatte das sorgsam verkleisterte Ziegelwerk einen Spalt abbekommen. Ein Terrier, Hund einer Rentnerin, verbellte wegen des Geruchs das Kellerfenster. Nach 13 Jahren konnte die K, voran sein Vater als Leiter der MUK, den seinerzeit um Alibis und Ausreden nicht verlegenen Mörder stellen.

Er musste also warten lernen.

Ach ja, Ausreden! Als Grund für das plötzliche Verschwinden der Frau gab der Täter im Jahre des Herrn 1965 an: «Die poussierte mit einem Westdeutschen, der hat ihr wahrscheinlich ein gefälschtes Visum besorgt.»

Klaus hatte die Aussagen selbst im Protokoll gelesen. Man musste sich mit solchen Auskünften letztlich zufriedengeben.

Treuenbrietzen. Beelitz-Heilstätten. Auffahrt Berliner Ring. Westberlin oder Hauptstadt? Kraftfahrzeugführer, entscheide dich für den Weg, den längst andere für dich entschieden haben!

Wie weit waren wir von 1965 entfernt? Wie weit hatte sich unser Land seitdem entwickelt? Und wo war es nicht weitergekommen? Er musste, sagte sich Merks noch einmal, wirklich warten lernen. Diese Probleme waren tatsächlich wie die Werbezeile auf seinem Kühlcontainer: *Delikat.*

NEUN

HARDENBERGPLATZ, 13.49 Uhr und eine Hektik, dass die Herzschrittmacher stöhnten. Zwanzig, dreißig Wagen jagten in der Arena umher, Monza, Minneapolis, um einen der freien Abstellplätze zu erkämpfen. Die gelben Doppeldeckerbusse panzerdröhnend mittenmang. *Action* gleich *satisfaction*.

Auf der östlichen Seite des Platzes zwar die Zoo-Oase mit dem indisch-kolonialen Elefantentor, Jahrhundertwende, gerade neugestaltet, aber auf dem Gehsteig davor viel hastendes Volk.

Westlich, also links vom Kudamm aus, die Fern- und S-Bahn-Hallen, wie riesige Treibhäuser, grauschwarz die Eisenrippen und viel blankgeputztes Glas dazwischen, funktional und schlicht, *main station* hier und halb so viele Züge täglich wie in Leer und Aurich, traurig, und dennoch: Taxentrubel, Berber, Penner, Stricher, Eckensteher, Asylanten, New York hatte hergehaucht. Jeansblaue Rucksackträger fluteten herab, quirlten um erdbraune DDR-Rentner herum, die langsam ihre Wägelchen zogen, Lila Pause, Jacobs Krönung, störten die managermäßig aufgemachte männliche Jeunesse, die zum Postamt flitzte, dem Chef den Eilbrief aufzugeben, stolperte über hingelegte Bettlermützen und die kleinen Schildchen: *Lebe davon. Danke!* Dazwischen blühten Uniformen, grünlich beige die Polizisten, stechend blau wie Kupfervitriol die Kontrolleure der Bahnen und Busse: Schwarzfahrer waren zu jagen, die Kleinen zu hängen, wie das Gesetz es befahl. Vertrauen ist gut, Kontrolle war besser, auch der Westen hatte seinen Lenin gelernt. Schaffte alles Arbeitsplätze.

Südlich, halb Barriere und halb Tor, postmoderne Pavillons, Wertmarken, Monatskarten, Currywürste, U-Bahn-Eingänge, schlossen das Ganze zur City hin, zum Herzstück, ab: Gedächtniskirche und Kurfürstendamm.

Hier nun standen Julian und Heike eng umschlungen, fast schon in Pettingpose, er die Zunge tief in ihren Mund geschoben und hin und her gerührt mit ihr. Abschied öffentlich. Sie dabei mit einer Riesenplastiktüte in der Hand, drinnen ein Fummel, viel zu teuer, ihr Geburtstagsgeschenk, er mit leeren Taschen, gerade mal noch eben den Fahrschein gerettet, hatte den Landrover, gemäß dem Motto *Park + Ride*, an der Reinickendorfer U-Bahn gelassen, oben im Norden.

Tschüs und ciao!

Heike lief zu ihrer Ente, die auf dem Mittelstreifen stand, im gefährlichen Slalom durch die kurvenden Wagen hindurch, schon vom Nachfolger genötigt, stieg ein und fuhr hupend unter den Bahnbrücken hindurch.

Er winkte ihr noch nach.

Und nun? Er beschloss, sich schnell ein Supereis zu kaufen, Gino Ginelli, denn ihr Lippenstift schmeckte so für sich allein wenig erotisch, ließ ihn an alte Margarine denken, doch sein restliches Geld, eine Mark und achtzig Pfennige, reichte für solchen Luxus nicht mehr. So tat er ein paar Schritte auf den anvisierten Kiosk zu, suchte nach der bunten Anmachtafel, um nach einer Billigsorte zu sehen, fand aber keine, ging weiter herum, zur Verkäuferin, zur Luke hin ... und prallte zurück, denn Zeiske stand da, eine Bierflasche zwischen den Lippen, ihn fest im Auge. Geh hin, und frag ihn, warum er dir dauernd nachspioniert! Guck weg, und tu so, als kenntest du ihn nicht!

Zwei Impulse zugleich, und ihr Widerspruch löste einen dritten bei ihm aus: die Flucht in den nahen U-Bahn-Eingang.

Zeiske - war das also gestern in Lübars doch keine Täuschung gewesen!

Du leidest ja schon unter Halluzinationen! Mensch, Junge! Sein Vater hatte nur gelacht.

Zufall? Vielleicht hatte der Petzerower Verwandte in Lübars, vielleicht war er nur im Zoo gewesen. Hunderttausende taten das ja.

Nein, kein Zufall, denn als er jetzt im Laufen den Kopf nach hinten drehte, sah er auch Zeiske den Weg zur U-Bahn nehmen.

Kurzschluss und Panik: Schüttle ihn ab!

Die Westberliner U-Bahn war ein buntes Spinnennetz, wurde von der neu erworbenen S-Bahn ergänzt, hatte mit dieser zusammen elf verschiedenfarbige Fäden, die an die 170 Kilometer Länge ergaben, teils sogar den Osten der Stadt, die «Hauptstadt», unterirdisch durchzogen, war an 24 Stellen miteinander verknüpft und verknotet und hielt an mehr als 150 Stationen, bot Julian also allerbeste Chancen, Zeiske zu entkommen.

Bei einer Hundertmeterzeit von 12,2 hatte er schneller die ersten Treppen und Gänge bewältigt und sich einen klaren Vorsprung verschafft.

Halt! Er bremste, schlitterte den staubigen Betonboden entlang, kam vor einem feuermelderroten Entwerterkästchen zum Stehen, stieß seine Sammelkarte ins mattbeleuchtete Mäulchen hinein. Klick! Bloß nicht von den Kontrolleuren als Schwarzfahrer ... Weiter!

Zeiske, obwohl der nicht rannte, hatte aufgeholt, brauchte ja als DDR-Bürger auch nicht zu zahlen, der Reisepass war Fahrschein genug.

Die Station Zoologischer Garten war der Kreuzungspunkt der alten Linie 1, der grünen, mit der jungen Linie 9, orange im Linienplan, wobei der obere der beiden Bahnsteige, damals noch fürs Kleinprofil gebaut, schon 1902 eröffnet worden war, dicht unterm Pflaster lag, während Tunnel und Bahnhof der Nord-Süd-Verbindung, im rechten Winkel vor und unter ihm, erst 1961 in Betrieb genommen worden waren, gerade rechtzeitig genug, um nach dem Mauerbau ängstlichen Gemütern das Unterfahren östlichen Gebietes zu ersparen, wollten sie vom Wedding nach Charlottenburg und Wilmersdorf, von der Osloer Straße zum Rathaus Steglitz hinunter.

Über diesen Bahnsteig hetzte Julian nun, hatte keinen Blick für die wunderschönen neuen Kacheln, beige gehalten. Grauschwarz und weiß die Tiere darauf, die oben in den Häusern und Gehegen lebten: Flusspferde und Flamingos, Löwen, Elefanten und so weiter, Grzimek/Brehm. Kioske, Bänke, eine Plastik aus Armierungseisen, rostig und verschweißt, weiß-rote Baustellenbänder darum, auf dass sich keiner an der Kunst verletzte, Berlin E88, Kulturstadt Europas. Viele Treppen nach oben. Die mussten sein, weil die Linie 1 darüber je Richtung einen Bahnsteig hatte.

Ein Blick zu den Wegweisern hinauf. Zur Fernbahn und Richtung Ruhleben. Nein. Er lief weiter.

Hinter ihm stieß ein Zug wie ein Kolben in den Bahnhof hinein, schob einen kühlen Luftschwall vor sich her, bremste zischend, hielt, die Türen sprangen auf, die ersten fixen Bürschlein nutzten die Waggons und ihren Schub als Trägerrakete, wurden auf die Plattform Richtung Ausgang geschossen.

Julian ließ sich herumwirbeln, mitreißen, kam sich vor wie eine Coca-Büchse im Wasser hinter einem Wehr.

«Rathaus Steglitz – einsteigen bitte!»

Da war auch Zeiske wieder.

Na warte, dich Hinterwäldler trickse ich doch spielend aus.

13.59 Uhr.

«Steglitz – zurückbleiben! Zu-rück-bleiben!»

Er fand eine Gasse, täuschte an, tat so, als spränge er zwischen den beiden Türblättern, bevor sie zuschnappen konnten, bedenkenlos ins Wageninnere, zuckte aber in letzter Sekunde wieder zurück.

Zeiske fiel auch prompt darauf herein, warf sich einen Wagen dahinter, wo mehr Gedränge war, wie beim *American football*, wenn ein *Touch down* zu machen war, nach vorn, schaffte es auch, wurde von den anderen vollends hineingestoßen und -gezogen, fuhr an Julian vorüber.

Uff, geschafft! Verschnaufen, überlegen.

Warum floh er, ging er nicht auf diesen Menschen zu und fragte ihn: «Kennen wir uns nicht von Petzerow her?», ließ ihn zur Sache kommen, um dann ganz cool und überlegen loszulachen: «Den Nico, den haben wir doch gesund und munter in Petzerow aussteigen lassen. Der wollte sich da noch mit jemandem treffen.»

Lief er seiner Tat davon, sich selber? Hatte er Angst, nicht glaubhaft lügen zu können, sich zu verraten durch Stottern, rote Flecke im Gesicht und Schweißausbrüche?

Er stieg die Treppe zur Linie 1 hinauf, kam auf einen schmalen Seitenbahnsteig, gelbgekachelt, die niedrige

Decke zusammengesetzt aus Hunderten von «preußischen Kappen», Gewölbebögen zwischen Eisenträgern, und zwischen den beiden Gleisen ragten genietete T-Träger auf, blaugestrichen, oben mit kapitellartigen Köpfen, die Tempelsäulen vortäuschen sollten.

Vor ihm hielt ein Zug, und er stieg ein, von unbekannten Kräften ferngesteuert, stand zwischen plaudernden TU-Studenten, jungen Türken, alten Türken, verschlossen-anatolisch, ohne Arbeit sicher, sah die beiden Querbänke vollbesetzt: Hausfrauen mit leerem Nofretete-Blick, Witwen, amerikanisch geschminkt und mit goldenen Klunkern behangen, unerbittlich jung, das Vorbild Rökk.

Schau nicht hin, schau nicht her, schau nur geradeaus / und was dann noch kommt, mach dir nichts daraus!

Ja, Scheiße, da war noch eine Menge nachgekommen!

Der Zug fuhr an, und er las, um sich von allem abzulenken, zwanghaft fixiert, Hinweisschilder und Werbeplakate.

Notbremse – Betätigung führt im Bahnhofsbereich zum Halt des Zuges.

Missbrauch strafbar!

Wo war die Notbremse, die *er* noch ziehen konnte?

Türen schließen selbsttätig und sind während der Fahrt verriegelt.

Selbsttätig, so 'n Quatsch, wo alle automatisch sagten. Deutscher, sprich deutsch!

Weißt du weder aus noch ein – sieh ins BFB hinein.

Das verhöhnte ihn. Oder war das ein Wink? Sollte er ins Branchenfernsprechbuch hineinsehen, um sich einen guten Rechtsanwalt zu suchen? Oder einen Psychiater?

Bullrich darf man nie vergessen – nach trocknem Wein und gutem Essen.

Gutes Essen im Knast.

Gefundene Gegenstände sind an das Zug- oder Bahnhofspersonal abzugeben.

Gefundene Gegenstände: Nico!

Vordrucke für Verlustanzeigen auf allen Bahnhöfen!

Bahnhof Petzerow. Ich bin der Hausmeister des Schriftstellerheims «Theodor Fontane» und habe einen gefundenen Gegenstand zu melden. Liegt schon eine Verlustanzeige vor?

Was hatte dieser Zeiske hier zu suchen, von wem war er hergeschickt worden? Der Kripo-Ost, von Stasi-Leuten? Sollte Zeiske ihn erpressen, dahin bringen, für irgendwelche östlichen Dienste irgendwie herumzuschnüffeln, den «Kundschafter» zu machen? Vielleicht wollten sie ihn aufbauen als sogenannten Perspektivagenten, ihn erst über viele Jahre hinweg in aller Ruhe aufsteigen lassen, zum Senator etwa, zum Minister, um ihn dann gehörig anzapfen zu können? Möglich war alles, unmöglich war nichts. Wir stellen alles ein, ermitteln nicht mehr, und du lieferst uns dafür ...

Darum war er weggelaufen. Zumindest auch.

Netter geht's besser!

Die ganze Welt verhöhnte ihn.

«Wittenbergplatz!»

Er wurde aus dem Wagen geschwemmt und per Rolltreppe nach oben getragen, stand plötzlich, träumte er, war er schizophren geworden, in der Mitte eines festlichen Saales, sah staunend zur Kassettendecke hoch, zum Fries, braune Majolikaplatten, mit Rosetten- und Blattmotiven geschmückt, glaubte sich nach Moskau entführt, in der Metro ausgesetzt. Wer war er? Wo war er?

Mochte dieser schockartige Verlust an Identität auch nur herzschlaglang gewesen sein, er presste seine Brust zusammen, ließ ihn keuchend husten, den Kopf hochrecken, um wieder Luft in die Lungen zu ziehen.

Er sah es nun als Bild vor sich: Durch einen falschen Tastendruck waren auf einer Diskette alle Daten gelöscht, mussten neu eingetippt werden: Julian Goyatz, 1000 Berlin 28, Alt-Lübars, geboren am 3. März 1964 in Berlin, zurzeit auf dem Wege zu meinem Wagen, den ich am U-Bahnhof Reinickendorfer Straße abgestellt habe. Ich befinde mich auf dem Bahnhof Wittenbergplatz und bin völlig normal.

Seine momentane Verwirrung war auch dadurch zu erklären, dass die Eingangshalle in der Tat sakrale Züge zeigte, auch wirklich riesig war, hochgezogen über den Bahnsteigen dreier sich hier treffender Linien: der 1, der 2, der 3. Grün, Rot und Schwarz liefen hier auf fünf Gleisen parallel nebeneinander, und wer von der schwarzen Strecke, der Stichbahn von der Uhlandstraße, zu den anderen Farben wollte – oder aber bei denen in die andere Richtung –, der musste die große Halle durchqueren.

Julian, der selten U- und S-Bahn fuhr und wenig kundig war, was das Streckennetz betraf, hatte nicht die Kraft, sich konzentriert vor eine der vielen Karten zu stellen und in aller Ruhe nach der optimalen Route zu suchen, ließ sich einfach treiben, schritt, als seine innere Lähmung («wie chloroformiert») halbwegs wieder überwunden war, die erstbeste Treppe hinunter und setzte sich ohne jede Überlegung in den linker Hand wartenden Zug.

14.09 Uhr.

«Nach Krumme Lanke einsteigen bitte! Zurückbleiben!»

Er hockte auf einem der schmuddlig grünen Plastiksitze und starrte regungslos-kontemplativ auf die gegenüberliegende Wand des Wagens, schien den anderen zwei, drei Insassen einer der vielen Bemackerten zu sein, die in diese ausgeflippte Stadt gekommen waren, ihr Seelenheil zu suchen, epileppi, aber happy.

Bei Türstörung Klappe öffnen, Lufthahn schließen, Tür von Hand betätigen.

Mit der Hand betätigen brauchte er nichts, seit er Heike kannte.

Suchst du dieses, suchst du das – aufs BFB ist stets Verlass!

Humboldt-Gymnasium Tegel. Elfte Klasse. Geben Sie eine Geschichte Ihrer Wahl in freier Rede wieder! Goyatz! – Ich habe mir eine Geschichte von Friedrich Dürrenmatt ausgesucht, *Der Tunnel.* Also, da sitzen viele Menschen in einem Zug, und ein Bahnbeamter sagt zu einem 24-jährigen Mann, als die Fahrt durch einen Tunnel gar kein Ende nehmen will: *Nichts beweist, dass am Tunnel etwas nicht in Ordnung ist, außer natürlich, dass er nicht aufhört.*

Wieder diese Atemnot. Julian zwang sich, tief und ruhig ein- und auszuatmen und nichts anderes mehr im Kopf zu haben als den großgedruckten Text ihm gegenüber, die wichtigsten Stellen rot hervorgehoben:

Verhalten bei Betriebsstörungen

1. *Ruhe bewahren. Bei allen außergewöhnlichen Vorkommnissen den Anweisungen des Bahnpersonals Folge leisten.*
2. *Bei Brand- und Rauchentwicklung im Zuge die Einfahrt in den nächsten Bahnhof abwarten.*
3. *Auf der Strecke nicht aussteigen, bevor das Personal hierzu auffordert; eigenmächtiges Aussteigen ist gefährlich und strafbar.*
4. *Beim Aussteigen auf der Strecke die Höhe des Wagenfußbodens über dem Bahnkörper beachten.*
5. *Auf den Tunnelstrecken bedeutet das Erlöschen der Zugbeleuchtung keine Gefahr.*

Er las das immer wieder mit leichtem Wahn, wollte sich mit dieser Monotonie ganz so zur Ruhe zwingen wie ein tiefgläubiger Mensch, der die Perlen seines Rosenkranzes unablässig durch die Finger gleiten ließ.

Warum denn Geld verschenken?
Wir kaufen Ihre defekten Altgeräte
Waschmaschinen
Kühlschränke
Farbfernseher ...
Kostenlose Abholung!

Julian schloss die Augen. Alles, was er sah, folterte ihn.

Doch es wurde nicht besser, denn nun hörte er Stimmen, hörte einen Chor, als wäre es Euripides: Nicht mehr werd ich das Antlitz der Meinen schaun, / Nie mehr. Und noch Ärgeres muss ich bestehn. / Man führt dem Knast in Tegel mich zu.

Er sprang auf. Raus aus dem Zug, ins Freie hinaus! Klaustrophobie!

Doch sie waren noch mitten im Tunnel, und er hatte zu warten. Wieder bei Besinnung, sah er sich um, ob denn die fünfzehn, zwanzig anderen, die es doch geworden waren, als sie auf den Stationen Augsburger und Spichernstraße sowie Hohenzollernplatz angehalten hatten, nicht den Kopf schüttelten, peinlich, peinlich, und hämisch über ihn lachten. Nein, zum Glück nicht.

Als er die Gesichter seiner Mitreisenden ausreichend abgetastet hatte, fiel sein Blick auch auf die schmale Tür, die seinen Wagen mit dem nächstfolgenden verband, immer fest verschlossen und nur im Notfalle vom Zugführer zu öffnen, ging in diesen hinein und hindurch.

Und da sah er Zeiske, aufrecht stehend an einer der Türen, ihn im Visier.

Julian riss den Kopf herum, tat so, als sei er brennend interessiert an einer aufgeklebten Kripo-Warnung: *Gedränge nur dem Dieb gefällt – drum Augen auf und Hand aufs Geld!*

Der viele Schweiß auf seiner Stirn durchbrach den Damm der Brauen, brannte in den Augen, musste mit dem Hemdärmel hinweggewischt werden, auch den Rücken rann er hinab; und dennoch fror Julian, fühlte er seinen Körper im hereinströmenden Wind regelrecht vereisen.

Zeiske wollte ihn zermürben, das war klar. Vorerst gar nichts weiter machen als nur immer an ihm kleben bleiben. Der Igel, der den Hasen auslachte: Bin schon lange da! So clever die östlichen Dienste auch sein mochten, sie konnten ihn nicht auf dem Bahnhof Zoo entmaterialisiert und im Wagen nebenan wieder neu zusammengesetzt haben. Oder?

Wir sind so klug, und dennoch spukt's in Tegel. Schon wieder liefen ihm die Gedanken davon, doch diesmal fing er sich schneller, prüfte mit einem Blick auf das farbenbunte Liniennetz, das quadratmetergroß als aufgeklebte Folie am schrägen Wagendach über ihm hing, wie denn der Hausmeister – oder was immer er war – in diesen Zug ... Klar, mit der U 9 bis Kurfürstendamm, dann umgestiegen in die Linie 3, Richtung Wittenbergplatz. Und da hatte er ihn offensichtlich eingeholt, ihn gesehen, wie er da in Trance in der Eingangshalle ...

14.15 Uhr.

«Fehrbelliner Platz!»

Julian sprang auf den Bahnsteig hinaus. Statt der Neonhelle, die er erwartet hatte, war es düster hier, glaubte er, in die Kasematten der Spandauer Zitadelle geraten zu sein. Keramikplatten, rotbraun und grünlich gesprenkelt, verwirrten ihn wie auch die barocken Reliefs, die dem Stationsnamen, als Mosaik gelegt, dutzendfach den Rahmen gaben.

In welche Welt war er geraten? Das war doch nicht Berlin, nicht seine Stadt! Im und mit dem Auto aufgewachsen, von seiner Mutter bis zum eigenen Führerschein überallhin und immer durch die Stadt gekarrt, kannte er die U-Bahn nur zwischen dem P+R-Platz an der Linie 6 und dem Bahnhof Zoo, war ihm nie bewusst geworden, dass es auch noch anderes gab.

Flucht. Abwarten. Zeit gewinnen. Einen Ausweg finden. Wo ein Wille ist, ist auch ein Weg. Angriff ist die beste Verteidigung. Dreh den Spieß doch um, lauf auf Zeiske zu, stoß ihn vor den Zug!

Nein, nicht! Mach nicht alles noch viel schlimmer!

Doch, deine letzte Chance!

Er lief die erstbeste Treppe hinunter, hinein ins Labyrinth dieses Bahnhofs, wo, ähnlich wie am Zoo, eine später gebaute Strecke, die endlos lange Linie 7, hellblau, die Spandau, hoch im Nordwesten, mit Rudow im tiefen Südwesten verband, unter einer älteren Linie, hier der roten 2 (Krumme Lanke-Wittenbergplatz, vor der Mauer bis Pankow sogar, Vinetastraße), hinweggeführt worden war, bei einer gewissen Verschiebung der Bahnhöfe gegeneinander, was lange Tunnelstrecken nötig machte. So geriet er in eine kurze graue Röhre, bog links ab, sprang auf eine Rolltreppe hinauf, fuhr und lief ein etliches an Metern nach oben, hastete durch einen nächsten Gang, verwirrt von vielen Hinweisschildern, weiß auf tintenblau, schwarz auf Aluminium, den Läden und Maulwurfsausgängen, wäre am liebsten hinaus und zu einer Taxe gestürzt, doch wie denn ohne ausreichendes Geld, sah sich schon zu Hause vor dem Bildschirm sitzen, erlebte dies alles als einen Film, dessen Protagonist und Regisseur er war, flog gerade, die Arme auf den Rücken gelegt, eine hohe Schanze hinunter, riss sich ins Reale zurück, kam stolpernd an der Bahnsteigkante an.

Wirf dich vor den Zug, anders hast du keine Ruhe mehr!

Mea culpa! Meine Schuld, ich bin ein Mörder!

Nimm Zeiske mit!

Unerbittliche Befehle, und zwanghaft spannte er die Muskeln.

Ein Atemzug, ein Herzschlag nur, und du bist erlöst!

14.17 Uhr.

Als der Zug nach Spandau einfuhr, musste er das Geländer umklammern, schoss, als die Türen aufklappten, sofort in einen der Wagen hinein, wusste sich erst dort gerettet vor sich selber. Frohlockte sogar, als er Zeiske Sekunden zu spät herabkommen sah.

«Zurückbleiben!»

Draußen blieb er, hatte sich ganz offensichtlich oben irgendwo verlaufen.

Geschafft! Zeit gewonnen, alles gewonnen! Julian fiel auf einen jener kuschelweichen Sofasitze, wie sie die modernsten Wagen hatten, rot und gelb kariert, gemuschelt, und er fühlte sich euphorisch-wohl, sektbeschwingt, hätte am liebsten wie Boris Becker den rechten Arm zur Faust gebeugt: Ich hab gesiegt! Da müsst ihr DDR-Genossen aber schon 'n bisschen eher aufstehen, eh ihr uns reinlegen könnt. Er war aus der Krise heraus, und auch das, was er nun wieder las, klang heiter: *Auf zu Mutter Grün – wir bringen Sie hin und zurück!*

Morgen mal mit Heike zum Wannsee raus. Pack die Badehose ein!

Notöffnen bei Türstörung gegenüber!

Nicht mehr nötig, diesen Spitzel und Agenten hatte er endgültig ins Bockshorn gejagt.

Konstanzer Straße, Adenauerplatz, Wilmersdorfer Straße. Wie in einem Intercity fühlte er sich, im Amtrak, *from California to New York Island.*

Jesus Christus. Er spricht: Ich bin das Licht der Welt, wer mir nachfolgt, wird das Licht des Lebens leben! Lies die Bibel!

Das wollte er gerne wieder tun, wenn er nur ... Bitte, hilf mir, hilf!

Haste im Verkehr mal Frust / Mit Paech-Brot kriegste wieder Lust.

Hunger bekam er, und zwar auf eine Currywurst, so dass er an der Bismarckstraße den Zug verließ, um mit der Linie 1 zurückzufahren zum Zoo. *Schlesisches Tor* las er am Zugzielanzeiger und dachte unwillkürlich an den Tag, an dem er dort mit den Leipziger Verwandten ... Ewigkeiten war das her, fraglich, ob sie überhaupt ... Nico? Wer war denn Nico? Nie gehört.

Zwei Stationen nur: Deutsche Oper und Ernst-Reuter-Platz, früher Knie, dann stand er, es war inzwischen 14.26 Uhr geworden, wieder an derselben Stelle, von der aus er vor einer knappen halben Stunde auf der Flucht vor Zeiske losgefahren war.

Zeiske, wo mochte der jetzt stecken? Sicherlich nicht oben auf dem Platz vorm Bahnhof Zoo.

War es denn wirklich dieser Zeiske gewesen? Nicht etwa einer, der nur so aussah wie er, eine gewisse Ähnlichkeit hatte? Oder nicht mal das, vielleicht war es einzig und allein Verfolgungswahn bei ihm? Hatte er einen ganz beliebigen Mann zu Zeiske umgedeutet, um sich selbst zu quälen, damit Buße zu tun? Ich habe es verdient, dass man mich bestraft. Meine Krankheit ist die Strafe.

Er eilte nach oben, kaufte sich von seinem wenigen Geld statt einer Currywurst einmal Pommes frites und eine Büchse Coca, diese in der Absicht, eine Zehn-Milligramm-Tablette Demetrin, seiner Mutter aus der Packung genommen, gut hinunterschlucken zu können. Gegen akute und chronische Angstzustände. Angst vor Zeiske, Angst vor der Keithstraße, der Mordkommission, Angst vor Moabit, dem Kriminalgericht, Angst vor Tegel, der Justizvollzugsanstalt.

Neben ihm schlürfte ein Berber sein Bier, das Gesicht so voller aufgekratzter Pickel, dass es einer Pizza glich, die Zahnstummel im Mund vom Nikotinsud braun gefärbt, die graue Korkenzieherhose vorne vollgepisst.

Wenn du wieder aus'm Knast raus bist, wirst du auch so aussehen wie der.

Nach Hause! Noch war er frei und hatte einen Vater, mit dessen Geld sich vieles machen ließ, eine Mutter, die, was auch immer kommen mochte, sicher zu ihm hielt.

14.46 Uhr.

Julian stieg wieder in die U-Bahn, bis auf die zweite Tunnelsohle hinab, zur Linie 9, orange, und wartete an der rechten Bahnsteigkante, dem Kachel-Flußpferd gegenüber, «Knautschke», auf den nächsten Zug in Richtung Norden.

Das Benzodiazepin in der Tablette brachte langsam die erhoffte Wirkung, ließ ihn schläfrig werden, jedenfalls glaubte er das, war aber in der Tat auch reichlich erschöpft.

Der vertraute Luftschwall wieder, ein Kreischen, das

Gebrüll des Drachens, der aus seiner Höhle kam, tückisch die beiden Scheinwerferaugen, aufgerissen das Maul zwischen Wagenkasten und Schwellen, bereit, ihn zu zerstückeln und im ewigen Nichts verschwinden zu lassen.

Julian machte einen Schritt zurück und tat so, als müsste er sein Tempo-Taschentuch unbedingt noch in den Abfalleimer werfen, fand dann, als der Zug gehalten hatte und die meisten Leute ausgestiegen waren, in der rechten Ecke einen Platz, hockte da wie ein autistisches Kind, starrte Löcher in die Luft.

Sicherheit durch Zeitarbeit. ADIA ...

Graue Kacheln: Hansaplatz. Grips-Theater, Linie 1. Wo sie solche Ärsche, wie Nico einer war, zu Kultfiguren machten. Abreißen!

Karibik Fitness-Welt. Freizeitspaß in toller Atmosphäre.

Warum nicht mal in Petzerow am Schwielowsee?

Turmstraße. Hellblaue Kacheln. Moabit. Wenn er hier den Zug verließ, konnte er in fünf Minuten am Kriminalgericht sein. Mordsache Goyatz. Angeklagter, Sie geben also zu, das Gaspedal voll durchgetreten zu haben? Ja. Und haben damit den Tod des Nico Goretzki billigend in Kauf genommen? Ja. Im Namen des Volkes ergeht folgendes Urteil ...

Sein Bild in allen Zeitungen, alles starrte ihn an. Ob sie hier schon eine Ahnung hatten, wer da mit ihnen ... Er schaute reihum. Nein, noch fixierten die meisten irgendeinen Punkt im Wagen oder auf dem Boden, andere wieder strickten, lasen oder schliefen. Einer von der Nico-Sorte hatte einen Walkman im Ohr. Und wer hereinkam, strebte entweder auf einen freien Eckplatz zu oder blieb, war der besetzt, im Türbereich stehen. Die Mehrzahl der Leute schien ihm gelangweilt und verernstet zu sein, und das in der besten aller möglichen Welten. Seine Wähler von morgen. Wenn er denn jemals auf den Stelltafeln klebte.

Mann! Noch wusste ja keiner etwas von allem. Zeugen gab es keine, und wenn sie vier zusammenhielten, dann verlief alles im Sande.

Er besah sich seine Sammelkarte wie eine kulturhistorische Reliquie. *5 Fahrten für 11,50 DM. USK 88045 BVG – Potsdamer Straße 188 – Berlin 30 – Te. 2561 – Nachdruck verboten – Rückseite bitte beachten!*

Lindgrüne Kacheln: Birkenstraße.

Fehlgestempelte Sammelkarten sind nicht weiter zu verwenden, sondern zwecks Erstattung an die umseitige Adresse zu senden.

Er drehte die Karte wieder herum. *Hier in den Entwerter einführen.* Hatte er brav gemacht, obwohl Zeiske dicht hinter ihm gewesen war, und Lenins alter Scherz fiel ihm wieder ein, die SPD betreffend: *Wenn die Revolution machen und einen Zug stürmen wollten, kauften sie sich vorher erst eine Bahnsteigkarte.* Und er als CDU-Mann, er ... Vorbei, alles vorbei. Einen Mörder wie ihn baute keiner mehr auf, obwohl ja ...

Gelbe Kacheln, teils von der Wand gefallen: Putlitzstraße. Geschichte, 4. Klasse. Julian, wie hießen die beiden Anführer der märkischen Raubritter, die die Hohenzollern wieder aus der Mark Brandenburg rauswerfen wollten? – Die heißen, die hießen ... äh ... Also, der eine, das war der Dietrich von Quitzow. – Sehr schön. Und der andere? – Der hatte so ’nen komischen Namen. – Ja, richtig, denk mal an Weihnachten! – Kaspar Gans zu Putlitz! – Richtig! Zwei plus. Setzen!

Grau und düster. Amrumer Straße. Das RVK, das Rudolf-Virchow-Krankenhaus.

Kaum hatte er realisiert, wo sie hier hielten, wurde ihm schon flau im Magen, begann sein Herz zu rasen. Mit einem Kreislaufkollaps eingeliefert.

Er krampfte Hände und Arschbacken fest zusammen, und nachdem er mehrmals durchgeatmet hatte, ging es wieder. Gott, war er labil! Da kommt ja unser kleines Sensibelchen!

Und musste lachen, weil am Wegweiser bei der Schweißtechnischen Versuchsanstalt das Alu-W gestohlen worden war.

14.57 Uhr.

Leopoldplatz. Auszumachen an den blauen Kacheln und den roten Schildern, aber auch daran, dass von drei Fahrgästen zwei hier aus- beziehungsweise umsteigen wollten, zu Karstadt hoch und zum Rathaus des wackeren Wedding, zu den Bussen 12 und 64, zur U-Bahn-Linie 6, die von Tegel im Norden über Stadtmitte (stillgelegt), Friedrichstraße (Grenzübergang) und Mehringdamm nach Alt-Mariendorf fuhr und am lila Balken zu erkennen war.

Julian ließ sich vom Menschenstrom nach oben treiben, und er hatte sich kaum am hinteren Ende des oberen Bahnsteigs postiert, da sah er den gelben Triebwagenkopf aus dem dunklen Tunnelmund stoßen.

Er wartete, hatte nichts dagegen, als Letzter einzusteigen und nur noch einen Stehplatz zu finden, fuhr ja kaum länger als zwei, drei Minuten bis zur übernächsten Station, wo sein Landrover stand.

14.58 Uhr.

«Zurückbleiben!»

Er starrte auf die Tunnelwand hinaus, die schmutzgrauschwarz an ihm vorüberzog, folgte mit den Augen den Wellen aufgehängter Kabel, fühlte sich elend und matt, glaubte, 39 Fieber zu haben, die obligate Sommergrippe, wünschte sich nach Hause ins Bett, noch mehr: ins Krankenhaus, umsorgt von allen, durch seine Krankheit freigesprochen von der Schuld.

14.59 Uhr.

Wedding. Kacheln von rotbrauner Dachziegelfarbe.

«Zurückbleiben!»

Zurückgeblieben, auf der Strecke geblieben. Nico war in Petzerow zurückgeblieben. Und er, Julian, wo blieb er zurück, wann hatte er den Kontakt zum Hauptfeld, zur Spitze verloren?

Gefühl und Härte. Graffiti auf der Wagentür.

Gefühle hatte er genug gezeigt, jetzt war Härte für ihn angesagt. Augen zu und durch! Zwölftausend Menschen starben in Bundesdeutschland alljährlich im Straßenverkehr, waren Opfer der Aggressionen anderer, und die Täter wurden alle mit dem großen *Te absolvo!* freigesprochen: Der technische Fortschritt habe nun mal diesen Preis. Was fiel denn da ein Typ wie Nico ins Gewicht?

Fahr nach Hause, und vergiss es! Nur du selber jagst dich und sonst keiner.

Eine Stunde war herum, seit er zum ersten Mal in einen Zug gestiegen war.

15.01 Uhr.

Felsgraue Kacheln, Achtung!

«Reinickendorfer Straße!» Wie der Radiowecker morgens ließ ihn die Lautsprecherstimme zusammenfahren, aus Traum und Monologen schrecken.

Da er am Leopoldplatz über einen Seitenbahnsteig in den Zug gekommen war, hier aber in der Mitte ein- und ausgestiegen wurde, musste er sich erst durch das Menschengestrüpp hindurchwinden, das um die Haltestange herum von Station zu Station immer stärker wucherte. Schon drängten die Wartenden vom Bahnsteig herein, und ein Kerl, breit wie Rambo, füllte die Tür.

Zeiske.

«Lasst mich raus!», schrie Julian, schrie es, als steckte er in einem Schiff, das gerade unterging, wie ein Ertrinkender in Todesangst, denn, das war ihm schlagartig ins Bewusstsein gelangt, von nun an rollte der Zug kilometerweit durch östliches Gebiet, passierte ohne Halt die Geisterbahnhöfe Stadion der Weltjugend, Nordbahnhof und Oranienburger Tor, um dann erst wieder Friedrichstraße zu halten, mitten in der «Hauptstadt», Ostberlin, und inmitten immer wachsamer Grenzsoldaten, denen Zeiske nur einen winzig kleinen Wink zu geben brauchte: «Nehmt den da fest, der hat auf unserm Staatsgebiet 'nen Mord begangen!»

«Lasst mich raus!»

Um sich schlug er, doch die Leute, an hysterische Ausbrüche wie diese, an Ausgeflippte gewöhnt, reagierten nur träge, so dass der Zug schon wieder angefahren war, als er endlich die beiden Griffe fest umklammert hatte. Doch die Druckluft war stärker als er, er bekam die beiden Türhälften nicht mehr auseinandergerissen.

Zeiske stand daneben und grinste.

Aus und vorbei! Zehn Jahre Rummelsburg und Bautzen, und bis es der Bundesregierung gelang, ihn dort freizukaufen, war er längst ...

Nein!

Der Zug glitt in die Tunnelenge hinein.

Da fuhr Julians Arm zur Notbremse hinauf.

ZEHN

VERSUCH EINER SELBSTDARSTELLUNG – so überschreibe ich diese Zeilen, die ursprünglich einmal für den Psychiater bestimmt waren. Doch erstaunlich, wie schnell die Dinge dann eine andere Wendung nahmen. Ich brauchte auf einmal keinen Arzt mehr.

Wenn ich jetzt noch einmal alles zu Papier bringe, was geschehen ist, nachdem ich die Notbremsung des U-Bahn-Zuges eingeleitet hatte, so tue ich das wohl aus einem gewissen «Protokollierzwang» heraus, muss es auf diese Art und Weise irgendwie loswerden, «abarbeiten», wie das heute heißt. Oder, wie Nina es in ihrer jetzigen indisch-religiösen Phase ausdrücken würde, «um des Karmas willen».

Nur vordergründig, so scheint es mir heute, habe ich die Notbremse gezogen, um Zeiske zu entgehen. In Wahrheit wollte ich wohl meine Fahrt ins Nichts, ins schwarze Loch, in den Wahnsinn stoppen, siehe die Erinnerung an Dürrenmatts Erzählung, wo die Menschen für immer in einem endlosen Tunnel verschwinden. Doch wie sollte ich dies den Leuten klarmachen, die schon auf mich zugestürzt waren und an mir hingen, bevor der Zug ganz ausgerollt war. Ich war in höchster Not und kam mir dennoch furchtbar albern vor, dass ich das getan hatte, hatte Angst, für einen Irren gehalten zu werden, denn man spricht ja immer vom «zwangsneurotischen Impuls», an diesem roten Griff zu reißen. So schrie ich denn eine Erklärung heraus, die mir in Westberlin schon logisch erschien: «Hilfe, man will mich in den Osten entführen!» Da hatte ich auf die «Frontstadtmentalität» der anderen gesetzt, dass sie mir sofort zu Hilfe eilen würden, doch was folgte, war schallendes Gelächter. Auch Zorn darüber, dass der Zugverkehr nun eines Geisteskranken wegen eine Weile zum Erliegen kommen würde, man Zeit verlor.

In meiner Erinnerung ist da nicht mehr viel: für ein paar Minuten Filmriss und Blackout. Die beiden letzten Wagen des Zuges waren noch im Bahnhof zum Stehen gekommen, und halb stießen mich die Leute auf den Bahnsteig hinaus, halb zogen mich der Stationsvorsteher, zwei Kontrolleure und ein Polizeibeamter an beiden Armen aus dem Wagen heraus. Eine der Streifen hatte wohl gerade auf den Gegenzug gewartet. Da sah ich, wie Zeiske die Treppen hinauf zur Straße hochlief, und ich schrie: «Festnehmen, den da! Der hat mich entführen wollen!» Ich war außer mir. Eigentlich hätte ich ja froh sein müssen, dass Zeiske nun verschwand, aber ich war nur noch fixiert darauf, eine logische Erklärung für das Ziehen der Notbremse zu haben. Alles aus der Angst heraus, als Geisteskranker abgestempelt zu werden, was ja das Aus für jede Karriere bedeutet hätte.

Darauf schleppten sie mich in das kleine Häuschen des Stationsvorstehers, ließen mich auf einen alten Holzstuhl fallen und bombardierten mich mit Fragen. «Können wir mal Ihren Fahrausweis sehen? Haben Sie keinen Personalausweis mit?»

Nein, hatte ich nicht, nur den Führerschein.

Einer der Kontrolleure lachte leise: «Wieder einer aus Bonnies Ranch ausgebrochen.»

Und für einen Augenblick war ich wirklich überzeugt

davon, in der Nervenklinik gewesen zu sein. Ich fuhr hoch und verlangte, wie ich das bei solchen Anlässen oft genug im Film gesehen hatte, meinen Anwalt zu sprechen. Wieder Hohngelächter, doch schließlich konnte ich den Polizeibeamten dahin bringen, wenigstens meinen Vater anzurufen.

«Sie können Ihren Sohn in der Direktion 1 abholen, Pankstraße.»

Dahin fuhr ich dann als «Staatsgast» in einem grünweißen Kombi, einer echten «Bullenwanne», und erlebte das als fürchterliche Schande. Wie tief war ich gesunken! Direktion 1 (Nord), Bereitschaftsdienst (K I / VB I), das war es, wo ich schließlich landete. Wie ein Verbrecher! Aber war ich nicht auch einer?

Sie ließen mich erst einmal schmoren, hatten vieles andere zu tun.

Selbstmitleid und Reue übermannten mich, und ich beschloss, reinen Tisch zu machen. Lieber ein Ende mit Schrecken ... Da war auch ein jüngerer Beamter, der dem Bobby aus *Dallas* ähnlich sah und von dem ich mir viel Verständnis versprach. Jetzt ein Geständnis – ich hatte meine Ruhe, wurde von keinem mehr gejagt, konnte meinen Frieden mit mir machen. Sicherlich wurde ich damit aus meiner alten Lebensbahn geworfen, total in etwas anderes hineinkatapultiert – doch warum denn nicht? Wenn es das Schicksal, wenn es Gott so wollte?

Doch als dieser Beamte mir dann endlich gegenübersaß, hatte ich nicht die Kraft, den Mut, ihm alles auf einmal zu sagen, sondern zögerte noch, machte nur den halben Schritt. «Sie denken, ich spinne, doch das ist wirklich wahr, dass ich gedacht habe, sie würden mich nach Ostberlin entführen wollen.» So mein Eröffnungszug.

«Warum denn das?» Ein ungläubiger Blick.

Ich starrte auf die graue Tischplatte, hustete, weil mir die Luft knapp wurde, und begann dann, mich an die Wahrheit heranzutasten. «Die wollen mir einen Mord in Petzerow anhängen und mich damit erpressen. Dass ich später für sie arbeiten soll, wenn ich nach der nächsten oder übernächsten Wahl Abgeordneter oder vorher wissenschaftlicher Mitarbeiter bei der Konrad-Adenauer-Stiftung in Bonn ...»

Der Ernst und die Sicherheit, mit der ich dies gesagt hatte, konnte auf den jungen Beamten nicht ohne Eindruck bleiben, und so war seine nächste Frage schon sehr interessiert und sachlich. «Und wen sollen Sie da ...»

«Einen entfernten Verwandten von uns. Den haben wir nach der Geburtstagsfeier meines Onkels in Ferch ein kleines Stückchen mitgenommen. Nach Petzerow, das ist auch da am Schwielowsee, und dort aussteigen lassen, weil er noch 'ne Verabredung hatte. Jetzt ist der da tot aufgefunden worden, ermordet, und ich soll das gewesen sein.»

Sicher, das war noch kein Geständnis, aber ich schwöre es bei allem, was mir heilig ist, dass ich auf dem Wege zum Geständnis war, dass es nur noch einiger psychologisch geschickter Worte bedurfte, um mich herausschreien zu lassen: «Ja, ich war es, ich habe Nico totgefahren! Ein Aggressionsschub, im Affekt!»

Doch der Beamte, Tietze hieß er, wie ich gleich erfahren sollte, griff, statt sofort in mich zu dringen, erst einmal zum Telefon. «Ich rufe mal die Keithstraße an, ob da schon eine der Mordkommissionen ... Wie soll das Opfer denn heißen?»

Ich nannte ihm Nicos Vor- und Nachnamen und wartete, bereitete mich auf meine nächsten Sätze vor, wollte ihm schildern, wie es in Petzerow zum Streit gekommen war und bei mir dann die Sicherungen durchgebrannt waren, als ich plötzlich die Szene in Kreuzberg vor Augen hatte, unseren in Brand gesteckten Bauwagen und den Chaoten mit den ausgebreiteten Armen, der uns nicht weglassen wollte.

Tietze erzählte seinem Kollegen in knappen und neutralen Worten vom Ziehen der Notbremse und von meinen «Einlassungen», weshalb ich das getan hätte. Dann wartete er, offenbar so lange, wie der andere etwas suchte, lächelte dabei zu mir herüber.

Zwei, drei Minuten vergingen, während derer wir angestrengt schwiegen, dann bekam er die verlangte Auskunft. Er nickte, legte auf und sah mich aufmunternd an. «Keine Angst, Herr Goyatz, die Sache ist klar. Die in der DDR drüben haben es inzwischen geschafft, den Mörder zu finden. Ein Kellner soll es sein, ein gewisser Friedhelm Felgentreu oder so ähnlich. Und dass man Sie hier verfolgt haben soll ... Warum eigentlich? Ob Sie nicht doch einmal ...» Dass ich zum Psychiater gehen sollte, vom Verfolgungswahn besessen sei, das meinte er.

Was nun? Jetzt auf der Wahrheit zu beharren, herauszuschreien, dass nicht dieser Friedhelm den armen Nico getötet hatte, sondern ich, *ich*, Julian Goyatz, das hätte mir doch nur neues Hohngelächter eingebracht. Tietze hätte mir doch nie und nimmer Glauben geschenkt. So schwieg ich also.

Wenige Minuten später war dann mein Vater mit einem Rechtsanwalt da, und die bezahlten das Geld für die missbräuchliche Benutzung der Notbremse und verwiesen darauf, dass ich wegen meiner fertigzustellenden Diplomarbeit im Augenblick sehr angespannt sei, sie mich aber sofort zum Arzt schicken wollten. Damit war die Sache dann erledigt.

Von Zeiske habe ich nichts mehr gesehen und gehört. Wahrscheinlich hatte er mich schon beobachtet, wie ich auf der Hinfahrt am U-Bahnhof Reinickendorfer Straße von meinem Landrover in die U-Bahn umgestiegen war. Nachdem ich ihm am Fehrbelliner Platz entkommen war, muss er in die andere Richtung gefahren sein. Mit der U 7 bis Yorkstraße, von da mit der S-Bahn-Linie 2 bis Friedrichstraße und dort umgestiegen in die U 6 nach Tegel, um am Leopoldplatz wieder auf mich zu warten und mich der Polizei in die Arme zu treiben. Was ihm ja auch gelungen ist. *Congratulations!*

Gerade ruft Heike an. Ob wir nicht als Training für Paris-Dakar gleich Mitte Juli von Algier aus mit dem Landrover durch die Wüste nach Hassi R'mel wollten, ein Freund ihres Schwagers arbeite da in den Erdölfeldern, und alle seien herzlich eingeladen.

Prima! Sofort zugesagt. Das Beste, um alles zu vergessen. Wir sind noch einmal davongekommen.

Ende Oktober hatte Julian seine Diplomarbeit glücklich zu Ende gebracht, mit dem Literaturverzeichnis waren es immerhin 217 Seiten geworden, und wollte sie gerade zum Vervielfältigen und Binden wegbringen, als er beim Besteigen seines Landrovers einen jungen Mann auf sich zukommen sah, dem er ganz sicher irgendwann und irgendwo schon einmal begegnet war, ohne aber Zeit und Ort auf Anhieb nennen zu können. Die Tür geöffnet, wartete er.

«Erkennste mich nicht?»

«Nein.»

«Gestatten: Friedhelm Felgentreu! Kellner gewesen in Ferch, im ‹Seeblick› unten.»

Julians Organismus, aufs Überleben programmiert, reagierte mit dem Muster «Toter Käfer», weigerte sich, diese Information zur Kenntnis zu nehmen, verstand es, die Sinne auf nebensächliche Dinge zu lenken. Wie die Blätter vergoldet zu Boden schwebten. Wie der gelbe Doppeldeckerbus der Linie 20 in die Wendeschleife bog. Wie ein Krähenschwarm in Richtung Tegel zog. Wie ein Radfahrer übers Stuckerpflaster hoppelte und aus seinem Korb hinten frisch gepflückte Äpfel verlor. Wie Nina mit ihrem Pferd den Reiterhof verließ und im Arbeitstrab zum Fließtal ritt. Wie der Briefträger auf seinem gelben Postrad bei einem der verbliebenen Bauern ein Päckchen abgab.

Unterlegt das alles, scheinbar aus dem *Off*, mit Friedhelms Stimme, mit Worten, die er nur fetzenweise vernahm, als hätte er einen weit entfernten Kurzwellensender eingeschaltet.

Gerichtsmedizinisches Gutachten: *Nico noch lebend in den Schwielowsee geworfen.* «Klaro hab ich den Typ im Wasser liegen sehen und hochgehoben, aber da dachte ich doch hundertprozentig, dass er schon tot ist. Und ich wollte vor allem keine Scherereien haben.» Gerichtsmedizinisches Gutachten: *Mit hoher Wahrscheinlichkeit von einem Auto getötet.* «Ich hab aber kein Auto, ich kann nicht Auto fahren.»

Sogar beim Stichwort Auto gelang es Julian noch, weithin ausgeklinkt zu bleiben.

Friedhelm grinste. «Guck nicht so blöd! Mein Ausreiseantrag is durch. Mich wolln se nich mehr.»

Julians Schutzmechanismen wirkten nun nicht mehr ausreichend, er musste den Dialog, den voraussehbaren Schlagwechsel annehmen, ob er wollte oder nicht, hielt

Friedhelm aber erst einmal seine Zigarettenschachtel hin, wollte Zeit gewinnen. «Willst du eine rauchen?»

Friedhelm nahm nicht nur eine Zigarette, sondern gleich die ganze Packung. «Haben wir ja zweierlei, was uns verbindet.»

«Wieso zweierlei?»

«Na, das Nikotin und unsern Nico.»

«Da komm ich nicht ganz mit.»

Friedhelm lachte. «Weil sie jetzt voll hinter euch her sind und ihr Zeugen braucht, dass Nico noch kerngesund war, als ihr mit dem Wagen weggefahren seid.»

«Zeugen?», fragte Julian.

«Ja, Zeugen! Aber keine Angst, ich hab da zwei Kumpel in Potsdam, die 'ne Rente in West gut gebrauchen könnten. Und ich würde gerne 'n kleines Lokal bei euch hier aufmachen, 'nen Treff für liebe Freunde und so. Da könnt ihr dann natürlich auch 'ne große Fete abziehen, wenn sie das Verfahren gegen dich endgültig eingestellt haben. Dein Alter hat ja die Kohle dazu.»

Es war still, weltraumstill.

Bis seine Mutter ein Fenster aufzog, um ihn zu fragen, mit wem er da noch stünde und warum.

Und hinter ihr drehte sich eine alte Schellackplatte. *Schau nicht hin, schau nicht her ...*

In der Reihe «Berliner Mauerkrimis»
sind bisher erschienen:

Horst Bosetzky
Nichts ist verjährt
ISBN 978-3-89773-589-7

Wolfgang Brenner
Honeckers Geliebte
ISBN 978-3-89773-590-3

Anja Feldhorst
Teufels Genossen
ISBN 978-3-89773-591-0

Horst Bosetzky / Steffen Mohr
Schau nicht hin, schau nicht her
ISBN 978-3-89773-603-0

Jürgen Ebertowski
Tränenpalast
ISBN 978-3-89773-604-7

Weitere Titel sind in Vorbereitung.